本书受暨南大学高水平学科建设项目经费资助

南北回归线

Across Meridians: History and Figuration
in Karen Tei Yamashita's Transnational Novels

凯伦·山下跨国小说中的历史与借喻

【美】凌津奇 /著

冯晖 韩虹 侯金萍 /译

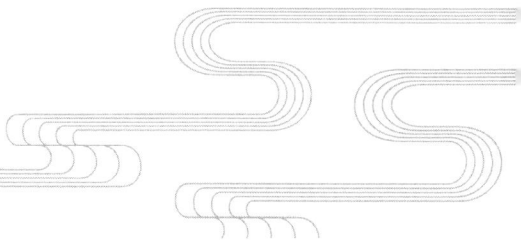

暨南大学出版社
JINAN UNIVERSITY PRESS

中国·广州

广东省版权局著作权合同登记号：图字 19 - 2019 - 102 号

图书在版编目（CIP）数据

南北回归线：凯伦·山下跨国小说中的历史与借喻／（美）凌津奇著；冯晖，韩虹，侯金萍译．—广州：暨南大学出版社，2020.11
书名原文 Across Meridians：History and Figuration in KarenTei Yamashita's Transnational Novels
ISBN 978 - 7 - 5668 - 2738 - 8

Ⅰ.①南…　Ⅱ.①凌…②冯…③韩…④侯…　Ⅲ.①凯伦·山下—小说研究　Ⅳ.①I712.074

中国版本图书馆 CIP 数据核字（2019）第 261488 号

南北回归线：凯伦·山下跨国小说中的历史与借喻
NANBEI HUIGUIXIAN：KAILUN ·SHANXIA KUAGUO XIAOSHUO ZHONG DE LISHI YU JIEYU

著者：[美] 凌津奇　译者：冯　晖　韩　虹　侯金萍

出　版　人：张晋升
责任编辑：付有明
责任校对：刘舜怡　陈皓琳　冯月盈
责任印制：汤慧君　周一丹

出版发行：暨南大学出版社（510630）
电　　话：总编室（8620）85221601
　　　　　营销部（8620）85225284　85228291　85228292　85226712
传　　真：（8620）85221583（办公室）　85223774（营销部）
网　　址：http://www.jnupress.com
排　　版：广州市天河星辰文化发展部照排中心
印　　刷：佛山市浩文彩色印刷有限公司
开　　本：787mm×1092mm　1/16
印　　张：12.75
字　　数：190 千
版　　次：2020 年 11 月第 1 版
印　　次：2020 年 11 月第 1 次
定　　价：68.00 元

目　录

前　言

　　本书的研究涵盖了凯伦·山下的全部小说作品，研究的目的不仅是为这些小说建立解读程序，而且还将它们作为"亚裔美国文学前卫艺术"进行评估，同时思考山下的文学介入如何在理论上影响了当代亚裔美国文学创作与批评实践。过去二十年来，山下致力于重塑亚裔美国文学想象，其贡献在当代亚裔美国作家中还无人能够企及，本书对山下小说的关注即体现了这种认知。尽管重塑亚裔美国文学想象的努力早在山下成名之前就已初现端倪，但她的小说更能反映当下美国人文和社会科学研究领域的整体走向。我在此所指的是跨国研究的兴起。跨国研究专注于二十世纪八十年代中期开始显现出来的至少两个与全球化有关的命题：一是全球化带来的社会与经济后果；二是文学研究中的去民族化倾向。跨国研究热在亚裔美国文学中体现为越来越多作家在书写移居国的同时也书写原住国。而持续不断的全球性人口迁徙则使亚裔美国文学日益被看成是一种既有地域特征又有跨国属性，不再植根于美国，也不完全从属于美国文学的话语。我认为，以《穿过雨林的彩虹》一书为先导的山下小说实践，代表了该领域中跨国文学写作的标志性成果。她的作品在拓宽亚裔美国创作与批评视野方面远比其他作家来得激进，在宣示其文学主张时却又不失具体和严谨。我如此定义山下的成就，所强调的是她在勾画亚洲人参与全球化的轨迹时所使用的非常规文学想象和再现方法，以及她同时又将这些想象和写作方法重新纳入对历史、环境和行动主义理念的唯物主义思考过程。

　　我在评估山下对亚裔美国文学所作贡献时，将"历史"与"借喻"之间的关系作为本书讨论的主轴。我强调"历史"的重要性，是因为源于资本积累内在矛盾的跨国状况往往表现为一种空间困境。此空间困境的一个后果就是文学再现的萎缩与边缘文学的噤声。在此情况下，我用"历史"彰显重新占据亚裔美国文学自我再现高地、抵制物化逻辑的空间紧迫感，同时用"借喻"来指称上述努力在山下小说中的形式特征。我认为，通过借喻再现历史（不论是文类选择、叙事方法，还是语言的运用），其过程总会充满张力，此过程也承载并记录了山下在不同语境下与各种机会、挑战进行协商的结果，其作为审美投射的政治不确定性也尽在不言之中。通过考察"历史"和"借喻"在山下小说中的体现，我强调的是小说艺术的辩证内核，以及它对时空变迁和社会脉动的双重敏感性。

本书的分析包括山下那些受到追捧的作品，如《穿过雨林的彩虹》（*Through the Arc of the Rain Forest*，1990）和《橘子回归线》（*Tropic of Orange*，1997），也包括她那些较少被论及的书写，如《巴西丸》（*Brazil-Maru*，1992）、《周而复始》（*Circle K Cycles*，2001）和《国际旅店》（*I-Hotel*，2010）。我撰写本书有两个目的，那就是，近距离地接触并阐释山下的政治与美学实践。同时，我的解读也是对山下作品进行评价的一种参与。该参与过程允许意识形态符码自由转换，并涉及更宏大的文学批评话语。我在解读中会延伸并修改山下的文本政治，并按照我的研究方法将其再建码。我的研究方法得益于空间唯物论和新历史主义，但这些方法并不完美，需要不断反思。

我在书中对山下小说接受过程中存在的解读落差给予了相当关注，认为那都是作者调动不同知识体系或运用不同形式策略挑战读者视野的结果。这种现象也反映了读者在全球化进程中的不同处境和感受。仅仅部分阅读山下的作品，还不足以概括其小说艺术的深度、广度和历史性。只有全面把握她写作中政治与美学的实质，才能使那些还没有被发掘出来，但有助于小说意义生成的元素和语境浮出水面。而这类元素和语境往往因学者们的一时需要和个人好恶而受到忽视；他们在这种情况下会对她的作品断章取义，有时甚至任意发挥。我认为，山下的作品实际上由一个能共享的"情感结构"所维系——我这里借用了雷蒙德·威廉斯的一个概念（Williams 1977，132-134）。该情感结构将山下的五部小说串联在一起，一方面反映了它们激进的反传统取向，另一方面又通过它们的视角、叙事口吻和情感投入突出了亚裔美国人的独特性。

在安排小说解读顺序时，我不只考虑它们出版时间的先后，因为这些作品涉及的主题与时空状况经常变动，有时各说各话，有时又融会贯通。但在后民族主义的总体框架内，这些作品可以按照它们不同的再现方式分成两类：一是从领土之外的立足点和感知来再现美国与它们之间的关系；二是在虚构的美国情景中做文章。我的论述因此可以分为两部分：第一部分包括《巴西丸》《周而复始》和《穿过雨林的彩虹》。第二部分包括《橘子回归线》和《国际旅店》。我希望读者能从整体上把握这样的解读安排，将它看成是我本人的解读政治。也就是说，山下通过领土以外的视角对民族—国家进行批判的目的，并不像有人说的那样是要放弃所有领土逻辑，从而使亚裔美国文学研究踏上能向四面八方任意发散的自我解构之旅。恰恰相反，山下通过比较视野凸显后民族主义意识，正是重新介入民族—国家的物质性力场。这当然并不意味着传统意义上的民族—国家分析范畴仍然适用。我强调的是存在于民族—国家的内部张力，和亚裔美国文学叙事在捕捉那些张力方面所起到的修辞与中介作用。只有将这类文学描写充分语境化，它们才能在民族—国家的内部和外部都显示出话语的批判潜力。说得更具体些，我在解读山下作品时用《巴西丸》（一部记录日本在一战后和二战前大量移民巴西的小说）作为我分析《周而复始》的背景。《周而复始》描写了出生于巴西的日本人在祖地受到剥削和歧视的状况。日裔巴西人跨越时空的断层回到日本谋生，这种讽刺性的"回归"又构成了我讨论《穿过雨林的彩虹》一书的基本语境。该书讲述一个失业的年轻日本铁路技师于二十世纪九十年代初到巴西寻找幸福的故事，其间却目睹了一场使亚马孙热带雨林险遭毁灭的生态危机。山下虚构的这场灾难起因于资本全球化对利润无休止的追逐，而美国则被描绘成这场灾难的始作俑者。对这三部小说的分析为接下来探讨的两部涉及美国西海岸状况的作品（即《橘子回归线》和《国际旅店》）进行了铺垫。上述解读次序体现了我对地理与政治之间关系的评估。我希望用这种解读安排激发读者对这两者之间的关系做进一步思考。

总而言之，我认为山下对亚裔美国跨国文学主要有三个贡献。其一，她在原有的东—西分析模式上加进了一个与之交叉却又非共时性的南—北视角，一个在叙事内容和意识形态布局上完全开放的范式，从而为把握亚裔美国人经历提供一个新的认知结构。山下对亚裔美国文学这种时空重建的意义并不在于它的另类地理想象，而在于它凸显了经济不平等、阶级特权和新殖民主义依附关系在全球化过程中这个被遗忘的层面。在此问题上，亚裔美国文化研究难辞其咎，因为它自二十世纪八十年代中期以来就过于强调赛义德对东方主义的批判，使这种批判成为该领域中一种排他性的范式。其二，山下通过我称之为"亚裔美国文学前卫艺术"的创新手法从两个层面同时介入日益受到商业主义侵蚀的美国文化：一方面，她通过挪用霸权文化的方式与文化产业争夺美学模态，限制了那些文化形式在社会上的影响力，而亚裔美国作家如此重视文学再现的社会功能，正是因为他们了解晚期美国资本主义文化的简约化后果。另一方面，那些经过改造的文化与美学形式又为亚裔美国文学注入了新的活力，也就是说，山下的文本介入与她试图重塑亚裔美国认知形态的空间努力是相辅相成的。其三，山下的文学再现就如何建立族裔和跨学科联盟提出了具体的策略。该策略既超越了族群中心论的狭隘性，又能保留亚裔美国感知的历史主义。我将山下这些策略视为她对近来亚裔美国文化研究中一个流行趋势的反拨。该趋势在建构多种族的文本互涉联盟过程中往往使亚裔美国文学诉求成为一种点缀。其关于种族和族裔互涉的自愿主义冲动不仅复制了后民族主义自由派提倡的平等假象，而且还间接否定了亚裔美国学者在"差异中求联合"名义下发起的集体诉求。

　　本书第一章从理论角度讨论了山下的文学贡献。其中涉及的话题包括后现代空间和后现代处所、前卫文学与商业及大众文化形式之间的关系，以及亚裔美国文化研究中的指涉问题。第二章将《巴西丸》放在三个语境中进行解读：即日本全球性的帝国扩张，美国的反日本移民立法，以及日本通过在巴西建立由移民精英领导的农垦殖民地方式复制现代性的做法。我的讨论聚焦于小说中几个反映意识形态张力的方面，即以帝国想象为基础的乌托邦理念，带有种族偏见的"野蛮人"能指，以及那些被强行纳入帝国话语的日本普通移民如何通过自我"克里奥尔化"与该话语划清界限。第三章对《周而复始》中的再现政治和形式特征进行了探讨。该书由一些毫不相干的书写和视觉断片拼贴而成，用来反讽"出稼族"（dekase-gi）——即出生于巴西但不得不回到日本做工的日本移民后代——所面对的存在困境，以及他们给日本社会带来的混杂化效应。我的讨论涉及了山下的后现代拼贴试验，以及她将社会学式的坦诚与抽象虚构融为一体的书写技巧。第四章从批判物化逻辑的角度对《穿过雨林的彩虹》进行解读。该章的相当一部分用于讨论山下的空间政治，特别是她如何用启示录的象征手法传达未来意识，并通过科幻小说的次文类和源于大众文化的肥皂剧形式进行话语创新。第五章将《橘子回归线》的叙事作为一种地理、文化、语言和心理层面上的去殖民化过程来解读。我在讨论中将"批判意识"作为干扰殖民主义逻辑及其相关领土假设的一个前提条件，同时强调这种政治觉醒过程的艰巨性。本章的讨论包括山下对魔幻现实主义的改造；她用视听效应和嘉年华写法开辟另类时空；她关于网络自由局限性的思考，以及她用世界末日想象重新铭写历史主义。第六章从"批判性国际主义"的视角分析《国际旅店》对二十世纪六七十年代亚裔美国社会运动的再憧憬。我认为，该小说有意思地协商存在于社会运动和跨国话语之间的时空断裂。而后者倾向于将前者看成是落入民族主义陷阱的明证。我的讨论还涉及该小说的叙事结构，及其对革命和欲望之间张力的戏剧化处理，对社会运动中性别与性欲政治的探究，以及为弘扬社会运动虽败犹荣精神对其政治理念进行的再操演。本书的结尾简要地评价了将山下提升为全球性作家地位的不妥之处，以及认真倾听作者具体文学发声的重要性。本书将这种倾听视为把握山下小说内容和影响力的一种解读伦理。

致　谢

　　本书呈现给读者的是我五年来的研究成果，但其中不乏他人的贡献。我对凯伦·山下深表谢意；因为她的社会与艺术愿景为我撰写此书提供了灵感。如果我展示她作品重要性的努力还不够令人信服，那只能说明她的思维世界太过深奥，而本书不过是对那个世界的一种初探。Marilyn Aquizola, Ali Bhedad, Katharine Halyes, Eleanor Kaufman, Rachel Lee, Michael North, David Palumbo – Liu, Rafael Perrez – Torres, Shu – mei Shi（史书美），Richard Yarborough, Stephen Yenser 和 David Yoo 在本书成型过程中为不同章节贡献了心智。Eric Sundquist 和 Colleen Lye 自始至终读完了全稿。他们的真切关注和批评意见使本书得以更上一层楼。斯坦福大学出版社的两位匿名审稿人对本书的审读非常细致，使我在后来的改稿过程中受益匪浅。所有这些介入对本书的最后定稿都起到了重要作用。书中的错误和不足之处源于我对学者们建言献策的理解有偏差，对此我应承担全部责任。

　　弗里德里克·詹姆逊于 2008 年在加州大学洛杉矶分校开设了一门关于卡尔·马克思《资本论》的研究生课。我特别感谢他同意我参加旁听。此经历使我有信心在书中谈论山下书中那些关于商品、价值、劳动力和市场方面的描写。2011 年，我在中国天津师范大学文学院进行暑期讲学，书中涉及的一些中文背景资料是在那个期间搜集到的。加州大学洛杉矶分校的同事们在本书的前期准备和最后定稿过程中向我提供了慷慨无私的帮助。David Yoo 对我的写作给予了热情支持并提出了宝贵建议。Lane Hirabayashi, Mary Kao, Nayoung Aimee Kwon, Russell Leong（梁志英），Emily Morishima, Glenn Omatsu 和 Kyeyoung Park 与我分享他们的有关思考和研究进展，对我深有启发，这些助益以不同形式在书中得到了体现。Charles

Ling，Arnold Pan 和 Bronson Tran 为书中使用的特殊字体和符号提供技术方面的协助，并教会我如何在电子版校样上做评注。我非常感谢我的三位研究生：Paul J.，Nadal 和 Jeff Schroeder 在帮我搜集所需要的资料方面做出了宝贵贡献；Sharon Chon 在我定稿过程中负责校样核对、格式规范和索引编排，她认真敬业、一丝不苟。

本书的一些章节源于我宣读过的会议论文或发表过的文章，后者包括《东方主义之前与其后》（2005）；《建立南北视角：凯伦·山下小说中的日裔迁徙》（2006）；以及关于《国际旅店》的一篇书评（2010）。我感谢出版这些文章的刊物编辑就此提供方便。此外，我在 2007—2008 年期间享受了一年的带薪学术假，同期获得 UCLA 美国文化研究所、UCLA 学术委员会和 UCLA 亚裔美国研究中心的经费支持。这些对推进本书项目的进展都大有裨益。

斯坦福大学出版社的工作人员为本书的面世做了大量工作，在此一并致谢。出版社的组稿编辑 Stacy Wager 耐心且敏锐，她在决定本书最后名称和封面设计时专门向我征求意见。本书的制作编辑 Marina Raykov 细致严格，文字编辑 John Donohue 和 Julie Ericksen Hagen 高效快捷。该出版社亚裔美国研究系列丛书的总编辑 Gordon Chang 对我的写作项目全程都予以密切关注。

最后还要感谢我最亲近的家人：石家桢和 Charles Ling；我感谢他们对我的爱和默默奉献。

第一章　地理的政治：
或者，为亚裔美国空间想象寻找一种比喻

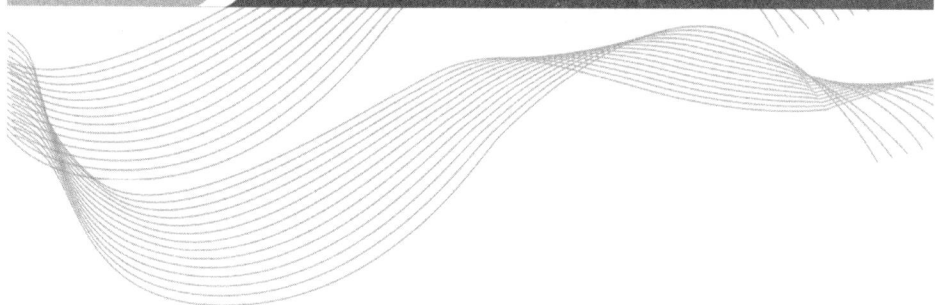

社会行为都有其地理范畴；真实和象征性的领土与权力空间因此构成了带有差异性的场域。这些场域可按照它们的实际状况来理解；它们也是资本主义发展总体逻辑的产物。简而言之，历史唯物主义必须重视地理问题。

——大卫·哈维《从空间到处所，再返回》（1993）

风格的确立离不开它对不同语言、不同叙事角度和不同思想体系的认知。

——米哈伊尔·巴赫金《辩证式的想象》（1981）

想象有其历史性……也有其语法规则与历史结构，有过去时，现在时和将来时。

——雷蒙德·威廉斯《社会中的写作》（1984）

自亚裔美国文学研究作为一门学科诞生之时起，有关其文学或文化生产的讨论几乎都是在东—西方关系的框架内进行的。“东方”这个概念不论在狭义还是广义上一般都用来指“亚洲”以及它在与西方资本主义接触过程中所蒙受的耻辱，其中既有社群视角也有个人经历。在二十世纪六七十年代亚裔美国文化复兴的语境下，“西方”主要用来指北美洲，以及北美地区对生活在东方或西方的亚洲人所采取的欧洲至上、帝国主义和种族主义态度。爱德华·赛义德的东方主义理论为深化这种研究贡献很大，关于东西方关系的分析方法论也因此成为亚裔美国文学研究自二十世纪八十年代中期以来的一个基本范式。对许多亚裔美国人来说，赛义德揭开了东方主义歧视性文化运作的神秘面纱，更为他们这些“东方主义的客体”提供了能用来表达他们复杂经历和深切感受的确切表述方法。[1] 与此同时，

_____

[1] 赛义德写作《东方主义》有其个人原因，他是一名生活在美国的巴勒斯坦移民。对此，他谈论道：“东方这一主体所拥有的文化曾经在所有东方人的生活中起着强大的支配作用，在我身上同样保有它的印迹，从许多方面来说，我的东方主义研究是试图将此记录下来”（Said 1979，24）。关于赛义德的东方主义批判对亚裔美籍族群研究有多大贡献的评估，请参见（Ling 2005）。

这种理论上的去神秘化也为亚裔美国文化批评纠正东方主义所传播的有关亚洲人的种种错误信息提供了一个必不可少的智性工具，尽管这种工具还只限于话语分析、象征性文学描写和政治立场的分析（详见 Ahmad 1992；Moore – Gilbert 1997，38）。在某种程度上，亚裔美国文化研究之所以能在二十世纪八十年代兴起并随后成为一种充满活力的批评实践，这与该话语将赛义德对东方主义的批判当成奠基式理论的做法是分不开的。[①] 那么，我们对凯伦·山下将南美洲作为她再现亚洲人和亚裔美国人经历主要参照架构的写法又将作如何解释呢？我这样提出问题并非要否认如下两个基本事实，即：当下亚裔美国人口的主体仍然是东亚移民和他们的后代；该领域中研究方法的主流也仍然是东—西方视角。如果事实确实如此，那么在亚裔美国文学研究中引入南—北视角又意味着什么呢？山下对亚裔美国文学在空间、意识形态和语言运用方面的改写，究竟在什么意义上会影响到该领域的知识形态和政治初衷？本章试图通过思考山下全球想象中的如下几个方面来回答这些问题：其一，她如何通过对该领域的时空重组将社会和经济问题重新摆上了亚裔美国文学再现的日程。其二，她如何通过我称之为"亚裔美国文学前卫艺术"的形式创新和话语中介作用将该领域重新加以历史化。其三，她如何在坚持亚裔美国文学历史主义的前提下发展出一种彻底跨学科和多族裔互涉的再现方法。我认为，山下的再现方法不仅使亚裔美国文学重新焕发活力，而且也限制了那些滥用后人本主义批评模式对该领域进行自我解构的理论冲动。

---

① 雷切尔·李是最早指出亚裔美国文学研究过度偏重东方—西方分析的亚裔美国文学批评家之一（Lee 1999，106）。大卫·坡伦博·刘也注意到在亚裔美国文学研究领域对于将亚裔作为他者的话语所进行的批判中，赛义德范式起着非比寻常的重要作用（Palumbo – Liu 1999，304）。

南方视角：一个指涉问题

山下在 2006 年的一次采访中，谈到了她在已发表的四部小说中采用南—北视角的一些原因。她是个在美国南加州土生土长的第三代日裔美国人，于二十世纪七十年代中期对自己的家族史产生了浓厚兴趣。其间，她偶然听说巴西也有个人数众多的日本人离散社群，因此很想知道这些日裔人口之间是否存在着某种必然联系（参见 Shan 2006，123 - 128）。当大多数亚裔美国人还在全身心地投入以美国本土关注为中心所展开的文化民族主义建构时，山下就已经在思考日本人的跨国运作细节，这是学界很少论及却关系到她学术与政治成型期的一个重要方面。山下在写作中决定采用南—北视角，这似乎与两种情况有关：第一，她受到了《孤独的群落》一书作者大卫·莱斯曼之子保罗·莱斯曼的影响。后者是她在念本科遇到的一位文化人类学教授（参见 Shan 2006，128）。山下显然是在保罗的指引下通读了克劳德·列维·斯特劳斯的大作《忧郁的热带》（［1955］1974）。按照克利夫德·格尔茨的说法，该书是列维·斯特劳斯针对巴西自然环境在西方殖民者手中受到破坏状况所作的一次"感官式"批判（Geertz 1996，157）。① 在某种程度上，山下与人类学的这种邂逅在她身上留下了难以磨灭的影响。几年后，她在自己的第一部小说《穿过雨林的彩虹》和第四部作品《周而复始》中谈到了巴西民间一种称为"思念"（Saudade）的民间习俗，其中曾两次用赞许的口吻引用了列维·斯特劳斯

---

① 《忧郁的热带》一书基于列维·斯特劳斯在二十世纪三十年代所做的实地调查，当时他已是一名左翼知识分子。弗朗索瓦·多斯引用列维·斯特劳斯评价那次调研旅程的话："我讨厌旅行和探险家"（Lévi - Strauss ［1955］1974，17），认为他的考察之旅"不是为了寻找异国风情……而是为了逃离思辨哲学"，并认为那是列维·斯特劳斯科研生涯中的一个"好斗时期"，尽管当时他也醉心于弗洛伊德学说和地质学，但他"似乎更愿意以马克思主义者的身份出现"（Dosse ［1991］1997，1：11 - 12，14）。由于受到埃米尔·德克海姆、弗朗茨·博厄斯和罗曼·雅各布森的影响，列维·斯特劳斯后来一门心思地致力于将人类学转变成一门科学。格尔茨指出，虽然《忧郁的热带》是基于列维·斯特劳斯二十世纪三十年代在巴西的经历，但他在五十年代中期发表的论文已经带有一些巴特的味道，字里行间"充满了云山雾绕的隐喻，繁复奢华的意象和铺排夸张的双关语"（Geertz 1996，157）。

的那本书。第二，山下从 1975 至 1984 年一直居住在巴西，起初在托马斯·J.沃森奖学金资助下研究早期巴西日本移民史。逗留期间，她嫁给了一位巴西男子，然后成家立业，并在思想和情感上与当地人打成了一片（参见 Murashige 1994，49–51）。山下的这些经历反映在她对"北方"和"南方"这两个词的用法上。前者常用来指美国，代表了一般南美洲人的观察视角；后者则明确用来指称南美洲。这些用法不仅反映了南美洲人的感受，也为美国境内的西班牙裔和拉丁美洲裔人士所熟知（参见 Shan 2006，128，134）。

因为人类学的确在某种程度上影响了山下的全球想象，而人类学与文学之间也确实存在着一定联系和张力，所以有必要对山下借用人类学视角的一些具体语境进行考察。人类学与文学之间的杂交是一种源于二十世纪初的欧美传统，可追溯到詹姆斯·弗雷泽的比较进化论、埃米尔·德克海姆对原始社群或野蛮人结盟方式的探索、列·维·斯特劳斯对神话起源的研究，以及诺思罗普·弗莱的原型批评和他对原始部落文化仪式所做的观察（参见 Pecora 1997，217–219；White 1978，57–59）。这并不是山下对人类学的兴趣所在，后者想用人类学构想出一种能包罗万象的再现体系。而她被人类学吸引则主原因是该学科的地理为她这个美国的种族化客体带来了许多启发性。她在一次访谈期间曾经提到一个看似无关紧要，但实际上却十分重要的往事，那就是，莱斯曼教授曾建议她用"陌生人"的身份进行文学写作（参见 Shan 2006，128）。一个人在属于自己的文化氛围里或是在自己所认同的语言文化环境中以"陌生人"身份自居，这用人类学家的行话来说就是拥抱自己的"族裔性"（参见 Daniel & Peck 1996，4）。而这也正是年轻的山下在此时最需要的一种比喻：该比喻能使她跨越文化和民族的藩篱，在美国、日本和巴西的日裔社群之间建立起历史的纽带。山下毅然担当起族裔人种学家的角色，这反映了她对传统人类学中认识论局限性的深刻了解。而人类学在方法论上的简单化倾向和它自命不凡的科学主义态度，历来是西方帝国主义用来征服、驯化和统治他者的一种借口。与此同时，"陌生人"的比喻也提醒山下要对自己研究的课题和得出的结论保持客观与审慎。山下对人类学多元化潜力的这种挪用，使她能将该传统学科中的地理偏见转化为使被压抑者得以复返的前提条件。她在此过程中刻意保留的是对研究对象那种"人类学式的严谨"。此研究方法后来被她有意识地改造成了一种"口述史"的方法论。山下从人类学到口述史的过渡受到了著名日本人类学家前山隆史的直接影响。当时，前山也在山下居住的日裔巴西社区进行实地考察（参见 Shan 2006，129）。[1]

我上面的论述并不是要证明山下在大多数小说中运用南—北视角的做法一定是受到了人类学的影响，也不会因为她讲过巴西是个"令人倍感亲切的国家"就断定她采用这种视角完全是出于对巴西的偏爱（参见 Murashige 1994，51）。相反，我强调的是山下在亚裔美国人认同政治主导地位的情况下，能体察到亚裔离散人口的多个源头和多重迁徙路径的敏感度，以及他们在对抗与交叠、脱节与融合的语境所体现出来的多种生存和社会化方式。更重要的是，她在构想能超越东—西方分析常规的亚裔美国人跨国研究视角时，填补了赛义德在批判东方主义时因过分侧重于话语关系而造成的一些理论空白。正如学者们指出的那样，赛义德对文化的过分强调使他无法有效论述由分工不平等、经济剥削，以及区域和人口贫困所带来的一系列问题和关注。因此，在他的"殖民话语运作和殖民研究版图上"基本找不到包括南美洲国家在内许多第三世界地区的踪影（参见 Pratt 1994，4；Ahmad 1992，174；Gates 1991，458－459；San Juan 2006，52；Sprinker 1993，17）。[2] 换言之，如果缺乏对南美洲的关注确实使一些学者在如何定义"亚裔美国人"的问题上有些语焉不详，那么，这种研究方法的局限性是不可能在东—西方话语的连续

---

[1] "人类学的严谨"一词出自海登·怀特就保罗·利科对历史相较历史叙事的哲学反思所做的讨论（White 1987，179－180）。

[2] 在赛义德身后出版的《人文主义和民主批评》一书中，他回应了针对他《东方主义》研究方法的一些批评。他谈道："显然，作为知识分子，我们都配备了一些职业见解或全球格局观……但是在与某种特定布局、结构或问题的直接对话中，质疑正在产生并且甚至握有胜算……在经历了传统的帝国、冷战的结束、社会主义崩溃和不结盟限制之后，在全球化时代新兴的南—北辩证法已经不能被排除在文化研究和人文学科的范围之外。"（Said 2003，138－139）赛义德的思考说明了阿里·贝达德下述观察的有效性，即赛义德对后殖民话语所作贡献的根本价值，与其说是他每次论证的原创性，倒不如说是他让他的理论实践成为一种颇具生产性的"生发点"，助力一种广泛共享的反对意识的形成（Behdad 2005，10－13）。

性时空内得到纠正的，而必须对这种话语的基本假设进行彻底反思。有鉴于此，山下认为亚裔美国人是介于东—西和南—北两种地理走向交叉点上一个共同建构的观点，主要还应理解为她为重塑领域中自我意识而发明的一种叙事策略。这些非同步的关系组合能使我们进一步把握亚裔美国人在全球范围内的总体状况，以及他们进行跨地区往来与合作时的具体做法。值得一提的是，山下通过对亚裔美国人愿景和实践的这种空间重组及时介入了当下的亚裔美国文化研究。该研究领域从二十世纪八十年代后期以来由于过分偏重操演性分析，有一种越来越脱离基本社会物质关注的倾向。这种倾向甚至使一些学者试图在近来的文学研究中恢复一些过时的形式主义批评方法。①

山下的写作对南美洲情有独钟，这与二十世纪九十年代初苏联解体后国际地缘政治"新格局"有关，也就是目前跨国研究中、日趋热络的南—北关系。这种新格局的特点是日益扩大的经济差距、有增无减的殖民剥削状况、起伏跌宕的政局、冲突频发的民族与宗教关系，以及传统社区的解体（参见 Maksoud 1993，28 – 29）。在后凯恩斯时代的全球力量重组过程中，人们对旧有矛盾的关切——如东方（即社会主义）和西方（即资本主义）之间的对立，或是第一世界（即发达的资本主义国家）和第三世界（即亚洲、非洲和拉丁美洲等不发达国家）之间的差异——逐渐让位于他们对能从灵活资本积累过程中获利，和不能从中受

①　科琳·莱伊认为该领域的这种转向缺乏对文学形式的历史把握。她指出，鉴于亚裔美国文学研究经常在族裔和美学之间摇摆不定，在重新理论化亚裔美国人经历的种族化性质和重新定义亚裔美国文学文本的构成方面，形式研究是有帮助的（Lye 2008b，92 – 96）。这是莱伊的"种族形式"概念的主旨，据此她呼吁，在自十九世纪末以来有关美国亚裔的两种还原性表征的张力下，应该把某种关于亚裔美国人艺术的元批评作为一种社会经济的嵌入式实践。两种还原性表征一方面是"黄祸"，另一方面是"模范少数族裔"，这两种激进化形式已然超越了文学和学科的界限，只能通过形式斡旋才能被理解（2005，3，5）。坡伦博·刘反对这种解析，他通过战后几十年英美文学形式主义兴衰的视角，着重强调形式一直是一个历史化的范畴，受制于不同的意识形态主张，在当下文学研究的跨民族转向中自然也不例外（Palumbo – Liu 2008，817，822 – 823）。我看到自二十世纪九十年代初以来亚裔美国文学研究领域的文化转向，它为最近亚裔美籍学者重拾对形式主义的兴趣奠定了基础。

益国家状况的注意。① 在此过程中，以北美、西欧和日本为代表的北半球致力于重建它们的经济框架，重新组织国际分工，并试图控制由这种全球调整所带来的意想不到的后果。同时，北半球对南半球——即原来的第三世界和不结盟运动国家——所面对的困境与问题却充耳不闻，视而不见。（参见 Maksoud 1993，28，30，32）② 1990 年发表的一份"南方调查团报告"（该调查团成立于 1986 年津巴布韦首都哈拉雷的"非政府高峰会议"之后，并随后写出了这份报告）曾就南半球给出了一个工作定义。大意如下：

> 有大约 35 亿人（也就是整个地球人口的四分之三）生活在南方的发展中国家。这些国家在总体规模、发展水平、经济、社会与政治结构上有很大差别。这类国家大都很穷，经济落后，债务缠身，而且在世界舞台上毫无发言权。（引自 Maksiud 1993，36）

尽管这份报告听起来还有些官腔，没有摆脱二元对立思考逻辑（就像本章讨论的其他一些概念一样），忽视了南半球的富裕地段或北半球的贫穷地区，更没有从目前的高度预见到原先属于南半球、后来却不同程度地融入全球资本主义的一些经济实体（如东亚的"四小虎"、印度、中国

---

① 试图根据意识形态将世界"一分为三"主要是冷战的产物。"三种世界"理论的两种模式对学术界的影响尤为深远。对于西方社会学家来说，第一世界通常是指具有民主传统的先进资本主义社会；第二世界是指东欧的发达社会主义国家；第三世界是指处于不发达状态的不结盟国家（参见 Pletsch 1981，573）。毛泽东提出了另一种模式，得到第三世界的普遍认同。他认为，第一世界是美国和苏联两个超级大国，第二世界是社会主义和资本主义两大阵营的发达国家，第三世界是亚洲、非洲和拉丁美洲的发展中国家，不论其社会制度为何。阿里夫·德里克认为，毛泽东的第三世界理论在使用这一术语抵御第一世界的学者中更为通行（参见 Dirlik 1997）。

② 处理南—北关系的初步尝试可参见 1980 年的联合国报告《确保生存：工业国家和发展中国家的共同利益》。本报告由维利·勃兰特为首的国际发展问题独立委员会起草。这份报告提出了划分世界的新办法，随后被采纳为联合国的官方立场，用来描述发达国家和发展中国家之间的差距。在最近的使用中，"南营（Global South）"的概念——澳大利亚和新西兰除外——已经成为全体经济落后国家的简单含蓄的说法，"南营"就地域而言与广阔的北半球相对（1980年的国际发展问题独立委员会）。

等）。但它将世界划分为南—北两个半球的做法却对全球关系的新态势提出了一种务实、有用的表述。①

山下将注意力转向亚裔美国人在这种全球关系中所处的地位，有其特定的地理或地域假设。对她作品的大多数读者来说，这些假设也提出了一些难以回避的本体论问题。比如，地域问题是后现代主义空间辩论中一个悬而未决的理论症结。特蕾莎在谈到该问题在全球化语境下的困境时清晰地概括了这场辩论的要义。伊伯特将后结构主义自二十世纪七十年代以来在语言学领域对再现传统所作的批判与后福特时代资本主义生产方式（即借助互联网技术摆脱外部制约的后民族主义生产方式）对旧泰勒主义的扬弃联系在一起进行思考。尽管后结构主义者坚持说，他们批判再现的目的并非要排斥而是要丰富语言的指涉功能，但伊伯特认为这种"后指涉意义上的指涉"把具有社会介入功能的语言情感力量降到了最低点，不仅如此，这种"后指涉意义上的指涉"还把语言变成了一种欲望的对象，一个能使文本的表意能任意嬉游其中的地方（参见 Xie & Wang 2002，48 - 49）。伊伯特的论点可能算不上振聋发聩，但它却指向一个人们不太关注的跨国主义讨论盲区，即：推动跨国运作的不仅有左翼学界，也有右翼人士。尽管右翼人士为使资本主义全球经济能更有效运作，在消除国界和放弃国家形式方面显得足智多谋；左翼学界却除了用话语进行反击之外好像别无他择，而这种话语反击不仅看起来苍白无力，而且矛盾百出。② 比如，由于拒绝与他们认为具有内在压抑性的民族—国家范畴发生任何联系，他们因此只愿把被资本征服并纳入其囊中的那些地域（有国家，也有省份）当成文学象征，并不认为其中所涉及的暴力和矛盾关系值得认真对待。这种对本尼迪克特·安德森关于民族主义不过是想象的共同体这一论点的极端式挪用——有必要指出的是，安德森的方法论并没有超越符号学的象征式分析常规（参见 Jusdanis 2001，27 - 28；Polan 1996，257 - 258）——

---

① 中国和印度——一个是最大的第三世界国家，另一个是二十世纪五六十年代不结盟运动的发起者——他们近年来的发展令他们在全球事务中拥有较大影响力，这值得跳出冷战思维模式加以仔细分析。对两国在伊拉克战争的背景下取得发展的评论，请参阅（Harvey 2005，153 - 154，222 - 223，230 - 231）。

② 对于跨民族主义在国际主义问题上的政治暧昧性的进一步评论，请参阅本书第六章。

因此成了亚裔美国跨国研究中的一种理论常态：它通过后殖民批评程序将解构主义政治化，一方面默认了后结构主义对指涉的扬弃，另一方面又对地理的相对性的绝对化表述公开加以赞赏。[①] 于是这些理论的介入莫名其妙地使"管控相对论"这个将地域当成"空间嘻游"，并在后现代女性主义辩论中已被广为质疑的论点得以复苏（参见 Kaplan 1994，139；Probyn 1990，176）。

在此语境下，我认为苏珊·科茜将亚裔美国文学当成一种"虚幻"存在的说法既有其必要性又有其内在问题（Koshy 1996）。科茜对亚裔美国文学研究发展现状的批评基于她对跨国主义"改天换地式影响"的认可。她认为，该领域因无法化解它的内在矛盾而不能得益于这种批评新动向。科茜将亚裔美国文学研究的内在矛盾表现为：它一方面受限于泛亚裔主义，这个强加给该领域并压制其内部复杂性和差异性的范畴；它同时又打着"亚裔美国人"的旗号，按照其内部弱势群体的不同需求和愿景毫无节制地持续扩展，而且在这两种倾向之间摇摆不定。这种对亚裔美国文学现状的表述显然合乎语言学的逻辑，但它并没有对一些更根本性的问题做出令人满意的解答。这些问题包括：我们究竟还有没有必要继续保留亚裔美国创作或批评实践，这个能用来有效评价亚裔美国人社会经历的话语？如果答案是肯定的，那么，应当采取什么样的策略来结束科茜所提到的亚裔美国文学在其构想或执行过程中的不严谨之处，从而使该文学成为一个能受益于跨国研究的自我再现空间，而不仅仅是越来越无关紧要的某种自我解构效应？而我提到的后一种状况似乎与默认美国对其少数族裔所采取的分而治之策略没有什么两样。因此，重要的已经不是大家都在谈论的哲学问题，而是政治上的考量。我们应当搞清楚，将亚裔美国文学看成一个"没有确切含义"和"不能反映其所处具体环境"的象征性和误用式建构（参见 Bhabha 1994，183），其代价到底是什么？由于缺乏辩证式的应对策略，科茜为亚裔美国文学研究开出的诊断往往成为一些学者对该领域发表片面性总结的起点（这种总结有时甚至涉嫌误导），似乎该领域的文化建

---

① 对这一领域的此类趋势所发表的批评意见，请参阅（例如：Lye 2008b，1008；Palumbo - Liu 1995 和 Wong 1995）。

构从来就没有过开拓性和行之有效的贡献。诚然，作为一种在成熟商业资本主义体制内运作并以从事对抗性知识生产为己任的领域，亚裔美国文学在其运作过程中不可避免地会充满矛盾。①

坎德丝·楚正是从这种将亚裔美国文学当成"虚幻"存在的自我解构逻辑出发，将山下看成"亚裔美国半球性文学批评"的"理想"人选。楚认为"亚裔美国话语对（亚裔）美国人多样性本质的重视间接造就了山下那个版本的跨国思路"，并使其成为一种"不受任何领土制约"，让"我们能无休止地向四面八方扩散"的想象（Chuh 2006，619，635）。新近流行起来的"半球性研究"概念多少有些语焉不详，而楚将山下作品的意义归因于所谓"不受任何领土限制"的全球意识，似乎并没有就科茜提出的亚裔美国文学指涉问题给我们带来任何启发，② 也没有针对伊伯特就跨国空间或后现代处所提出的论点作出任何有效回应。就后者而言，承认全球化语境下的相对空间与地理意识的不确定性，并不意味着所有关于地理的指称都变成了应不惜一切代价加以避免的意识形态陷阱，或是没有出路的死胡同。在此，我们似乎有必要参照一下何塞·马蒂德在建构半球愿景时提到的"认知上限"问题（参见 Belnap & Fernandez 1998，5-6），在讨论山下作品时能真正超越文学学科的有限视野。我的意思是，我们应当在批评方法中加进一些社会理论的批评视角，认识到跨国处所既可以是一种对固定边界的象征性否定，也可以用来明确指称实施暴力和发起抵制行动的场所，或是开展斗争的实际社会语境。

为了克服对跨国空间的两种简单化理解——即认为地理根本无从把握的后现代主义常规和将地理等同于既成事实的传统观念——我们有必要从理论的高度重新论述跨越空间的本质。大卫·哈维关于"剥夺式资本积

---

① 我在这里避免提及这类投射的具体案例，是因为自二十世纪九十年代末以来，无论在亚裔美国文学研究领域之内还是之外，它们的数量都在不断增加。然而，值得注意的是，这类投射覆盖面广，却忽视了本质，并带有几分对亚裔美国人这一指称对象的解构主义意味。这一走向的后果之一是，尽管亚裔美国文学和亚裔美国文学教学项目在全美范围内迅速发展，但大量的亚裔美国文学文本并没有被当作严肃的艺术作品来进行研究。

② 拉尔夫·鲍尔在谈到作为跨民族批评的另一变体也即半球研究（Hemispheric Studies）时，对其定义上的许诺、方法论的困境以及学科问题进行了有价值的评估（Bauer 2009，235-242）。

累"的一些新近思考似乎在这方面有颇多启发。哈维的思考借鉴了罗莎·卢森堡关于资本主义在过度积累与消费不足这对矛盾驱使下不断向外扩张的某些论述。他特别强调跨国状态下资本积累的"内外"辩证关系，即资本主义的内在危机使它一方面不断制造外在于自我的地方，另一方面又必须保持其自身发展的稳定性。哈维这些有点儿新黑格尔味道的思考揭示了一种兼有唯物主义和象征作用的领土逻辑，其中涉及他称之为"时空定格"的现象。哈维论点的要义是这样的：资本在其扩张过程中必须通过占有新领土的方式来实现其目标，但无形且灵活的空间拓展又总是以"实体结构""地理划分常规"或经由土地所在国首肯的方式得到体现。唯其如此，资本才能通过具体的形式实现其价值。资本对基础设施相对稳定性的这种需求往往会导致时间的"阻滞"或"慵懒"，并制造出实体的"区域"。尽管这类边界"模糊、通透"，但它们通过足够的结构性凝聚力将上面谈到的一些区域与"另外一些区域"区别开来。这至少在一段时间内是如此，直到这种区域的划分最终被资本运作的其他领土需要所取代。而资本积累过程向来变化多端且胜负难料（Harvey 2005，100－103，115－116，138－139，141）。哈维在此试图重新调动的是与"维持社会生活实际环境"密切相关的历史时间性，而这种时间性在后现代主义空间政治中已变得无足轻重（参见 Appadurai 1996，183）。该历史时间性显然比厄内斯特·勒克劳和尚塔尔·墨芙被广为引用的"节点"论更有说服力。而"节点"或"客观接触点"（Laclau & Mouffe 1985，142）所说的不过是在话语性和相对主义占压倒优势的语言符号大滑坡过程中，如何让意义和身份得到暂时稳定的一种文本策略而已。

　　哈维上述思考的说服力在于，他不仅谈到了资本主义条件下价值积累和利润创造过程的具体阶级关系和经济矛盾，而且也详述了其中所涉及的实际运作过程。同理，山下在她的小说中对南—北视角的运用，其说服力并不在于它的另类地理想象，而主要是她用这种视角来凸显南半球那些在经济、环境和社会方面受到危害国家和地区的"基本特征"（引自 Maksoud 1993，36）。这些特征不仅是关于空间的一种话语建构，而且也是人类活动的物质场所。就弱势群体来说，这些场所往往都有明确的时间感、领土意识和具体特征。就此看来，我们在亚洲、非洲和拉丁美洲都能找到南半球的存在，并就此展开有实际意义的讨论。但这里还有一个前提条件，那就是，我们应当看到地域化过程如阿琼·阿帕杜莱所言，也是一种"共同生产"过程的产物（Appadurai 1996，183）。① 南美洲——即除美国和加拿大以外的所有其他美洲大陆国家和地区——在南半球占有非比寻常的位置。这是因为南美洲不仅像南半球其他地区一样都是廉价劳动力和廉价资源的市场，而且还通过国际货币基金组织和世界银行的贷款都变成了北半球的债务国。南美洲有几百年的西方殖民历史，因而在经济和政治上持续依赖北半球。美国从十九世纪下半叶开始，特别是在冷战期间，将该地区当成自己的"后院"，从而进一步强化了殖民主义所造成的后果。如果说当下亚裔美国跨国研究对东—西方分析范式的依赖在某种程度上应归因于二十世纪八十年代几个新兴东亚工业国和地区（即亚洲"五虎"）在经济方面取得的成就，以及随后开始崭露头角的亚裔美国中产阶级（参见Hu–DeHart 1999a，9；Lye 2005，2–3），那么，山下对亚洲人与南美洲之间联系的强调就使当下的亚裔美国跨国"新叙事"处在了一种局部知识的位置上。就此而言，我聚焦山下文学想象中偏向南方的倾向，其目的并不是想按照山下的这种再现角度重新想象亚裔美国文化研究。鉴于欧洲中心论仍然习惯性地将东方看成一个难以兼容的异己，我也不认为东—西方分析方法会因此而失去它理论和实践上的价值。然而，山下全球想象中所蕴含的批判意识能使她以更鲜明的历史感和更灵活的修辞方式将文化空间的变迁与时间的交错加以戏剧化，而亚洲人和亚裔美国人则在有意或无意之间全都参与了其中的操演。

亚裔美国文学从二十世纪八十年代中期就尝试着超越人们所熟知的东—西方分析模式。当时亚洲人大量移民美国已有二十多年，亚裔美国社

---

　　① 阿帕杜莱提出这个概念颇具后现代主义术语的自觉，他强调的是一个因跨民族运动而不再受地域限制的世界的关系情境，而不是标量情境。阿帕杜莱认为这种情境既表征为一种情感体验，也表征为一种"邻域"或"种族景观"体验（假设种族互动或冲突在全球化过程中是不可避免的）。跨民族区域作为一种语境和一种语境生成条件，主要是通过这些冲突力的相互作用得以产生的（Appadurai 1996，182–187）。与哈维的资本的"剥削性累积"理论相比，阿帕杜莱的理论本质上显然更具有认识论意义，并且鲜少论及空间生产的社会经济学维度。

区不断扩大，人口快速增长，文化也日益丰富多彩。我们可以在此背景下回顾性地构建一个非线性的亚裔美国小说创作编年史，以展示其试图摆脱早期的东亚情结、从整体上弱化赛义德理论规范的趋势。温迪·劳尔·荣1983年的小说《棺材树》就是其中一例。该书描写了一位缅甸女性移民在美国的非凡经历，其中涉及英国的殖民主义、美国冷战策略、父权制、种族偏见以及社会与心理错位等问题。此外，还有三位来自印度次大陆的女性移民作家的写作：萨拉·苏莱里1987年的小说《斋日》、巴拉蒂·穆克吉1988年的短篇小说集《"掮客"与其他故事》，以及她1989年的小说《茉莉花》。十多年后，米娜·亚历山大的两部作品《到达时刻的震撼》（1996）和《曼哈顿音乐》（1997）再次引起了文坛的关注。这两部作品都显示出作家们就传统、家庭、殖民主义、民族主义斗争、种族、性别和放逐等问题所进行的复杂文化协商。其他成果有林玉玲1997年的回忆录《在月亮的白面孔中间》。该作品反思了日本在第二次世界大战期间占领马来西亚的情景，并生动记述了女主人公痛苦及叛逆的个人经历。另外，还有杰西卡·哈格多恩1991年的小说《食犬族》和萨莫拉·林马克1997年的小说《卷舌的R》。这两本书都是对西班牙与美国殖民主义在菲律宾和夏威夷的菲律宾裔美国人中造成社会与心理后果的谐仿式再现。出版时间离我们更近一些的要算莫妮卡·张2003年的小说《盐书》了。该书描写了一位在二十世纪二三十年代流亡于法国的越南男性移民在种族、性取向和文化方面的复杂经历，凸显了欧洲中心论如何影响到越南移民的身体政治与社会生存方式。

上面提到的作家和作品只是我用来区别二十世纪八十年代中期以前和之后亚裔美国文学写作状况的冰山一角。这些作家和作品中仍然书写诸如背井离乡、社会错位和争取存活那些人们所熟知的亚裔美国文学再现主题。但这些作品在捕捉源于新老帝国的移民感知及移民话语方面却令人耳目一新。因为这些话语已经不再持有基于泛亚裔主义认同政治的那种假设，也淡化了从美国国家体制中争取政治名分的那种坚持。相反，这些文学话语重新调动了以卡洛斯·布洛桑的自传体小说《美国在心中》（1964/1973）以及他去世后出版的短篇小说《返乡》（1979）为代表的"底层民众"写作。与先于八十年代中期的文学生产相比，山下坚持将南美洲作为她再现亚洲和亚裔美国人经历主要参照架构的做法，是一种更自觉和更明确的选择。这至少在两种意义上是如此。其一，它通过一种源于美国之外的自省性和自我意识将美国作为帝国加以审视，故不再刻意强调公民权这个亚裔美国人在民族—国家内部进行抗争的中心话语。此外，这种调整也为亚裔美国学者开启了一种新的思维模式，一个新的接触地带，体现了冷战后世界秩序中权势消长的一种新表征和新热点。其二，山下对亚洲人（主要是日本人）移民至南美洲所表现的关注凸显了两个帝国——日本和美国——在影响亚洲人和亚裔美国人生存和命运过程中的相互联系。山下对这些联系的关注表明，从事亚裔美国文化批评的学者们再也不能无视通过南—北视角审视亚洲人经历所带来的智性挑战了。值得一提的是，山下并非从事这种写作的唯一亚裔美国作家。在她的同代人中，《城市阶梯指南》（1996）一书的作者雪舟·福斯特是个明显的例外。这部作品用后现代主义手法集诗歌与散文于一身，将再现的锋芒指向了拉丁裔美国人和其他少数族裔人口聚集的东洛杉矶"城市阶梯"社区，以及当地居民如何因贫困交加而不得不终日在管理混乱、暴力横行的环境中饱受煎熬的情形。福斯特因此将"城市阶梯"描写成一个战区，并通过对日裔美国人在第二次世界大战期间遭受监禁的回忆，对当今美国社会中的空间不平等和都市分化状况进行了批判。我认为，山下的写作是这类非传统且充满复调的"边缘文学"感知中一个佼佼者，一个划时代的声音。她用文学提醒人们不要忘记被滥用的权力、被忘记的历史、遭到消音的政治和被掩盖起来的事实，同时也热切地呼唤人们去努力扩展亚裔美国的文学视野。

打造亚裔美国文学的前卫艺术

一个颇具讽刺意味的现象是：尽管山下的小说影响巨大，但业内人士对其在文学方面的贡献却有些语焉不详，其中一个有代表性的观点就是：她"喜欢怪诞的主题、文类和不拘一格的形式"；而她的"招牌动作"就是经常游移在"熟悉与陌生"之间（参见 Chuh 2006，621，635）。对山下文学成就模棱两可的评价也体现在对她空间政治的一些抽象概括。下面，我想就山下小说的艺术本质提出几个不尽相同的问题，并通过展示她作品如何"占领"晚期资本主义文化中美学形式的实际例子（参见 Palumbo‐Liu 2008，820‐821），对此一一作出解答。我认为，山下对亚裔美国文学最重要的贡献与其说是她关于空间政治的想象，还不如说是她对小说叙事策略的大胆创新。因为在商业主义大行其道的美国文化中，亚裔美国文学的再现与其创新潜力被日益压缩成一种毫无表现力的书写。而山下正是通过她的叙事策略为亚裔美国文学如何扭转这种局面打开了一片新天地。这基本上是弗雷德里克·詹姆逊就后现代主义文化总体态势所持的一个观点。我稍后会再回到这个话题。我认为，山下的空间和地理介入有其形式上的表现，而这些形式就是一种亚裔美国文学的前卫艺术。我提出的这个观点涉及两场旷日持久的文学辩论：一是关于后现代商业化的含义与后果；二是"前卫"概念在山下小说研究中的适用性。我提到这两个语境的目的是凸显山下在围绕她跨国想象的政治话语和文本策略之间所进行的协商。而山下小说的美学形式正是这种协商的一个结果。

詹姆逊在他那部影响深远的《后现代主义，或者晚期资本主义的文化逻辑》一书中，将后现代主义的到来看成一种新的"文化宰制"现象。这种宰制的"总趋势"就是"时间的空间化"和"空间对时间的排斥"（Jameson 1991，ix，156，159）。詹姆逊在相关的论述中还认为："后现代主义空间象征性地表达了一种史无前例的困境，那就是，我们这些作为个体的人全都被纳入了一些多层次却又毫无关联的现实组合之中。"这种状况使得由时间构成的"基本现实"——即我们与过去和未来发生联系的方式——要么根本"无法进入"，要么根本"再现不出来"。他认为，这种困境都是由后现代空间逻辑造成的，因为该逻辑"无情地占据了所有幸存下来的空档与间隙"，压缩了所有的距离，同时在视觉、理论和历史与心理层面上消除了一切时间的纵深（Jameson 1988a，350‐351；参见 Stephanson 1988，4）。詹姆逊对后现代文化本质的诊断，因其过分强调宏大叙事而受到一些质疑，其中包括一些对他总体论假设或认识论基础不足的批评

（参见 Ahmad 1992，101；Best & Kellner 1997，19；Mahonty 1997，108 -
110）。① 但我认为，詹姆逊的假设就其主要方面来说仍然非常具有说服力，
尤其是他提到的后现代主义文化中的"情感衰落"问题（Jameson 1991，
16）。正如他在诸多论述中指出的那样，造成这种状况的罪魁祸首不是别
的，正是马克思所说资本和支撑资本的市场力量，因为资本和市场将所有
具体和完全不同质的社会与人际关系系统统变成了"像幽灵一样的客体"
（Marx［1867］1990，128）。或用詹姆逊自己的话来说，变成了可用来进
行一般交换、具有"形式化表象"的抽象对等物（Jameson 1981，213）。
迈克尔·丹宁对詹姆逊的观点深表赞同。他认为，后工业社会通过量化作
用使日常生活商业化，是后现代文化的始作俑者。而后现代文化又导致了
"商品形式的无所不在"。这些商品形式不仅包括"象征性的生产（如文化
产业、娱乐业和广告业）"，而且也包括"消费和生存手段"（Denning
2004，6）。换句话说，资本主义时序通过商业化占领了空间，商品化反过
来又挤掉了非资本主义的时间。这就是晚期资本主义的内在逻辑。

　　这也是詹姆逊呼吁人们"思考空间文化政治和空间文化斗争"的不同
语境，以及他为什么建议我们通过寻找"历史替代物"的方法来"恢复某
种真正历史感"的原因所在（参见 Stephanson 1988，15，17，19）。詹姆
逊在提出"历史替代物"这一概念时，显然是要借此纠正人们在用唯物主
义方法抗衡后现代空间时的两种简单化倾向：一是忽视再现历史过程中的
修辞中介因素；二是低估人本主体在试图克服后现代空间与政治困境时
（包括诉诸社会主义的乌托邦理念）所遭遇到的阻力。詹姆逊所说的"历
史替代物"因此有着非常具体的内容，也就是说，为了摆脱后现代空间中
的"政治枯竭"状态，进而保留通向未来的某种可能性，文学批评家有必
要"找到"能用来使他们心目中的理想境界得以具体化的"恰当修辞表达
方式"。而读者往往对这类修辞手段掉以轻心，把它们当成基本内容来解

---

　　① 詹姆逊这样论证他的主张："然而我们经常被告知，我们居住于共时而非历时，我想最起
码就经验而论，我们的日常生活，我们的心理体验，我们的文化语言，如今都是由空间范畴而非
时间范畴支配的，如同在高峰现代主义（high modernism）之前的时期"。（Jameson 1991，6）

读（Jameson 1988a，350；参见 Stephanson 1988，19）。① 我用较长篇幅阐释詹姆逊对后现代空间和后现代文化的论述，是想就山下小说艺术在亚裔美国文学中如何发挥前卫作用提供必要的语境。我认为，山下不仅主动发起而且还创造性地参与了抗衡商业主义文化那种"以量代质倾向"的前卫性叙事斗争（参见 Denning 2004，115）。她一方面将商业文化中的一些形式塑造为对抗性的模态，另一方面又将后现代的嬉游性、机缘性和角度主义重新限定在她美学指涉的伦理与情感力场之中。正如我通过本书后续章节将要展示的那样，山下的这些努力不仅揭示了而且重新释放出那些被后现代主义空间所压抑的多样化时间载层，从而使亚裔美国文学和文化研究获得一种能用来再建码的新方法。

我对"亚裔美国文学前卫艺术"一词的使用不可避免地涉及了文学现代主义关于"前卫"意义的复杂争论。正如彼得·伯格指出的那样，现代主义和前卫艺术之间的关系往往因它们被赋予过多定义而无从入手（Bürger 1984，15-20）。为了避免这类事倍功半的探索，但又不回避"前卫"概念所涉及的一些基本批评关注，我对该术语进行了比较宽泛的解释。也就是说，我强调它使用的语境变迁但不纠结它的技术细节。我在重新启用此概念时的假设是，"前卫性"并不一定与某种特定历史状况或某个特定时刻挂钩。相反，它是个开放性而且有着多重口音的建构，并因为与激进的实验性美学和激进的政治立场都发生联系，从而不受限于它诞生的直接环境。② "亚裔美国文学前卫艺术"这一概念在我的用法中因此既超越了其对传统欧美形式主义的依附，也拓展了它所涵盖的使用过程范畴。前卫艺术的源头可追溯到现代主义以及（按照罗伯特·博伊尔斯的说法）早期的欧美后现代主义，即高峰现代主义（Boyers 1991，726-728）。我对此概念的运用主要借鉴了雷蒙德·威廉姆斯将"前卫主义"视为一种历史范畴的文化唯物主义观点，特别是他对此范畴能同时启动若干历史主义

---

① 关于"终极现实"的更完整的论证，请参阅（Jameson 1981，17-102）。就詹姆逊呼吁恢复解读在文学研究中地位所发表的一个理论见解，请参阅（White 1987，142-168）。

② 这是由博格本人提出的观点，尽管他认为很大程度上是一种战前现象的"前卫艺术"与二十世纪初的达达主义、超现实主义和未来主义密切相关（Bürge 1984，15-20，29-30），但历史分期实际上将这个词从当代文学和文化场景中删除了。

程序所作的思考，即它与"先锋"这个"传统军事比喻"在表意上的共鸣；对现代主义"永恒现今"论的不屑一顾和对"未来主义"的暗示；具体在"文化与政治战线上同时作战"的能力，以及和"已经与正在发生社会变革"都发生联系的工作原理（Williams 1989, 51 – 52, 61, 76）。帕斯卡尔·卡萨诺娃在另外一个语境中曾就这种前卫艺术的政治层面做过进一步阐述；她尤其关注文学作为"反叛者"和"革命介体"的处境和实践问题。卡萨诺娃认为，这类作家中最有颠覆性的往往是那些在"主流出版界外围"从事创作活动的人士。他们"为改变现有文学秩序而奋斗"，并借助文学中的"异端邪说"或其他意识形态资源改变他们所处文学时代的衡量尺度。而这些资源往往都有跨国文学的源头（Casanova 2004, 168, 326 – 327）。① 尽管卡萨诺娃在此谈到的是个比较抽象的"文学宇宙"（Casanova 2004, xii），但她间接肯定了威廉姆斯将前卫文学运动的参与者视为"移民人口"中"陌生人"的说法。这种前卫艺术实践的过人之处并不在于它的独特修辞策略，而在于它能在"革命型构"与颠覆性的文学形式之间建立起"明显的联系"（Williams 1989, 77, 80）。就此来说，前卫艺术的社会与政治功能主要反映在它毫不含糊地"将艺术重新整合到生活实践中去"，也就是说，它通过一种"介入性艺术"对实践本身进行重新编排（参见 Bürger 1984, 59, 84, 91）。

在此语境下，我们可以具体讨论山下的小说艺术如何通过其中介作用重新塑造同样受资本主义物化作用影响的亚裔美国人的日常生活，辨认出那些还没有完全异化的表达方式，并找到能用来有效再现另类现实的"修辞手段"，而这些修辞手段在后现代主义用空间挤压时间的情况下几乎变得无迹可寻（参见 Jameson 1988a, 351）。具体而言，山下小说作品主要通

---

① 山下的五部小说均由咖啡屋出版社出版，证实了卡萨诺娃关于具有颠覆性的作家大都"在主流出版业的边缘"进行运作的说法。二十世纪七十年代初，咖啡屋以小型的试验性出版社起家，并一直与美国的商业出版保持距离。值得注意的是，在咖啡屋表示有兴趣出版山下的第一部小说之前，山下几乎找不到一个愿意出版她作品的出版社，这主要是因为她对亚裔美国文学的主题进行了激进的改造（参见 Murashige 2000, 324）。卡萨诺娃对 150 年来欧美文学生产史的研究，虽然范围广泛且见解深刻，但却在概念化前卫主义文学反叛的方法上存在问题，前卫主义这些反叛被在日益扩张的全球市场体系中持续重塑自身的文学准则奉若神明。有关卡萨诺娃宏观研究之利弊的真知灼见，请参阅（Said 2003, 128 – 129）。

过三个途径体现文学的前卫性：它们创造性地运用了通俗文化的形式，批判性地改写了小说的传统程式，并通过寓言化的修辞手段重新构想出若干个面向未来的文学象征。在当下亚裔美国创作实践中，这种介入策略还没有被尝试过，或者虽尝试过却不具有同等的效果。丹宁在谈及大众文化在当代美国社会中的作用时认为，大众文化的运作方式并非全都品味低下，毫无追求。恰恰相反，资本主义社会中的文化生产总是存在着与它自己背道而驰的另一面。它因此不仅能强化民族—国家的文化产业和文化器具，而且也有利于底层民众的身份建构与政治动员。就此来说，商业主义的文化形式也是一种被争夺的对象，受到当权者和边缘人士的同时挪用。与此同时，这些形式又受到"遏制—抵抗、物化—乌托邦这类辩证关系"的左右。丹宁认为，从事当代大众文化批评的意义并不在于学术界所青睐的文本式诠释学，而在于它能将对商品形式的解读和对阶级型构与阶级地位的考察重新结合起来。而后一种努力的重要性往往被前一种效果所掩盖（Denning 2004，98 – 104，116 – 119）。

山下在用小说与大众文化形式进行协商时，不论是采用后现代主义的还是其他手法，其运作基本上都是依循丹宁所勾画出来的轨迹，也与詹姆逊提出的理论假设不谋而合。这些手法讽刺性地将已有形式进行了一种从内到外的大调转，借此掏空了形式的本来意图，并将形式变成了一种效仿的对象。这种充满意识形态抗争的大众文化形式在小说中可以说比比皆是，如肥皂剧套路、表演常规、白话诗歌、移民或工薪阶层的口头禅，以及反文化习俗等。山下对这些形式的使用都浸透着她的时间感和她的种族、性别与阶级意识。就肥皂剧而言，山下将其再现套路作为她在二十世纪九十年代出版的两本反乌托邦小说《穿过雨林的彩虹》和《橘子回归线》的叙事结构。她显然是在用这种写法与两种观众进行沟通：一是那些被动感受肥皂剧中肤浅情节和感伤效果的人群；二是那些能通过肥皂剧的夸张风格敏锐察觉出事态严重性的人群。除此之外，山下用双声建构对大众文化形式进行再建码。该策略特别体现于她在书写《穿过雨林的彩虹》时所采用的推理小说或科幻小说次文类。通过这种次文类，山下将读者置身于一种经常变动的双重文化空间：一是对断裂时间和非连续性经历的体验；二是对推迟欲望表达和延续存在困境的忍耐度。前者指向现实主义的局限性，后者则揭示出想象的不足，二者都要求读者经历某种认知变位并与两种解读方法进行协商；而认知的变位反过来又构成了小说的文类结构。她作品中另外一个突出的大众文化关注涉及视觉效应、复制功能、网络超验和新兴数控技术。比如，山下在她几乎所有小说的封面设计和页面布局中都进行过类似实验，特别是她对色彩和形状的运用，对超语境的情有独钟，以及对画面的挑选。此外，她还按照电脑程序或信息学逻辑设计出一些角色的行为准则或生活方式，这特别反映在《穿过雨林的彩虹》和《橘子回归线》这两本书中。山下通过这些写法所强调的是：数控文化不仅带来便利也能引起幻觉，既有定量也有变量，易于空间的逾越也便于社会的监控。此外，山下在她大多数作品中，特别是《橘子回归线》《周而复始》和《国际旅店》中大量使用了传媒文化的成规、带有阶级和种族色彩的俚语、能在街头巷尾听到的粗话、顺口溜和不同类型的表演。这些都是作者精心设计的修辞手法，也是用来撬开商业化的美国后现代文化中时空压缩状态的重要手段。其效果当然也暧昧含混。

在小说的书写方面，山下注重对修辞手段与文学主题的更新，力图摆脱亚裔美国文学叙事的既定程式。不可否认，山下使用的一些叙事策略——如将魔幻与现实、过往与现今并置；在虚构与非虚构之间徘徊；以及用罗列史实的写法强调文学指涉的重要性等——都能在其他亚裔美国文学作品中找到例证，特别是汤婷婷的一些早期作品。然而，当代亚裔美国文学实践中却鲜见山下所使用过的其他形式创新，或者即使有，也是昙花一现，难成气候。这些形式创新包括用叙事结构体现或强化主题，将激进政治与无所顾忌的美学并举，开诚布公地谈论政治同时又异常注重细节，轮换叙事角度并将人物再现成文化类型或政治寓言，以及将现代主义的清高与文学民粹主义的粗俗融为一体。[①] 山下的这些叙事创新因带有明显的实验性和越界倾向而常在解读过程中被看成是后现代主义的产物，而考察后现代小说的定义并非本章的主旨。但有必要指出的是：文学后现代主义

---

① 我从这些角度讨论山下的作品，是借鉴了罗伯特·博伊尔对一些早期后现代美国小说的描述（Boyers 1991，735，744）。

的标志——这至少就其激进的一翼来说——就是声称对历史的回归，这体现在其对高峰现代主义推崇超验理性以及在批判资本主义过程中藐视大众文化的倾向。然而，这些后现代姿态的前提假设并没有摆脱米歇尔·福柯对指涉起源的否定和雅克·德里达对文本痕迹的痴迷。换句话说，常规文学后现代主义所拥戴的历史主义往往满足于它对解构主义中现实效应的某种谐仿式拼贴和元小说式操演。因此仅仅抽象地将山下的小说艺术界定为后现代写作是不够准确的。而她书写的一个主要特点实际上正是她对历史相关性和历史发展动向的强调，因为这些历史相关性与发展动向不仅能被整合，而且还在话语和物质的层面上为实现人类解放指明出路。尽管山下采用了一些后现代主义的再现策略，但她拒绝让严谨的历史主义批判完全消失在常规后现代主义话语的离心式嬉游之中。这也是她政治与诗学的一个不同凡响之处。

批评家们经常认为魔幻现实主义是山下作品最为重要的一种美学形式。这种形式显然是她使用过的叙事手法之一。因为魔幻现实主义与后现代主义有着千丝万缕的联系，因此也处在我关于前卫艺术的思考范围。[①] 魔幻现实主义发端于十九世纪二十年代中期，当时弗朗茨·卢赫用 Magischer Realismus 一词概括当时风靡德国的后表现主义（参见 Roh［1925］1995，15 - 16）。随后，阿莱霍·卡彭铁尔于 1949 年将此概念重新定义为"魔幻的真实"，用来表述一种独特的拉丁美洲文学流派（Carpentier［1949］1995，75）。魔幻现实主义在二十世纪六七十年代成为一种国际性的实验美学。而这种美学形式的全球化也造就了它能"超越地域"并被后现代主义挪用的前提条件，故而成为一种时兴的后现代主义风格。魔幻现实主义偏爱超然物外的东西，过度夸张的风格，来世光景，以及游移在意识与下意识之间的灰色地带。这在后现代主义者眼中简直就是另外一个版本的"衍异"、内省和（在经典与通俗意义上的）元虚构（参见 Faris 1995，164，167）。我们如果顺着上面提到的时间顺序进行反向思考，魔

---

① 山下承认她"惯常阅读较多的是拉丁美洲作家的作品"，而较少涉猎美国作家或其他地方作家的创作（参见 Murashige 1994，50，52）。有关魔幻现实主义的进一步讨论，请参见本书第四章和第五章。

幻现实主义也可以追溯到法国的超现实主义传统，因为卡彭铁尔在二十世纪三十年代逗留巴黎期间曾直接受到过安德烈·布勒东的影响。超现实主义推崇艺术的直觉，以及心灵通过梦境或幻觉展开的自由联想，并对被物化和毫无生气的资本主义生活方式抱一种批判态度。① 魔幻现实主义能将平庸化为神奇，或将神奇变为平庸，特别强调"现实转换的唐突""现实规模的放大""现实定义的拓宽"，以及"振聋发聩的高见"（Carpentier［1949］1995，86）。由于魔幻现实主义始终是现代主义和后现代主义争相占有的一块宝地，山下将这种叙事方法看成一种用来"讽刺现实"的工具，并将她的写作统称为"历史小说"的做法，也就带有了一种非比寻常的意义（参见 Shan 2006，129－130，137－138）。山下对她作品的这种唯物主义定性指向了魔幻现实主义一个更基本的功能，那就是，它能用来呼唤"历史的复归"，以及通过这种复归释放出渴望得到解放的乌托邦式愿景。而这种愿景正是第二次世界大战结束后如火如荼的非殖民化进程的一个必然产物（参见 Denning 2004，70－71）。换言之，历史是山下挪用魔幻现实主义认识论和再现机制的原动力。魔幻现实主义因此构成了一种激进的亚裔美国文学创作前卫艺术策略，或借用博伊尔在评估卡彭铁尔的贡献时所言，一种能拒绝欧洲文学、欧洲规范和欧洲心理模式，并为解决当下亚裔美国文学创作核心关注问题而打造出来的艺术策略（Boyers 1985，71）。

我认为，山下在她小说中创造性使用的两个修辞手段（或"历史替代物"）特别能反映她深厚的历史感，如她在《巴西丸》《穿过雨林的彩虹》和《橘子回归线》这三部作品中经常使用的"启示录"和"纯真"意象。这些修辞手段在表达对某种未来存在方式的期盼时大都以商业资本主义大行其道且"危机四伏"的现今（这里借用了沃尔特·本杰明的一个说法）为参照架构，同时又指向过去和未来。山下对她所处时代的浓厚兴趣使她的叙事角度具有了某种双重性：一方面，她的关注有助于"点燃希望的火花"（参见 Benjamin［1995］1968，255，257），另一方面，它又能对未来

---

① 然而，由于超现实主义与其前身（即达达主义）的虚无主义有着许多瓜葛，因此它更倾向于表现"纯粹的精神自动主义"和"思想的真正运作"（参见 Williams 1989，73）。

的可能性作出某种乌托邦式的预测。山下通过这些修辞手段所要传达的是一种辩证意识，这种意识使她能在已知和未知之间搭建起历史的桥梁，开启出一种象征性的宇宙轮回过程，并对"主体性进行全球式的构想"（参见 Zamora 1995，504），是一种不折不扣的魔幻现实主义实践。

对末日启示录的浓厚兴趣，无论是对乐天派来说还是就悲观厌世者而言，都源于西方犹太—基督教传统及其古典思想。作为《圣经》预言的一种类型，启示录明确使用了终极目的论和二元对立逻辑，并在最后的宣判日预言世界末日的到来，从而使善与恶都得到应有的回报（参见 O'Leary 1994，3－6）。启示录在十九世纪末以来的西方文学中常被当成用来对抗商业资本主义冲击的一种修辞手段。比如，一种叫作"再生式启示录"的修辞方法就强调通过启示录的"净化效果"影响读者判断力的可能性。该方法所调动的启示录修辞效果（无论是乌托邦的还是反乌托邦的）涉及一个从罪恶中被救赎出来、同时又从文明的废墟中冉冉升起的虚幻世界（参见 Fortunati 1993，82－84）。这种对启示录的使用在 T. S. 艾略特的《荒原》和弗拉基米尔·马雅可夫斯基的《裤子中的云》等现代主义诗歌中都可以见到踪影。此类作品的特点是它们既在乎传统也向往革命，它们的末世想象因此既前卫又保守。① 山下对末世论修辞的运用带有明显的历史主义和世俗化特点。她用渗透着亚裔美国女性情感的写作重新编排时间顺序，从而在处理善恶对决的方法上与盎格鲁—撒克逊式的假设大相径庭。同时，她又颠覆性地重新占有了这种修辞手段的预言与救赎机制。因此，山下对启示录的批判性改造使她时间表上那些被锁定的批判目标无处藏身：玛塔考、塑料球与三条手臂的忒波（见《穿过雨林的彩虹》）；肆虐于埃斯佩兰萨的智性霸权（见《巴西丸》），以及赫南多和"超级那福塔"（见《橘子回归线》）等。这些在修辞意义上受到口诛笔伐的人或物都是些在帝国或商业市场扩张过程中维护特权与不平等关系的资本主义道具。由于世界上还没有能取代此种状况的社会条件，山下又为读者塑造了一系列能为弱势群体或处于蒙昧状态中的劳苦大众带来希望的末世福音信使。她

---

① 关于艾略特和马雅可夫斯基如何在各自作品中运用启示录修辞格的讨论，请参阅（Bradbury & McFarlane 1976，33－35；Hyde 1976，260－262）。

的这种修辞尝试可见于《橘子回归线》中建构的阿肯吉尔（即"大天使"）形象，一个根植于数百年殖民历史、带有神秘色彩的拉丁美洲角色；以及该书所刻画的巴兹沃姆（或布兹翁）形象，一个在东洛杉矶贫困社区单枪匹马地经营一个叫作"慈善天使"服务站的非裔美国社区义工。

山下在她作品中使用的另一个修辞象征是"纯真"，这主要体现于她在几部小说中对童年或大自然意象的运用中，如《穿过雨林的彩虹》《巴西丸》和《橘子回归线》。与"启示录"概念的使用情况类似，"纯真"在历史上也曾被各种社会与文化群体用来批判工业资本主义的扩张。这至少自十九世纪初以来就是如此。对"纯真"的这类运用可追溯到德国浪漫主义、美国超验主义和早期及晚期的马克思主义传统。这些流派都喜欢用农村的意象来解释资本主义分工与异化所带来的恶果，或是用这种意象来构想人类解放的可能性（参见马克思［1867］1990，455 – 491，908 – 912）。雷蒙德·威廉姆斯在用乡村这个反叛性比喻批判（晚期）资本主义方面可以说是马克思主义传统的忠实继承者（Williams 1973，35 – 54）。此外，处于不同时代和对社会平等理念有不同理解的卢梭和列维·斯特劳斯也都在他们的早期社会思考中不约而同地将目光投向了巴西的亚马孙雨林（参见 Geertz 1996，163 – 164）。这类对"纯真"理念的挪用当然也招致了不少批判，但这些批评往往都借助于后结构主义和后现代主义对启蒙运动认识论和本质化历史假设的否定。比如，福柯就对历史唯物主义为抗衡资本主义而强调起源或处所的做法嗤之以鼻，而不问这种努力究竟是出于何种机缘或象征性的考量。他提出的应对策略是"知识考古学"，即一种不平衡、不连贯和互为前提的先验性知识形态。这种知识形态一方面构成了自主性主体、理性成规、因果关系、自觉行为和有效性的基础，另一方又使他们全都不具有合法性（Foucault［1969］1972，131，191，205 – 207）。通过否认现在是对过去的一种积累，福柯想证明人本主义者试图回归某种纯洁无瑕起源的努力不过是一种怀旧的虚幻，因为这种努力不仅掩盖了权力运作和社会不平等的表达方式，而且还以解放全人类的名义复制了宰制性的机制与假设。盖亚特里·斯皮瓦克在《底层民众能开口讲话吗?》（1988 年）一文中的著名论述就体现了这种对历史实证论和理论总体化倾向的福柯式怀疑主义态度。

正如我在第二章和第四章的分析中将要展示的那样，山下在她小说中对"纯真"这个比喻的使用并没有落入传统人本主义的简单化俗套，她也并不认为这类修辞形式一定就是抵制商业市场胁迫性逻辑的灵丹妙药。恰恰相反，她对这种比喻方式的选择反映了她社会愿景中的历史主义。因为该愿景不仅有反讽内涵而且也传达某种希望，既有批判的锋芒又能用来思考另类可能，同时亦不放弃对人类尊严和社会正义这类漫长与结果难料的社会与伦理追求。这种乌托邦的参照架构与浪漫怀旧的天真或与小资式的感伤不可同日而语，也迥异于现代主义通过"呼唤永恒之复归"而对失落传统发出的哀叹，或是后人本主义通过"追寻反理"（参见 Lyotard [1979] 1984，66）使所有意义都"化为乌有"的愤世嫉俗（参见 de Man 1979，236）。山下用这种意象表达她的难圆之梦时还有一个前提，那就是，她对当下的审视和批判性替换都反映了她对时间、处所和实践的独特理解。有鉴于此，她作品中塑造出来的那些最终受到惩罚的邪恶势力都可以被看成是她为开启一个崭新时代所发出的暗示。而这种新时代只存在于乌托邦式的天真想象之中：它一方面源于历史，另一方面又在社会与物质的意义上通过未来主义获得重生。

语境中的跨国性

我在上文中对山下文学创作的时空效应进行了详细的论述。但我并不认为她的再现方法一定就是领域中的典范。相反，我将她的文学投入看成是一种历史机缘性的产物。这些历史机缘的形态完全有赖于她如何评估和回应她所面对的环境，能在她写作生涯的某些特定时刻中得到什么样的政治、个人和文化资源，以及她在面对那些令人不安却又难以改变的外部压力下如何想象艺术的功用。这可以用来解释山下的小说为什么从来不按照亚里士多德的净化理念设计结局，而是强调众生喧哗和叙事悬念——它们永远是巴赫金式的梅尼普世界的新开端。就此来说，她的地理意识、她的写作风格和她的批判倾向都难以复制。但她针对存在于跨国文学写作两种张力所进行的建设性协商——即如何有效揭示亚裔美国时空变迁的多样性和复杂性，同时又如何使这些流动的瞬间重新回归具体的社会与历史底层——非常值得效仿。因为这种双重协商使山下不论在全球范围还是在亚裔美国社区内都能识别、评估并介入那些残存的、占主导地位的和刚刚萌生的关注，从而为亚裔美国文学创作与批评实践提供了一种在政治上更贴近现实，在审美意义上更具有联想性的跨国政治理念。山下小说写作中这两个相辅相成的方面凸显了她在艺术创作中如何将暗喻和明喻融为一体的实际操作。前者在书写的层面上强化了她叙事的不确定性，后者则在社会与道德层面上强化了文学的指涉功能。我们只有读懂了山下文学描写中的这些张力和需要时，才能把握其跨国想象的历史独特性。

科茜在亚裔美国文学研究中找出的不严谨之处——即该领域强调族群同一性需要，和它按照内部差异性原则以发散方式持续增长的趋势——在山下的文学实践中得到了某种纠正。[①] 就其方法论来说，山下的文学实践——特别是它采用的视角、使用的叙事口吻和传达的情感——提请读者注意，她的创意写作在意识形态上是植根于亚裔美国感知的。而近来的亚裔美国文化研究在应对后民族主义就族裔问题提出的挑战时，往往倾向于建构多族裔文本联盟，使亚裔美国文学作品只能象征性地参与其中。我认为，山下的文学实践提供了一个比上述研究方法更有说服力的方案。我在这里指的是亚裔美国研究学者詹姆斯·李在他 2004 年《都市中的类选》一书中所使用的分析方法。该书是一部比较研究，集中探讨了里根—布什时期保守气氛下出现的"种族焦虑"症。其中涉及对亚历山大·莫拉莱斯、山本久枝、约翰·埃德加·魏德曼和汤姆·沃尔夫等作品的讨论。李写这本书的目的是对亚裔美国文学评论家们安于"在体制和学科规范内解读作品"的倾向提出异议。他敦促这些学者"尽快"走出这种"自我麻痹"状态，"超越只从文本中发现对抗手段"的做法，并凭着"知识分子

---

① 斯图亚特·霍尔在二十世纪八十年代初将福柯和阿尔都塞的话语范式引入了英国的文化研究，并在此语境下提出了"差异中的统一"的概念，所强调的是差异在从理论上阐明不均衡复杂统一体中的重要性（Hall 1985，92）

的良知直面体制的局限和学科的内在危机"（Lee 2004，xxiii - xxiv）。李提出的关注并非无的放矢，那就是，有必要明确承认并展示文学源于社会与经济的实际切入点，以及它能反映与上述文化功能更具有结构性联系的文学内容。他提出的对策就是族裔互涉研究方法。该方法由于印证了文化研究在宽泛意义上对民族—国家和族裔身份的批判而增加了该书的介入力度。我认为李的论点中一个不够令人信服的地方——这里暂且不论他对亚裔美国文学所谓"虚幻"本质那种自我解构逻辑的再次铭写——是他试图用多族裔文本联盟作为他道德主张的主要依据。因为在他看来，族裔互涉方法最能反映文学之外社会基本现实的。但这种论点似乎经不起推敲，因为它与法国马克思主义批评家卢西恩·戈德曼在二十世纪六十年代提出的"同源式解读程序"——即结构对应法，有着惊人的相似之处。概括起来说，戈德曼提出该解读程序的目的是要强调文学的社会学功能。他的假设是："艺术只有在当它能表述一种更宏大进程的时候才具有批判性"。这些宏大进程只涉及典型的而非具体的事件、立场或环境。同理，只有当艺术能直接使它所代言的社会群体实现"意识的最大化"时，它才称得上是非精英的艺术（参见 Brunt 1992，74；LaCapra 1983，44 - 45）。[①] 尽管戈德曼试图将文学研究重新加以历史化的努力借用了某些卢卡奇的历史唯物主义观点，但由于这种努力与法国当时的结构主义革命有着千丝万缕的联系，它因此很难超越结构主义的符号学氛围；相反，它在强调文学外在性时实际上又重新复制了结构主义的功能主义偏见。这里的问题是：为了在不同文学作品之间建立起可比性的话语关系，因此将个别作品的独特性和它们所代表的具体传统全都摆在了他那个同一性结构中的次要位置上，而该同一性结构能够决定对文学生产到底发挥什么样的社会功能。

就此看来，李的研究内容和讨论问题的范围都不是问题；问题出在他是站在一个专门从事亚裔美国研究学者的高度来谈论文学的历史主义。然

---

① 在我之前已有不少学者对作为一种去历史化阐释方法的同源性给予过批评，我在此借鉴了他们的观点（如 Jameson 1981，43 - 46；1983，234 - 23；Williams 1977，109；Zimmerman，1978 - 1979，158 - 173）。关于戈德曼所称的在"小说文学形式"和"人与普通商品的日常关系"之间存在"结构的同源性"，详见哥德曼在《小说社会学》一书中的论述（Goldmann ［1964］1975，7 - 10）。

而，他按照自己预先设想出的先后次序来建构自己的政治视野，此分析方法恰恰落入了同源性的陷阱。李显然认为存在着一个能将千差万别的美国族裔文学文本排列起来的更客观的结构，而那些被他选定的文本反过来又具有了某种可比的优先权。他的亚裔美国分析模式就这样轻松地跨越不同社会现实所带来的不同质问题，以及充满利益冲突的不同社会环境之间的相互矛盾。具有讽刺性意味的是，李的研究以超越审美范畴和学科局限为契机，却无意间又激活了结构主义的形式主义假设，从而走向他批评宣示的反面：它从强调文学的社会责任感（即有必要关注社会下层那些族裔群体不同境遇之间的物质性联系）和文学的伦理开始，将以他比较研究中的他者简化为失去所有特殊性的对等物而告终。

李的研究方法最终放弃的是对亚裔美国未来愿景的重新构想，而这恰恰是山下赋予她小说艺术的一个重要使命。山下对亚裔美国未来的展望并非基于某种一成不变的族裔认同感，而是强调把握"亚裔美国利益"的"范围"和"多样性"，以及亚裔美国人政治抗争的分离式"社会效应"（参见 Lye 2008b，96）。只有当我们将这些亚裔美国利益和为之发起的抗争看成是推动历史发展的主要动力时，它们才会变得有意义。换言之，这些历史时刻的形态、结构和趋势不仅取决于亚裔美国人社会化的具体形式，而且也取决于亚裔美国文学评论家是否愿意将亚裔美国文学研究想象成一种切实可行和能不断更新的实践。鉴于制约我们的社会体制总是将不同族群的政治诉求变成他们之间互相冲撞的个体行为，我们似乎还不能将亚裔美国文学只看成是一种虚幻存在，也不应当满足于用文本的可比性来替代美国少数族裔群体所发起的不同质的抗争，更不能一厢情愿地将亚裔美国文学当成族裔互涉民主理念的一个注解，从而有意无意地复制出一种完全基于自愿主义原则的多元文化愿景，并以这种方式绕过了美国民族—国家所造成的深层问题。

我们从山下小说的写作方法中得到的一个重要启发是：亚裔美国作家能通过自己的视角深入批判族群中心论和开展跨学科写作，同时又不落入阿里夫·德里克所说的将差异性当成某种"元批评教条"的个人主义陷阱（Dirlik 1997，ix－xi），也不否认"差异中求联合"这一亚裔美国人集体抗争策略的合法性。用亚裔美国人的观点来看，山下的写作与其他美国族裔文学的写作有着本质的不同，将后民族主义和后人本主义理论生搬硬套到山下的作品上，那只会带来一些简单化的趋同效应。同理，亚裔美国批评家也不应当放弃文学这个资本主义极力遏制和扭曲亚裔美国文化感知的场域，尽管我们试图创新和变革的结果往往既暧昧又不尽如人意。①

---

① 因此，我们应该警惕后新批评思维中反对追求文学意义的倾向。这种倾向认为文学意义是资本主义本质化或物化的必不可少的同谋，例如皮埃尔·布尔迪厄对美学的大肆谴责。他认为美学不过是阶级特权的一种工具（参见 Bourdieu 1984：1991），按照此种思路展开的论述往往忽视了与美国晚期资本主义文化的审美形态打交道并赢得控制权的必要性和困难程度，也简化了文化批判的本质和范围。当然，如果没有认真地研读布尔迪厄，自然不可能对其大量且很有影响的著作多作评价。但需要指出的是，他的"惯习"理论和他对现代法国教育机器的批判具有两个鲜明的时代特征：一是 1968 年法国激进学生运动的精神和修辞；二是二十世纪六十年代在法国左翼知识分子中占主导地位的结构主义。事实上，布尔迪厄主要是通过结构主义来拓展传统的马克思的阶级概念，加进了关于象征性秩序的思考，并揭示出了作为再生产机制的等级化和宰制性的根本原则。同时，布尔迪厄的这些范式仍然受到结构主义的功能主义悖论支配：他们对社会的鲜明批判和对改革的激进号召总是被他们采用的方法破坏殆尽，这个方法很难使他们所提的政治议题超越结构符号的概念限制（参见 Dosse ［1991］1997，2，66－75，301－311）。

第二章　南向迁徙：《巴西丸》中的帝国建构与跨文化融入

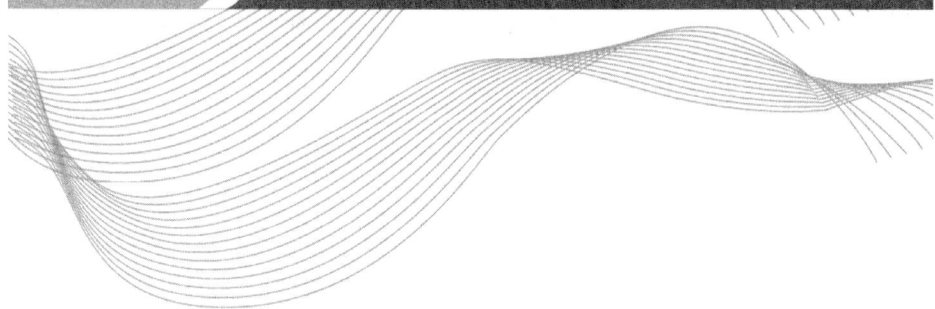

我们的方位是南回归线以北，处在一个占据了半个南美洲大陆的国家正中……我们只不过是地图上一个微不足道的小点，代表着一个还没有标记出来的地方。那是为开启一个前途未卜的事业而播下的种子，众多故事中的一个故事。

——凯伦·山下《巴西丸》（1992）

对我来说，诠释学的生命力似乎在于它的双重动机：它善于质疑，又愿意倾听；既严苛，又遵从。但我们眼下还离不开对偶像的崇拜，而且才开始去思考象征到底为何物。

——保罗·利科《弗洛伊德与哲学》

尽管《巴西丸》的出版比凯伦·山下第一部小说《穿过雨林的彩虹》晚了两年，但是该书的准备工作始于二十世纪七十年代中期。山下后来回忆说，"机会和直觉"让她留在巴西研究那个国家的日本移民，并在圣保罗和巴拉那两个州采访与当地日裔巴西人社区有直接或间接往来的居民。[①] 山下从来没有充分解释过她为什么要选择到南美洲去做研究，但她在亚裔美国人用东—西方分析模式探索建构的初期就万里迢迢来到一个陌生国度，从而进入一个全新的认知领域，这似乎是个经过深思熟虑的举动。此前，她于二十世纪七十年代初访问过日本，当时是以工读生的身份去调研她的家族史。在那期间，她经常听到日本朋友说她长得像个"纯正日本人"，这使她意识到了挥之不去的种族问题。山下在她 2001 年的作品《周而复始》中以她去巴西旅行的经历为背景对该种族问题进行了如下反思：

"纯正日本人"到底是什么意思？我受到了伤害，一肚子不高兴。我来自一个许多人（包括我自己在内）都长期反对种族主义和种族排斥的国

---

① 山下说过，她的"第二本书才是真正意义上的第一本"（参见 Murashige 2000，323）。她在为《巴西丸》所作的致谢中提及她做过的研究活动。我在本章、第三章和第四章中多次提到《巴西丸》和《周而复始》；为了避免混淆，除了对它们的专门分析，其他时候在章节中引用它们时，我都会采用缩写形式 BM（《巴西丸》）和 CC（《周而复始》）。

家，我并不认为纯正的种族有什么价值，或是对我来说有什么重要性，但在日本，我试图去融入、去归属。

几年后，也就是 1975 年，我得到了一笔到巴西去研究当地日本移民状况的资助。巴西有 150 多万日本移民；他们的后代都在那里定居……他们的居民有着漫长、令人神往的历史，以及复杂、多元的社群。但我第一次去巴西时并不了解这些……我承认，自己当时只是想在那个温暖和性感的热带国家待上一阵子。但我仍然想弄明白，"纯正日本人"到底意味着什么。抗拒同化和融入一个新文化与新社会的那种固执究竟来自何处？而将北半球、南半球和远东的日本人社群联系到一起的又是什么？（CC 12)

山下在此提到"将北半球、南半球和远东的日本人社群联系到一起"的东西，这可以看成是她在种族和地理的交汇点上萌生跨国意识的一个顿悟性时刻。也就是说，在美国对种族平等的追求使她认识到：国家边界和族裔中心论不仅以互为因果的方式固化着现有的种族秩序，而且也限制了亚裔美国人的自我认知过程。这种朦胧的批判意识似乎在很大程度上促使山下决定展开关于日裔巴西人离散群体的研究。该项研究最终在二十世纪九十年代初以小说形式出版。它不仅巧妙地回答了山下提出的一个具体问题——"试图抗拒同化和融入一个新文化和新社会的固执究竟来自何处？"而且也间接地回答了她在写这本小说时提出的一些哲学问题，即"什么是教育？什么是自由？什么是幸福？"（CC 12)

山下将她从事研究的地点从日本挪到巴西，并重新界定她研究的深度和广度。这使她对与地理有关的种族问题也有了新的认识。她从最初（去巴西时）那种单纯反对美国和日本民族主义对种族的霸权式定义，转变为（在写这本小说时）认真评估日本人在多元化的巴西农业社会中建立离散社区时所遇到的挑战和受到的启发。山下研究重点的转移说明她注意到了日本人移民至巴西过程中的一对矛盾：其一，移民中的大多数是受到本国现代化冲击而不得不背井离乡的受害者。其二，这些移民在不知情的情况下又参与了伪装成移民项目的日本领土扩张计划。山下试图把握日本人移民至巴西过程中这些矛盾的努力在书写过程中常表现为文学描写的暧昧性和暗示性，以及她在抒发文学愿景时的抽象性。我认为，这些文本特征反映了山下针对这些张力所进行的复杂协商，特别是涉及如下几个问题的处理：即如何评价她搜集到的一些"负面"资料，如何处理二十世纪七八十年代亚裔美国政治期待视野的压力，以及如何创造出能恰如其分地再现那些外部制约因素的文学比喻。

山下的这些努力在小说的文类特征上留下了微妙的印记，我们在此可将这些形式痕迹统称为"历史元叙事"。我用该术语指称存在于小说写作和小说接受过程中的一对互补关系，即：小说形式给文本解读带来的挑战，以及读者如何通过与文本共同建构小说意义的方式回应这种挑战。就小说的受众来说，关键是如何处理好如下两个方面的解读：其一，这部小说通过人类学研究所汇集的大量原始资料给人以一种平铺直叙的感觉。其二，小说又通过暗示性的结构将这些原始资料组织起来，从而使文本叙事显得扑朔迷离、若明若暗。就此意义来说，小说内容中那些语焉不详的比喻和模棱两可的愿景应当是小说形式结构中最为重要的部分，因为小说的内容和用来传达该内容的修辞手段之间的张力将读者的注意力引向了藏匿在小说叙事表层之下的另外一个故事。而作为小说实际指涉中心的那个故事则激发读者去探究能使小说被压抑的内容浮出水面的解读方法。我在分析《巴西丸》过程中有时会直接讨论历史问题，但这种讨论的"动机却是形式主义的"。其目的是参与挖掘并复原山下通过该小说文类设计而有意淡化的一些史实。[1]

---

[1] 我对《巴西丸》体裁特征的讨论借鉴了詹姆逊的"元批评"的概念。他通过这一概念再次强调了阐释的必要性，以反对后现代主义摒弃主旨和人性的哲学基础的倾向以及摒弃意义的深刻性的倾向。詹姆逊的策略是颠覆苏珊·桑塔格的"反对阐释"的论点（Jameson 1982，95 – 104）。这个论点假定内容是文本意义的唯一载体，将阅读行为从以文本为中心的形式转变为某种介于文学生产、跨学科知识和批评之间的混合空间，凭借文本的物化轨迹来恢复历史。用詹姆逊的话说，这个阐释过程是"出于形式的激励"，对内容的追求与对形式的探究交织在一起（Jameson 1988b，7，13 – 16）。我对《巴西丸》的阅读策略沿用到了我第三章对《周而复始》和第六章对《国际旅店》的研究中。

移植现代性

为了给小说的叙事提供某种导向，山下在正文开始前加上了两个赠言，其中一个谈到了日本在两次世界大战之间移民至巴西的大背景：

日本移民至巴西与日本移民在美国受到排斥的状况有着十分密切的联系。1908 年签署的《君子协定》使日本向美国输送移民的做法戛然而止。那一年，圣保罗州的桑托斯港迎来了第一艘载有 800 个日本移民的商船。在二十世纪二十年代，美国政府通过了《排斥亚洲人法案》，日本移民去巴西的数量一下子由涓涓细流变成了汹涌大潮，成千上万人来到巴西的咖啡种植园当契约工。截至 1940 年，已有多达 19 万日本人从桑托斯港通关。而 32 艘日本商船 300 多次漂洋过海，其中总有人在那个港口入关。尽管大多数移民去巴西是为了当契约工，但他们中的一小部分是去定居的。他们买下大片土地并开始垦殖。

山下将日本人移民巴西之举看成是日本人向美国移民的一种溢出效应。这使人窥见了存在于日本的跨太平洋劳工大迁徙与日本在第二次世界大战前建立拉丁美洲离散社区之间一些鲜为人知的联系。[①] 山下同时也指出了造成日本人向美洲大陆移民（尽管当时已经有了美国 1924 年的《排斥亚洲人法案》）的一些国内因素。这些因素包括次子失去继承权、高税收、1923 年的关东大地震及其后果、居高不下的失业率、城乡人口骚乱，以及政府对激进左翼抗争活动的镇压。然而，山下的小说对这些历史并没有过分渲染，而是笔锋一转，将其叙事的锋芒转向了以寺田家、宇野家和单身汉学者水冈秀平为代表，有些神秘兮兮的"另类"移民。因为这些移民并不是去巴西当咖啡种植园的契约工，而是要在那里实现他们所信奉的基督教社会主义理想。这三家人的目的地是埃斯佩兰萨，一个位于圣保罗

---

①　胡琪瑜提供了迄今为止关于这种关联的最详尽的社会学研究（Hu - DeHart 1998，1999a，1999b）。

州西北角的日本农垦殖民地。① 建立埃斯佩兰萨的想法来自百濑先生，一个生活在美国西海岸的日裔基督教传教士。百濑有感于美国当时密集的排斥亚洲人立法，认为巴西是"日本人的未来出路"，还对有兴趣移民到巴西的日本人说：那里除了"原始森林"和无限的空间之外什么也没有（6-7，17）。以下是小说关于百濑先生如何将其理论付诸实践的一段描写：

> 他用关于巴西有无限潜力的故事打动了田卷男爵，一个位高权重的富豪。后者于是买下了一大片土地，用来建立一个叫作"埃斯佩兰萨"的实验性农场。这种做法类似男爵在中国东北尝试过的实验。男爵是个远程操盘的实际股东，他只管投资，然后雇人管理他在地球另一端的产业。（59）

书中关于田卷男爵在埃斯佩兰萨的农业投资与他在中国东北的殖民活动如出一辙的说法看似漫不经心，实际上却颇值得玩味。因为它能使读者了解到日本战前海外活动中一个极少被谈及的方面，即存在于它的移民计划和它与日俱增的帝国扩张需求之间的微妙关系。日本在赢得日俄战争（1904-1905）后开始取代俄罗斯在中国东北的影响。在伪"满洲国"成立之前，日本已经向该地区输送了一小批移民，并通过发展当地农业、采矿业、公路建设，以及铁路和水路运输的方式攫取当地的资源（参见 Staniford 1973，7；Young 1998，34-35，318）。② 日本在此期间向巴西输送移民的做法虽然出于不同目的并采取了不同形式，但它在一个方面却与日本在中国东北的殖民活动非常相似。幸子孝四郎就提到，这种移民方式混淆

---

① 山下给这个日本移民社区起了一个虚构的名字，这个名字貌似来源于列维·斯特劳斯在《忧郁的热带》中提到的"埃斯佩兰萨港（Porto Esperança）"，山下在二十世纪七十年代中期读过这本书。埃斯佩兰萨港是一个独立的社区，位于巴西的马托格拉索州，列维·斯特劳斯开车去那里做田野调查时，由于这个社区本身的"地理位置因素和人的荒谬行为"，给他留下的印象是"凄凉"和"令人绝望"（Lévi-Strauss［1955］1974，162-163）。

② 日本人小规模移民到中国东北始于1886年，当时日本政府颁布了移民保护法（Fuji 和 Smith 1959，2）。1945年9月，当日本向盟军投降并解散伪满政府时，已有超过16万的日本人移居中国东北。除了中国东北和巴西，日本人也移民韩国（1910年后）、菲律宾的一些特定的地区（1903年后）、帕劳和中国台湾（战前几十年）（参见 Staniford 1973，7）。

了普通移民和官方移民之间的基本界限（Koshiro 1999，128）。社会科学家就此问题也做过大量研究，其中一些对我讨论《巴西丸》颇有借鉴作用。秋原绫子和格雷丝·清水在评论第二次世界大战前日本人移民至南美洲的背景时指出，日本政府官员、政客和知识分子早在1897年就着手策划在南美洲建立海外殖民地的事宜，以便为日本过剩的商品和人口开拓市场（Hagihara & Shimizu 2002，204－205）。孝四郎认为，这种已经尝试了几十年的做法有一个双重目的：一方面，移民巴西成了日本效仿西方国家如何获得财富、权力和威望的一种舶来的殖民主义模式，一种使日本能逐渐融入西方世界的策略。另一方面，移民又被当成一种与西方列强竞争的手段，关键是要将竞争的重点放在欧美殖民主义者回避或不想定居的帝国边缘地带。那样，西方国家就可以对日本的做法视而不见（Koshiro 1999，123－124）。

尽管日本政府放手让民间机构去处理日本人前往夏威夷和美国大陆的移民，摆出一种不偏不倚的姿态，但它并不掩饰直接介入并推动日本人移民至拉丁美洲的做法。日本政府的介入方式包括在1927年立法颁布一个《海外移民合作法案》，从而为大规模移民扫清了障碍（该法案后来演变为《海外移民合作社联合会》），同时为日本在巴西和其他国家建立农垦基地公开背书。早在这项立法通过之前，日本政府就与南美洲的各移民接受国政府就如何更多吸引日本移民做了一系列外交上的安排。这种由政府发起的移民运动随后通过在郡、乡一级任职的基层官员得到贯彻落实。这些官员将移民看成分流当地过剩人口，加快农用原材料供应，并促进当地经济发展的一种务实举措。日本政府因此愿意资助为鼓励移民进行的宣传活动、对移民点进行的考察，以及愿意参与越洋运输的移民公司（参见 Fuji 和 Smith 1959，5－6；Staniford 1973，7－9，15－17；Stanlaw 2006，

46）。① 在小说中，这些将政府意志和平民利益混为一谈的做法反映在田卷男爵对巴西土地的收购、百濑先生为了建立埃斯佩兰萨对圣保罗州进行的成功游说，以及开疆拓土、从基层一路苦干上来的奥村武雄。奥村是百濑先生钦点的埃斯佩兰萨首任执行官，为此"做了大量前期准备工作"（BM 19），并在此迎来了一批又一批的新移民。

埃斯佩兰萨的合作社结构似乎更能反映这种"帝国加百姓"式的移民策略。合作社是个亚裔美国研究领域不太熟悉的概念，因为学者们对社区的理解往往都基于都市发展、都市协商或直接行动主义模式。小说对殖民地内的生活方式作了如下详尽描写：

我们在埃斯佩兰萨生活的一个重要方面就是整天围着合作社转。合作社是日本乡村生活方式的一种自然延伸。当有足够多的家庭聚集到埃斯佩兰萨并开始拥有剩余产出时，户主们便合计着如何共享他们的资源：用不了的东西存起来、种子和工具大家一起用，同时用最少的钱买来最多的东西。从一开始，埃斯佩兰萨的所有住户就学会了共同议事，这样，他们就可以申请并借出贷款。合作社因此成了埃斯佩兰萨的经济和政治中心。（20）

根据露易丝·杨对世纪之交日本状况的研究，埃斯佩兰萨居民们采用的合作社形式可追溯到十九世纪九十年代至二十世纪三十年代在日本流行的一种政治文化，即致力于使日本回归"农业之本"社会的努力。这种努力所针对的是资本主义在其经济运作过程中通过集中土地所有权、增加税收和固化阶级差别的方式，将工业化的人文后果转嫁到乡村的做法。参加这场重振日本农业的人士因此想把乡村变成一个自给自足、利益共享和完

---

① 据菲利普·斯丹尼福说，日本允许移民迁徙巴西的决定主要是基于日本驻南美国家使领馆的研究结论。这些研究包括一份报告，称"（在巴西南部的圣保罗州）很容易得到好土地，而且有发达的铁路和公路网，经营农业有利可图"（Staniford 1973，8）。成规模的移民始于 1908 年，在圣保罗州政府的授权下，日本的帝国移民公司用"笠户丸"号客船为巴西运来了第一批日本移民，为数 781 人（参见 Tsuda 2003，55-56）。到 1941 年，巴西接收的日本移民累计达到 190 万人左右（参见 Koshiro 1999，152）。

全自治的独立王国，以此来抗衡都市化的侵蚀（参见 Young 1998，322 -323）。然而，当这个理想化的日本村庄模式被移植到基本上还处于农业社会的巴西时，它却变得不伦不类，问题丛生。这个舶来的殖民模式不仅未能使饱受日本现代性压制的乡村理念得到更新，而且还使日本移民社区与其周围的人文和自然环境发生了严重抵触。这种状况反过来又使日本移民至巴西的官方说辞——也就是日本的族裔例外论——在埃斯佩兰萨大行其道，而这些恶果都由那些能呼风唤雨的移民精英们所造成的。

移民精英在殖民地发挥影响力的主要方式是宣扬基督教社会主义理念。这也是我先前提到的三个移民家庭与"巴西丸"上其他旅客的主要不同之处。这个奇特的意识形态现象可以追溯到二十世纪一二十年代，由某些左翼知识分子和文化激进分子所引领的一股日本改良主义潮流。露易丝·杨认为，经济上拮据和生活不稳定的小学教师是这一改良主义思潮的中坚力量。他们通过建立另类教育机制的方式——包括组织学习小组、发起工会活动和创办非传统期刊——呼唤社会正义，提倡文化民粹主义，以此来抵制大军压境的资本主义。但作为日本精英教育体系培养出来的人才，这些教师又深受西方社会改良运动思潮的影响，因此大量采用西方倡导的个人奋斗、功利主义和以儿童为中心的教育理念。这种智性投入说明了为什么这些教师在他们的小学教育大纲中如此重视托尔斯泰和社会主义。此种情况在日本的长野郡（参见 Young 1998，379 - 380）——也就是山下小说中寺田一家的原住地——表现尤为突出，而百濑先生曾在那里进行过紧锣密鼓的移民招募运动（BM 5 - 6）。小说中的一个重要的象征——让·雅克·卢梭的启蒙主义经典之作《爱弥儿，或论教育》中的小学生爱弥儿，俨然就是那个日本改良主义意识形态的一个副产品。同时，三户人家都铁了心要使这种意识形态在埃斯佩兰萨发扬光大（该话题稍后再论）。埃斯佩兰萨成型过程中的这个侧面印证了贝尼迪克特·安德森在《想象的共同体》一书中就"官方民族主义"中"模块化"特征所提出的一个基本论点，那就是，一旦国家意识通过印刷出来的文字（而小说则是其中一种主要表达方式）被表述为概念并开始传播开来时，它就能以"模型"或"蓝本"的方式获得新的生命力。这种生命力的源头就是"麦考利主义"，即一种鼓吹"伟大国家皆为世界征服者"的信条（Anderson ［1983］1991，80 – 81，87 – 91）。这种模式之所以令明治和大正时期的国家建构者们趋之若鹜，显然是因为它与当时的日本扩张主义冲动产生了共鸣。在此情况下，正如安德森进一步指出的那样，就连持社会主义观点的日本知识分子也按捺不住他们的帝国主义冲动：他们打着麦考利的旗号鼓吹无产阶级革命，想象着世界的"日本化"，并决心"对不公正的国际前沿秩序进行改写"（Anderson ［1983］1991，25，98）。

我对小说中那些关于埃斯佩兰萨的抽象描写作此历史化解读，是为了还合作社形式和基督教社会主义的本来面目，并以此揭示出这个乌托邦帝国复制品的结构性缺陷和意识形态。值得一提的是，宇野一家在他们前往埃斯佩兰萨旅途中，曾是乘客们猜测和议论的中心。大家觉得他们神秘、傲慢、炫酷、势利眼，好像一副"居高临下的表象后面还有一股无形的力量"在影响着他们的举止。这使得寺田家九岁的小儿子一郎感到十分不解：

　　我的父母绝不会在宗教信仰、教育背景、社会地位或是来巴西当殖民者方面像他们那样自以为是。不管他们当初是如何听信了百濑先生关于创造新文明的故事，他们那种自命不凡的神气对我父母来说实在是有点装腔作势……宇野一家在言谈举止方面如此张扬，这似乎与他们认为自己正在参加一项伟大冒险的壮举有关。(10)

宇野一家的优越感明显地反映在他们的大家长森山如何利用他的权势和在郡里的人脉鼓动乡亲们移民到巴西的往事：他是村里有产业的乡绅，日本二十世纪初重农主义运动中所提倡的新型"市民加农民"（即有产者加农耕者）的典范（参见 Young 1998，323）。像田卷男爵或者奥村武雄一样，森山在日本帝国阶序中也是阐释和鼓吹移民运动的重要一员。该移民运动并非发自于底层民众的肺腑，而是政治玩家们的顶层设计。在一郎的想象中，宇野一家的妄自尊大突出表现在他们那个风华正茂的 19 岁长子宽太郎身上：

他当时不过二十来岁，留着一头不驯服的学生短发，为他英俊的外貌和炯炯有神的眼睛平添了几分粗犷。当我们驶过印度洋时，他的前额被热带的阳光晒得黝黑……薄薄的白衬衫遮盖不住他那宽阔的臂膀，他的举止散发着力量，还有水冈提到的那种只有在年轻人身上才会展现的活力。(8－9)

踌躇满志的宽太郎在船上不停地摆弄着一台昂贵的卡尔·蔡司牌相机，抵达目的地后，又骑着一匹雪白的阿拉伯马在开阔的原野上到处跑。这些都使人联想到，强壮的体魄和男性的阳刚与勇武也许正是帝国现代性的特征。一郎当然无法预见到宽太郎后来会成为移民社区的领袖及他可能会滥用自己天赋的倾向。他曾这样想："宇野宽太郎是个懂得自己梦想的人；他的天才在于他能用一种带有蛊惑性的热忱使我们都相信：他关于未来的愿景都体现在他的一举一动之中。"(59) 尽管一郎将宽太郎抬高到了一种象征着伟大梦想的偶像地位，但他自己对这种梦想的真正含义却并不了解（16－17）。这是书中极具元批评寓意的一幕，它用一郎的纯真反衬日本帝国的殖民计划只能通过"极具吸引力"的方式——这里借用了朱莉亚·克里斯蒂娃的一个说法（参见 Moi 1986，221），才能蒙蔽其追随者，从而有效地推广这种计划。① 书中对宽太郎感召力的描写，特别体现在他成功地将自己 80 岁老祖母教化成了一个愿意在巴西开始新生活的狂热信徒，该情节显示出：宽太郎在他引导大众情绪和集体愿景方面的一个关键策略就是对知识进行操控。就此而言，埃斯佩兰萨在建构其帝国梦想初始阶段中所激发出来的热情并不反映它作为一场政治试验的内部凝聚力，因为移民精英用基督教社会主义的话语劫持了公社成员在追求美好未来时还没有理清的愿景。

在小说中，埃斯佩兰萨由官方制定的使命通过殖民者的经济和文化策略得到落实，目标只有一个，那就是，打造一个完全独立于它周围环境的

---

① 克里斯蒂娃质疑通过传统的真理和真实概念来定义现代性，在这样的语境下她得出了这个结论。她的论点基于"语言—逻辑真理"（参见 Moi 1986，221）的符号学观点，我在分析中对此表示不赞同。

自给自足的社群。在经济层面上，该乌托邦计划的执行者是个年轻的日本农学家别府清次郎。试图按照美国和欧洲的样板把埃斯佩兰萨变成一个兼有家禽饲养和农业生产的社区。别府计划的核心部分是把埃斯佩兰萨的饲养场建成一个再生式的循环系统：通过饲养成千上万只鸡来为社区提供肉和蛋，除满足内部需要之外还可外销；在空地上造鸡舍，农作物用来喂鸡，耕地则通过源源不断的鸡粪得到滋养。别府养鸡计划的"永恒价值"给宽太郎留下了深刻印象，因为该计划显然能为埃斯佩兰萨的生活方式奠定"物质基础"；宽太郎随后按照别府的设想建了一个"新世界农场"，并自任养鸡场的场长。在文化层面上，殖民者试图通过对年轻社员进行意识形态控制的方式实现埃斯佩兰萨的自治。宽太郎在公社里孩子们还不懂事时就用关于未来的说教给他们洗脑，而当孩子们真正开始独立思考或发表独立见解时就不再与他们来往。此外，宽太郎反对让孩子们上巴西学校和说葡萄牙语。这些做法使一郎逐渐意识到："我们其实不过是这个无人地带里一个孤零零的殖民地。"他想："我们偶尔也通过与生人交谈的方式与另外的日本殖民地发生联系，但是我们离那些殖民地太远，步行去或乘火车去都要花上好几天时间……我们可能永远都离不开埃斯佩兰萨，永远也不会说葡萄牙语，也永远不了解世界上的其他地方。这样的生活实在郁闷。"（69）就连宽太郎自己后来也承认："我农场里所有的女孩好像都有一种永远不会消失的纯真。"（126）

宽太郎所说的"纯真"意味着他永远不想让他的追随者们了解合作社之外的情形。与此同时，他又通过对移民社区的内部争端采取"不表态"或"不裁判"的方式继续延长着这种"纯真"（84，107）。然而，宽太郎置身事外的做法很快就暴露出了他理想主义中不道德的一面，并在第二次世界大战期间几乎将埃斯佩兰萨带到了危险的边缘。比如，他对"滕组"帮——即那些坚信日本为战争获胜一方的公社成员——所进行的亲日活动不加制止（91，102）。此种状况最终导致了小岛家的蚕仓被焚。因为该蚕仓据说是为生产美军使用的降落伞提供原料。颇具讽刺意味的是，这项破坏活动并非源于公社之外，而是一郎出生于巴西的亲弟弟光一所为。他是宽太郎的崇拜者，认为自己不过是听从了后者的教诲才在日本战败的前夕纵火焚仓，制造混乱。此种状况的另一个受害者是越来越被边缘化的埃斯佩兰萨首领奥村武雄。他因为相信日本已经战败而成为滕组帮的刺杀目标（113－114，237－138）。根据小说的叙述，公社内发生的这些战时极端状况并非偶然，而是宽太郎卵翼下的那个帝国复制品越来越滑向法西斯主义的必然结果。早在战争爆发之前，宽太郎就以棒球队训练作为掩护强占了一块用来建养鸡场的土地。在进行领土扩张时，他为了使球员们遵从他的意志，采取了甜言蜜语加拳打脚踢的训练方法，一方面强调集体荣誉、奉献精神和全力以赴，以此提振队员们的情绪；另一方面又打耳光、敲脑袋、连推带操，以此压服那些不听话的队员（61，63）。宽太郎依靠暴力管理棒球队（这也是他试图终止其父和其子抵制他决定时所采取的对策）与他在战时对公社内亲日暴行无动于衷的做法一脉相承。这些文本例证表明，埃斯佩兰萨在建构其帝国乌托邦的过程中，除了使用操控知识这类间接的手段之外，最终还要诉诸武力。这种霸权式的局面能够得以维持，主要是因为宽太郎被塑造成了能体现移民对未来希望的化身。

想象原始

在此语境下，山下在小说中刻画的"原始人"形象就构成了作者的一个叙事转折点，因为该角色的出现使两个纠缠不清的话语——即帝国梦想和平民愿望——在巴西这个兼有对抗与共生关系的"接触区"内逐渐得到了澄清（参见 Pratt 1992，6－7）。原始问题与人类学和欧洲中心论有着密切联系，也是日本政府将巴西当成北美之外主要移民目标的文化与认识论基础。在谈到移民过程中的这个问题时，幸子孝四郎认为巴西的正面形象之所以能在移民中广为流传，这与移民策划者将巴西看成是文明他者——因此无碍日本的海外帝国扩张——以及他们认为"巴西有定居优势"的观点有关。也就是说，巴西人的"随和"表明，他们在智力和努力的程度上都远逊于日本人。因此日本人在巴西"不会有他们在面对白人种族主义时的那种自卑情结，也能享受那里无忧无虑的生活"（Koshiro 1999，153）。①《巴西丸》含蓄地批判了这些偏见：当宽太郎因未能按期偿还他为发展养鸡业所借的银行贷款而使公社面临破产时，一位巴西的乡绅弗罗里亚诺·雷蒙多为"新世界牧场"慷慨解囊，但宽太郎却过河拆桥。在象征的意义上，宇野和寺田两家在刚刚抵达埃斯佩兰萨时曾发出过这样的感慨："我们都挤在一座小红砖房的旁边（那一定就是火车站），望着火车缓缓驶出站台，开向远方。我们都一言不发，好像正在目睹与文明接触的最后一刹那。"（13）

值得一提的是宽太郎与"巴西亚努"（雷蒙多的绰号）的那笔财务往来。在此过程中宽太郎为了赢得后者的同情，用各种借口掩盖养鸡场的债务真相。而当毫无戒心的"巴西亚诺"相信他后，宽太郎随即将其写给他用于救助养鸡场的空白支票全都用在了与养鸡毫无关系的事情上。宽太郎得出的结论是："我终于找到了一个能完全印证我的想象的巴西人。"（171）在此，宽太郎将"巴西亚努"当成了用来虚构他殖民神话的"原材料"——我在此借用了阿卜杜·简·穆罕默德的一个概念（Jan mohamed 1986，83）——而"巴西亚努"的原住民客体身份只有在不妨碍日本帝国扩张的情况下才有其使用价值。而一旦原住民客体试图跻身殖民者之中，这种看法就会发生根本性的逆转。而这也正是山下为埃斯佩兰萨塑造出一个野性十足的游牧式日本移民角色妖虞八郎的原因所在。妖虞存在的唯一理由就是他能干扰该社区中的那种虚假道德平衡。

妖虞出现在埃斯佩兰萨之前那些岁月里的所作所为对每个人来说都是个谜。有人说，他曾在马托格罗斯州与印第安人同住，赤身裸体地四处游荡。还有人说，他是坡纳姆布哥的一名雇佣杀手，要过一个人的命，因为那人擅自闯入了一位颇有权势的上校的领地。也有人说，他在戈亚斯州淘过金，采过矿。他额头上还有个小伤疤……据说那是他有一次用刀子与人拼命时留下来的，他为此还差点被弄瞎了一只眼……不管他在来埃斯佩兰

---

① 当时的圣保罗商会主席宫坂国藤表达了这一观点（参见 Koshiro 1999，153）。

萨以前到底做了什么，看来都是些出生入死的行当，因为他刚来这里的时候靴子里还插着把刀，腰带上别着把枪，肩膀上还斜挂着根长家伙。他又脏又倔，一紧张就乱吐口水，走起路来更是横冲直撞。他虽话不多，可一张口就骂骂咧咧，从牙缝里蹦出一些不连贯的葡萄牙语。一个由基督教知识分子组成的殖民地居然愿意收留这样一个年轻人，那足以证明我们这种类型的智性主义是多么的宽大为怀。(27－28)

妖虞的不期而至对封闭的埃斯佩兰萨社区来说就像是打了一针政治催化剂：他干扰了宽太郎所构建的单向度思维方式，分化了公社成员中的政治观点，并重整了他们之间的政治联系，更暴露出宽太郎风格中帝国现代性的深层结构问题。而大多数埃斯佩兰萨居民对这些问题却一无所知。值得一提的是，妖虞作为一个日本版的"巴西亚努"，一下子就爱上了奥村那个举止"略带一点野性"、头脑简单，并有着一种乡下人固执劲的17岁女儿春（35－36，38－39）。妖虞在一次拜访奥村家时不巧撞上了春的另一位追求者宽太郎。在那次会面中，宽太郎坚持要用他的蔡司相机为外貌粗犷的妖虞拍照，后者却"像一只受到围猎的野兽似的，一心想着逃走"(30)。宽太郎向妖虞暗示，说对方并不属于埃斯佩兰萨。他问道："你为什么要来这里？我的意思是，你除了不喜欢日本之外，为什么一定要来埃斯佩兰萨呢？"妖虞回答说：

你们这些人到底怕的是什么？你以为我不知道吗？你以为我相信这就是埃斯佩兰萨欢迎初来乍到者的方式吗？我每天晚上都来陪伴可怜的奥村老爷子和他那个可爱的女儿春，难道仅仅是为了聊天吗？他们现在把你这个埃斯佩兰萨最了不起的人派来观看奥村家的那只野兽。当然了，你如果是个真正的男人就不会来。可你如果愿意的话就来看吧，但我可不想听你胡诌什么自由之类的东西。你其实什么都不懂！(31)

在此之前，妖虞告诉宽太郎他来巴西就是因为不喜欢日本。但他发现埃斯佩兰萨和日本没有什么两样，因为所有移民都像"上帝赐给巴西的礼物"似的自命不凡。妖虞对埃斯佩兰萨的这些负面评价，他在社区中的存在不仅揭示了被"所谓文明社会压抑的内容"，而且也暴露出宽太郎内在"焦虑感的具体特征"（参见 White 1978，153，166）。故而，妖虞野性的意义并不在于它所体现的个人经历，而主要在于它能凸显日本帝国建构的空间错位和文化扭曲效应。

书中塑造了若干个要么被妖虞所吸引，要么干脆就和他结成统一战线的人物：如宽太郎的弟弟三郎、一郎，以及那个在嫁给宽太郎之前经常从窗口或者门廊里偷看妖虞的春（37）。尽管这群边缘化人物之间的联盟并不明显，也无规律可循，但它却构成了埃斯佩兰萨社区内的一股暗流，并随着时间的推移动摇了由百濑先生想象出来并通过宽太郎落实的乌托邦计划的物质基础。在这三个角色中，喜欢玩世不恭地歪戴着一顶蓝帽子的三郎（11）和妖虞最为情投意合。这反映在他对妖虞"犯上"精神的敬畏和他在妖虞出走后成为宽太郎最坚定继任者的胆识。三郎后来因为同样的原因决定离开埃斯佩兰萨。随着小说叙事的进展，这三个角色之间松散的联盟因战后新一代不同政见者的出现而得到了进一步加强。其中一位就是别府那个患有精神分裂症的儿子源氏。还有宽太郎的弟弟次郎的叛逆女儿，以及宽太郎的老友、激进的新闻从业者笠井重氏那个信奉行动主义理念的儿子吉耶姆。这些情况都促进了埃斯佩兰萨内部政治地貌的崩塌，并为一郎后来带头建立第二个公社奠定了基础。一郎，这个在小说开始时还是个入世不深的年幼叙事者，曾这样与读者分享他对妖虞的印象。他说，妖虞正是水冈提到的不把自恃清高的日本人社区放在眼里的"高贵野蛮人"（28）。一郎因此也成为小说中这种对抗态势的始作俑者。在此语境下，我在这里想借用海登·怀特所做的一个观察。他说"高贵野蛮人"的比喻"并不是为了使原住民显得更有尊严，而是要颠覆'高贵'这个概念的本来含义"（White 1978，191）。根据在小说中的描写，"高贵"在艾斯佩兰萨被用来颂扬作为日本帝国主义计划中的移民项目。但这种偷梁换柱的做法却压抑了"野蛮人"这个修辞建构的批判潜力，而后者则能以令人警醒的方式提醒读者关注那些被日本全球扩张态势所掩盖的历史与现状。

挪用卢梭

如果说《巴西丸》的确可以被看成是作者对日本政府在两次世界大战之间通过移民推行其帝国计划的一种去神秘化过程，那么，她并没有用平铺直叙的方法展现此过程。作者瞄准的是看上去冠冕堂皇的埃斯佩兰萨智性大厦的认识论基础，即许多日本知识分子移民和基督教社会主义信徒所熟知的源于启蒙运动的卢梭意识形态。如露易丝·杨所言，该意识形态左右了二十世纪初的日本教育改革运动（Young 1998）。山下对卢梭思想的借用反映她在小说四个章节的起始部分对他一些主要作品的引用：这些作品包括《爱弥儿，或论教育》（1762）、《朱莉，或新爱洛伊丝》（1761）、《自白》（1782）、《社会契约》（1762）和《孤独漫步者的遐想》（1782）。这种将卢梭思想纳入叙事结构的写法与本章开始时谈到的小说的暗示性总体结构是一脉相承的。特别值得一提的是，这种写法专门用来颠覆埃斯佩兰萨大有问题的道德基础，因为公社成员对卢梭的民主理念进行了利己式的挪用。九岁的一郎在刚刚抵达埃斯佩兰萨时就这样谈道：

有次我偶尔听到三郎的哥哥宽太郎、水冈和我父亲一起交谈。他们说到照相机、巴西和许多我当时并不理解的事情。他们谈到了一种叫作"地道日本精神"的东西，还商量着怎么样摆脱这种精神传统，使它能在一个新国家里发扬光大。他们有一次提到了一位名叫卢梭的法国作家，同时还向我指指点点："这就是咱们的日本爱弥儿。"父亲笑着说："一郎，我们想用你在巴西做个实验。"这些话让我感到十分困惑。（11－12）

读者在此目睹的是一个移花接木的把戏，它把日本向巴西移民的民间行为等同于日本在全球范围内的帝国扩张举措，而卢梭对资本主义现代性的批判在这里也被当成用来确认"地道日本精神"的一种借口。正如菲利浦·斯坦尼福指出的那样，"地道日本精神"是二十世纪初日本所倡导的儿童社会化运动中一个重要的意识形态：它号召人们在逆境中要有坚忍不拔、始终如一、灵活应对和毫不气馁的精神（Staniford 1973，12）。然而，这种日本精神在移植巴西的过程中却被改造成了对日本全球野心的推崇。日本精神在巴西被看成一种能凌驾于当地文化与社会的东西。宽太郎为公社棒球队所制定的信条——"合作……目标……竞争……精神"（26），在经过卢梭自由主义的包装后也变成了一种改头换面的文化种族主义。而山下作品正是通过将卢梭当成一种反向比喻的方式对这种鱼目混珠的手法进行了解构。

与此同时，山下的修辞策略也就如何评价卢梭的地位和他的思想在《巴西丸》解读过程中的参考价值提出了若干问题。详尽分析卢梭的哲学立场非本书的主旨，但卢氏思想的某些方面确实与山下的文本介入策略有着密切联系。雅克·德里达对卢梭（以及柏拉图、笛卡尔、埃德蒙德·胡塞尔和保罗·利科）所遵循的西方形而上学进行过最为激烈和最有影响的批判。德里达认为，这种观点通过同时区分和压抑差异性的绝对等差关系来强调"绝对的内在性"或纯粹的文本内涵，以此来证明其自身的合法性（Derrida 1976，159，160）。后结构主义者认为卢梭提倡的二元对立原则和线性发展观方面也大有问题，因为两者皆为启蒙运动时期科学人文主义的主要冲动，也都以固守欧洲中心论和东方主义的著称。卢梭的社会和哲学立场当然有其不够令人信服之处，但他作为启蒙运动核心价值主要批评家的事实却毋庸置疑，这主要体现在他关于启蒙运动与现代性之间关系的一系列论述。这可以从卢梭如下论点中得到证实，比如他对财产的批判影响了马克思和阿尔都塞，他对"人之初，性本善"说的质疑，以及他关于人虽不受强权和神谕支配却必须在公民义务的框架内争取最大自由的见解，构成了奠基性的《人权宣言》（参见 Burt 1993，629）。

卢梭对文学研究的最大贡献在于他用说教的口吻（如果还算不上简单说教的话）针砭时弊，同时强调第一人称的想象主体、自传体小说的叙事人，以及能超越个体诉求的理想化集体主义。他的叙事方法因此为他所处时代的浪漫主义情怀提供了某种导向。山下在借鉴卢梭写作时所调动的主要是前者以道德为基础的想象，用来对宽太郎那个脱离社会、毫无道德关注的乌托邦计划进行批判。实际上，山下所引用的五部卢梭作品中有三部是书信体小说，它们都在不同程度上推崇个体的社会化并质疑个体的"自给自足"能力。比如，《朱莉，或新爱洛伊丝》是关于个人选择如何受到社会制约的作品（用来为春的叙事角度做铺垫）。山下引用了书中这样一句话："人们并不是为了你我才结婚，而是为了共同履行公民社会的义务和理家教子才去联姻。"她以此暗示：埃斯佩兰萨看似男女平等，却无视春对社区所做的贡献，只是在口头上给她一个母亲的好名声，然后让她没完没了地干活。此外，卢梭那部自传或半自传体的《忏悔录》（用来为宽太郎的叙事角度做先导）和《孤独漫步者的遐想》（出现在引子之后）都是对叙事主体在外界压力下变得自相矛盾的某种探索。山下对卢梭作品的这些借用似乎是在暗示：鉴于埃斯佩兰萨居民与社会的严重脱节，他们试图建立一个自给自足公社的努力也注定会以失败而告终。

上述这些例子凸显了宽太郎在用埃斯佩兰萨农业乌托邦复制帝国现代性时所面对的两种困境：一是他的社会关注与美学投入经常"处于一种难以调和的矛盾状态"（引自 Said 2003，129）；二是尽管他认为埃斯佩兰萨未来的出路在农村，但他仍然身不由己被都市主义的愿景所吸引。第一个困境体现在水冈——即埃斯佩兰萨年轻人公认的导师——对智力发展和提高文化素养的片面强调；对他来说，智力与精神境界是"创建新文明的关键"（24），其重要性明显大于只满足生存需要的农耕技术。水冈在这两者之间所做的区分戏剧性地表现在他大弟子宽太郎对生活所持的超然态度；年幼的一郎对此已经有所察觉：

不管路有多近，宽太郎都喜欢一马平川的感觉，甚至连大多数人宁愿靠步行完成的事或递出的信件，他也一定以马代步……但我喜欢看他在土道上骑着马扬长而去的样子，马穿过我们刚修整过的庄稼地，长长的马尾在阳光照射下闪着银光，不停地甩来甩去。尽管最初的劳动异常艰辛，但宽太郎看上去反而更加朝气蓬勃，甚至变得有些神情恍惚。有些人会说那是因为宽太郎并没有亲自参加劳动，他把宇野家农场里的实际工作都推到了他父母和弟弟次郎身上。（16）

　　水冈在教学中经常天南海北地大谈一些与埃斯佩兰萨毫无关系的问题，如摩门教的本质、托尔斯泰的精神至上论、卢梭或伏尔泰的经历，或莎士比亚的戏剧作品（24）。而正是通过这种"阳春白雪式的教育"，宽太郎才形成了他的"思维定式"（25），滋生了他寻求生活真谛的热忱，发展出了他对公社未来的憧憬。

　　这种训练因此将宽太郎变成了一个被物化的启蒙运动主体性象征，以及整整一代、崇尚现代性并参与埃斯佩兰萨建设的日本知识分子缩影。难怪公社的上层人物几乎全是读书人或艺术家，有殖民地初期的水冈（哲学家）、宽太郎（浪漫主义者）、鹤田昭（诗人）和川越喜美（歌唱家兼钢琴家）。当埃斯佩兰萨在战后逐渐走向衰落时，又来了白岛纯一郎（艺术生）、稻垣隆（印象派画家）、鸠村正雄（编剧）和乌森章南（雕塑家）与乌森冬子（舞者）。埃斯佩兰萨社会中这群最显眼和最活跃的人物决定了它的运作理念是务虚而非务实。春曾这样说："宽太郎在他生活中做的每件事情都是因为他想去做那件事……大多数人，特别是妇女，做事往往是迫于外部压力，因为她们还有哭喊着要吃饭的孩子。而宽太郎却从来不在乎周围的环境"。（81）

　　在此语境下，宽太郎对他爱上的三个女人全都采取穷追猛打的策略，特别能体现上述教育的内在讽刺性。这三个女人中，一个是朴实的农家女孩春；第二个是有点神经质的钢琴家川越喜美；还有圣保罗一位城府颇深的应召女郎松子。在每一组关系中，宽太郎都按照"他理想中最完美的女人"来建构他所选择的对象，就像他将埃斯佩兰萨的日常运作当成对某种哲学理念的抒发和对某种思维的延伸一样。一郎对宽太郎突然迷恋上春一事是这样看的：

　　跟所有年轻人一样，他一定是从春的身上看到了一些能拨动他心弦的细节——几缕散乱的头发，嚅动的嘴唇，摇曳的身体，还有动听的声音。但宽太郎看到的其实是他的一些联想：有生活在托尔斯泰著名传奇小说中的人物；也有一些频繁出入舞厅，如醉如痴地享受七情六欲的角色。（39）

宽太郎对春的这种感觉使他每天寄给对方的书信与其说是一种对爱的表达,还不如说是一种"对他个人信仰和理想的阐发"。正像一郎意识到的那样,这种示爱方法非但不能感动那个大字不识的春,反而使她更加摸不着头脑(35)。

相比之下,宽太郎对于喜美有感觉并不是因为她受到过的"稀有教育",也不是因为她理解并能回应他情书中那些"冗长的哲学联想",而是由于他与喜美的父亲、前银行家川越新吉先生在探讨如何通过超验主义净化灵魂方面一拍即合(50-51)。当宽太郎顺应自己内心的召唤最终选择了春时,川越一家伤心欲绝,但是他们夫妇对此却讳莫如深,只是通过播放出来的瓦格纳作品"矜持"地展现他们的不悦。该音响系统是新吉和他妻子在离开埃斯佩兰萨前安装的(53)。山下通过春的视角对川越一家这种脱离时代的欧洲中心论式伤感进行了讽刺性的描写:

我们每天从早到晚都在听瓦克勒的乐曲,直到听得失去了感觉。有些人家索性将连接他们喇叭的导线扯断,另外一些人则在早上梳洗时扯着嗓子引吭高歌瓦克勒,同时洗衣服、洗澡、除草、收鸡蛋、做爱或者干脆睡大觉。我们呼吸的空气中充满了瓦克勒的哀叹,她的呜咽声从我们皮肤的每个毛孔中向外流淌,从我们头发根部的每根神经线里释出,最后变成一滴滴凝重、发咸的汗水,洗也洗不掉。(145)

宽太郎不食人间烟火的种种做法还凸显了他将埃斯佩兰萨当成现代帝国复制品的第二个困境。那就是,他不可避免地被大都市所吸引,并在此过程中转而信奉商业价值。在小说的前半部分,山下提到宽太郎买下一匹阿拉伯白马之事。那是他在与一个刚刚赌输了的当地巴西人打交道时搞定的。他的商业口味在那个时候已经有所流露。值得一提的是,宽太郎用于买马和高档蔡司相机的钱都来自他父母在移民前出卖家产所得(9)。这两个例子使我们看到:当"人们还在为填饱肚子和寻找栖身之所"(宽太郎语)而绞尽脑汁时(16),宽太郎却在崇高梦想的名义下开始了他的"奢侈消费"。然而,这种将乌托邦理想与"过度消费"行为(引自 Bourdieu

1984，55）融为一体的讽刺性做法却掩盖不住宽太郎拒绝参加社区内体力劳动的事实。他也不承认通过劳动积累起来的有限财富所具有的内在价值。宽太郎一方面追求精神境界的完美，另一方面又离不开物质刺激。这两者之间的张力在别府的家禽养殖业计划中得到了一种似是而非的缓解。别府的计划表面上肯定自给自足的理念，但在本质上仍然是一种商业行为：它不仅强调鸡肉和鸡蛋的产量，而且重视"新世界牧场"的再生产利润市场开拓。这两个方面都显示出宽太郎对他曾经鼓吹的农业平均主义的根本性背离。春这样回顾了埃斯佩兰萨内生活方式的变迁：

> 我们无忧无虑。我们从来没见过钱。孩子们也不知道钱为何物。他们到店铺里拿他们想要的东西，根本不用付钱。他们不是不诚实，只是不懂。在家里，东西是属于大家的。他们如果饿了，就会来厨房找我要块米糕。（111）

真正满足家禽养殖业需要并维持其正常运作的关键一环是城市。但宽太郎并非用经济手段直接介入其中；他为此调动的是族群中心论。一郎的如下观察揭示了宽太郎如何通过族裔话语为他放弃乡村理念、转而信奉都市主义找到了借口：

> 他开始谈论如何将巴西各地日本乡村青年团结起来。日本的殖民地已经遍布北方帕拉纳州的亚马孙河流域和南方的巴拉那州。我开始把自己也看成日本农村青年运动的一部分。实际上，日本农民为维护他们的自身利益而建立起来的合作社网络已经将我们自然而然地连在一起了。宽太郎觉得我们应充分利用这个农业合作社网络，可以从圣保罗有相当名气的萨兰迪合作社入手。（77）

萨兰迪合作社在宽太郎的"游说下"成为埃斯佩兰萨鸡蛋的买主（109）。但该合作社不过是宽太郎通向城市的一个跳板。他最终要锁定的是尼布拉银行的执行长梅平粟田。后者非常看重宽太郎的想象力，并愿意为"新世界农场"发展家禽养殖业购置现代化设备提供贷款。这些贷款是宽太郎最重要的财源，但他为了实现自己的梦想却大肆挥霍。宽太郎这样谈到他的金钱观：

如果说我根本不知道自己拥有财富的价值，那一点也不假。我觉得尼布拉银行（也就是我那些钱的出处）简直就是个无底洞。

我花钱如流水，从来不拒绝松子的要求：不管是价值连城的小巧饰件，还是一时的心血来潮。我什么都买得起：豪华酒店的套房，带司机的出租车，而且一租就是几天，还有乘飞机到里约热内卢和布宜诺斯艾利斯去旅行。有谁不知道我把宫坂饭店包了一整宿？钱从我手指缝里流出去，撑满了每个四处夸口的冒险家的腰包。田中稻叶木被派到巴黎去学画。松子的好朋友纯子开了一家带餐厅的小酒吧。一位艺术家朋友要开画廊。一位萨兰迪合作社的朋友为建设产蛋的农庄买了块地。日文报纸《巴西新报》起死回生。金钱并不重要：它只是达到目的的手段。但梦想一定要实现。大米也永远属于埃斯佩兰萨。（147）

宽太郎对他的梦想走火入魔，这给他家庭、社区和其他人带来了直接或间接的灾难。然而，他对自己的错误却毫无悔改之意，还振振有词地大谈不图利益，只有精神追求。这简直讽刺到了极点。

宽太郎在城里的最后落脚点是宫坂饭店。小说是这样描写这个饭店的："那是个成千上万日本人涌来庆祝他们自认为是日本打了胜仗的理想聚集地"，也是"日本民间传说中'缥缈世界'的现世化身。如果你有钱也有地位而且花得起那份开销，你就能在那里实现回日本的梦想"（118 - 119）。小说还写道：

据说，圣保罗和桑托斯港的所有日本酒吧、餐厅和酒店老板都是"滕组帮"，即便不是，他们也会假装成是"滕组"的支持者。几年来，这些地方靠着人们为庆祝虚假胜利的大量花销而赚得盆满钵满，有些人干脆卖掉了农场和房子，住进日本旅馆，只等日本船只的到来。据说这些船只会

把忠诚的爱国臣民送回祖国。（119）

　　宽太郎认为这些人们争相光顾的地方更像是一种组织形式，将那些他称为"乡村地区的次中心"连成一片，并最终形成了他想象中遍布整个巴西的日本农业合作社网（77）。这是一个崇尚自身文化和种族优越感的大日本帝国的象征。它一方面对巴西社会居高临下，另一方面又无可救药地将自己隔绝于巴西的社会现实。

　　颇具讽刺意味的是，宽太郎正是从这种对"团结"和"希望"的虚假建构中获得了"充沛的活力与巨大能量"（118）。他回忆说："我很快就入门了，看懂了银行家的老道，掌握了用来对付那些傲慢放贷人的手腕，也学会了讨好和支配客户的一些窍门。"（21）作为对掌握金融技巧的一种延伸，他刻意出席诸如"著名艺术收藏品的开幕式，交响乐演奏和音乐表演"之类的文化活动（129）。对宽太郎来说，能将城里这些相互矛盾的侧面编织在一起的非他的情妇松子莫属。而她"超群的美艳"和"追逐时尚的敏感"总能调动他的激情和自恋（123，129）。他由此得出一个结论："我正在发明能将城乡生活融为一体的办法，一条能使淳朴的乡村和高雅的都市并行不悖的康庄大道。我想把年轻人从'新世界牧场'全都带到城里拜松子为师。我将在城里建立新的基地。"（126）宽太郎通过他与松子的相互认同将城乡生活结合在一起的思路颇具讽刺意味（像春一样，松子不过是他的理想化的一个建构），那就是，他不厌其烦地重复他的超验式自我，不顾一切地追求着他难以为继的双重生活。从而使他陷入了一种精神与肉体彻底分裂的窘迫。此外，他从都市中心论的角度想象城乡之间和乐谐美的远景。这进一步揭示出了他智性投入的最终目的就是要重新铭写资本主义的劳动分工原则。正如马克思所说，资本主义的劳动分工表现在它将有机的农业人口转变为从属性的劳动力，由此造就出一种"由人类器官组成的生产机制"（Marx［1867］1990，456－457，911－912），从而使城乡之间的差别永远延续下去。马克思的这一见解在小说中得到了如下印证：比如，三郎就认为宽太郎那些盲目的追随者都被困在了一个"公共大粪池中，成为他做白日梦的人体原材料"（78）。一言以蔽之，宽太郎的崇高愿景与华丽辞藻只不过是他以欧洲中心论为基点、逆历史潮流而动的一种怀旧式美学与时空投射。而宽太郎所受的教育则使他只能效仿和复制这种时空效应。同理，宽太郎的主体性渗透着资本主义精神和金钱拜物主义。按马克思的说法，这使他最终变成了一个资本主义的主体。①

上述分析使我们再次聚焦小说的核心比喻，即《爱弥儿，或论教育》一书。山下在小说开篇时对该书作了如下引用：

爱弥儿的知识不多，但他知道的却是真正属于自己的东西……爱弥儿不因循守旧，但那并不是就学识本身而言，而是指他获取知识的能力；他思想豁达，有智慧，能接受一切事物……

爱弥儿只有天然和纯粹物质性的知识。他甚至连历史的分期都弄不明白，也不懂形而上学和伦理学到底为何物……

爱弥儿勤奋、平和、耐心、坚定而且很勇敢。他的想象从来不脱离实际，他也从来不夸大危险。他不懂得陈规陋习，可他却能善始善终，坚忍不拔，因为他还没有学会与命运抗争……

总之，爱弥儿的美德在于：他所拥有的是与他自己有关的东西……他所缺乏的只是那些他已经准备接受的知识。

山下通过引用卢梭对他理想中学生公民形象的这段描写，要唤起的当然不是浸透着启蒙主义理念的笛卡尔式主体性，也不是卢梭本人的线性教育观。相反，它重写了卢梭关于自然高于社会的文学想象，但其参照框架则是日本移民在巴西所面临的一系列挑战，即他们一方面要抵制以霸权方式胁迫他们放弃自己政治诉求的帝国现代性，另一方面又要融入一个还没完全被市场力量支配的农业社会。山下因此用爱弥儿的教育来暗喻日本移民的社会化过程。这与卢梭对启蒙运动理念的批判（即理性、进步和文

---

① 马克思在评论资本积累时指出："资本是货币，资本是商品。然而，事实上价值在此是主体"（Marx［1867］1990，255）。在1973年发表的一篇文章中，阿尔都塞表示，"历史是一个没有目的或主体的过程"（引自 Jameson 1981，29）。根据詹姆逊的意思，这个评论旨在呼应马克思关于资本积累本质的独到观察，而不是要求后现代思维中的集体主体销声匿迹。

明）和他对象征着平等、廉洁与自然的乌托邦的追求可以说一脉相承（参见 Rousseau［1762］1979，39 - 40）。就此而言，作为历史主义建构的爱弥儿就成了山下通过卢梭宏大社会契约理念所重新铭写出来的一个亲自然社会主体。按照山下的说法，爱弥儿最理想的老师既不是严苛的柏拉图式学究，也不是（像妖虞那样的）高尚野蛮人，而是在巴西那个有机环境中自由成长的经历。在此语境下，山下用呼唤卢梭的方式强调农村的重要性。这应当被看成是小说对日本以移民之名，行扩张之实的做法进行批判的一个有机组成部分。在文本的意义上，这种批判涉及移民精英们如何混淆爱弥儿的象征意义和他们所推崇的日本精神之间的区别，而后者则被用来在埃斯佩兰萨落实日本的帝国与殖民主义纲领。

　　本文对山下在小说中借用卢梭的解读显示出：百濑先生为日本移民买下埃斯佩兰萨，殖民地最初的定居者对周围环境大肆破坏，宽太郎通过棒球训练强占土地，这些都是对"原始积累"原则的一种实践。也就是，民族—国家为"为占有的土地开出价码"，将公共财产纳入私囊，并以自我繁衍的方式不断进行扩张（Marx［1867］1990，931 - 933，903 - 936）。在卢梭设定的"自然"框架内，这种资本积累活动带来的后果可以用一郎的"移民原罪说"进一步加以阐述：

　　当我们将森林点着时，黄色与绿色的巨嘴鸟和嘎嘎叫的橙嘴鹈鹕成群结队地蹿上天空并在火焰上方来回盘旋。小动物、犰狳、蛇和蜥蜴在烟熏火燎中踉踉跄跄，四下奔逃，时而能见到野猪甚至是豹子。当大火熄灭、地面上仅剩下一点余热时，男人们就用长长的锯子和斧头将那些还没被大火烧毁的树木砍倒。马路对面的远处是公社其他定居者收工后的情景：烧焦的树头在一片绿色稻田里若隐若现。不久，一切就都大不一样了。(21)

　　这是个殖民者对被征服土地采取刀劈火焚政策的经典场面。这种行径导致了森林的大量消失，以及埃斯佩兰萨昆虫和动物数量的迅速减少。移民们对埃斯佩兰萨自然环境的大肆破坏，与宽太郎掠夺公社劳动成果的行径简直如出一辙（其中包括他强占宇野家劳动果实）。此外，宽太郎还无耻地利用"巴西亚努"的慷慨，辜负了大岛太郎向无家可归的公社成员敞开大门的善意（169）。每当一郎听到他父亲谈起"移民的原罪"时，他知道那不仅是指对森林的乱砍滥伐，也在暗示日本通过帝国扩张将现代性强加给巴西的做法。

克里奥尔式的自我重塑

"克里奥尔式的自我重塑"是个可用来恰当描写埃斯佩兰萨人经历的概念。此概念出自玛丽·露易丝·普莱特在论述"接触地带"时所涉及的一种"跨文化融入"现象。"接触地带"指的是殖民主义者在执行其教化使命过程中不得不与被征服的一方共享时空的状况。在此期间，发源于帝国中心的这种教化使命往往会被修正，并在新环境中的各种外部压力下被赋予另外的含义（Pratt 1992，6–7，172）。① 换言之，如果帝国主体能意识到它在此过程中不可避免的失败命运，它就应努力发现并培养能适应新情况的另类身份和另类社会关系。在埃斯佩兰萨的语境下，爱弥儿这个角色因此就成了能开启跨文化或克里奥尔式自我重塑过程的一个关键因素。普莱特的概念印证了我在本章提出的一个论点，即埃斯佩兰萨和"新世界牧场"的成员必须通过这类自我重塑来抵制胁迫性的帝国理念。但这种过程又取决于公社成员是否愿意参与到殖民地之外的社会，以及他们能否接受改变原来身份和思维定式的可能。该自我重塑的必要性在战争期间尤其紧迫。当时，巴西移民社区的首领们要么被逮捕，要么被禁止旅行和从事社会活动，他们拥有的电子通信器材也被悉数没收。这种局势使宽太郎领导下的"新世界牧场"几乎变成了一个法西斯独立王国。在小说中，一郎从他父亲那儿受到的教育对如何突破族裔中心论的桎梏，向我们展示了一个新视角：

---

① 在讨论亚裔在美洲的经历时，雷恩·平林借鉴了古巴学者弗兰多·奥尔蒂斯早期对跨文化的研究，将概念重新部署为明确的社会—历史术语：自觉将之作为参与种族飞地之外的力学的尝试，致力于抵制存在于移民共同体内部和移民共同体之间的权力，并公开在不均衡的社会关系和资源中重新塑造文化身份和地位（Hirabayashi 2002）。

大概除了奥村家之外，我们家与大多数日本家庭的不同之处是我们能和殖民地以外的巴西人交朋友。我父亲认为我上巴西学校，学习葡萄牙语的安排非常重要……而能具备娴熟双语能力的技巧对我来说的确是无价之宝。我父亲督促我掌握在一个新国家生存的工具，我对此充满了感激之情。因为他知道（而我也逐渐意识到），那是我唯一可以称之为"家"的地方。他常说："巴西是个丰富多彩、适于安家落户的好地方，我们很幸运在这样的国家里能受到欢迎，我们因此有义务回报他们。"每当回想起这些往事，我都意识到：父亲的目光早就超越了埃斯佩兰萨。而对我来说，埃斯佩兰萨当时就是整个世界。(71)

当一郎的父亲在一场意外事故中丧生时，巴西人将他遗体一路肩扛回家；埃斯佩兰萨人对在葬礼上见到"那么多巴西人前来表达敬意"，深感惊讶。一郎回忆道："只有在那个时候人们才意识到我父亲不仅为埃斯佩兰萨，而且也为周边地区的巴西人做出了许多贡献。"(72)

一郎接受巴西教育的一个重要成果是他有了双语能力。这使他与能说一丁点葡萄牙语的妖虞和笠井重氏在巴西出生的儿子吉耶姆很快打成了一片。吉耶姆投身于争取巴西民主化的社会活动，后来娶加西拉·雷蒙多为妻。后者就是曾帮助过埃斯佩兰萨的巴西人"巴西亚努"的女儿。吉耶姆和加西拉·雷蒙多因不同政见被逐出巴西，过了12年的流亡生活，直到二十世纪九十年代初才因特赦回到祖国。吉耶姆这样想："对我来说，自称为'殖民地'的日本人移民社区是个封闭的世界。令人不可思议的是，巴西各地有成千上万我们的人在从事各行各业的工作，唯独我们这个地方闭关自守，而且好像谁也不在乎。"(245)吉耶姆是个理想主义的"激进"青年。他用手中的笔与巴西的军事独裁作斗争，而他的一些朋友却直接参加了武装叛乱或游击队活动。他有一次这样问道："和这些斗争相比，宽太郎的历史作用究竟应当如何来评价呢？他做的一切其实都不过是从那个封闭世界中发出的一些无关紧要的喃喃自语。"(245)他的妻子加西拉孩提时的经历同样值得一提；她战时就住在埃斯佩兰萨。她父亲当时为保护埃斯佩兰萨而担任那里的临时执政官，她因此和日本孩子一起玩耍、长大,而且将公社的日本移民都看成是她自己大家庭的一部分。她对吉耶姆说:"我也是日本人",她认为自己参与巴西政治活动的部分灵感是来自于"她从这些人身上看到的合作精神"(247)。

我们在小说早先提到的三郎决定离开埃斯佩兰萨到帕尔马去的情节中,已经体察到了里奥尔式自我塑造的一些蛛丝马迹。帕尔马是埃斯佩兰萨附近一个信奉基督教的拉脱维亚移民社区;他从那儿"了解到了世界上的其他情况"(69)。此过程也体现在小说的结尾处,其中谈到了源氏如何在1976年的一次飞机坠毁事故中幸免于难,变成一个"疯疯癫癫,口齿不清,在森林里神出鬼没的印第安人"(246)。源氏九岁时在他有暴力倾向的父亲威逼下开始学习绘画。他父亲认为,"天才只能出自精心的培养",而"牺牲和吃苦耐劳则是通向伟大艺术的必由之路"。源氏不正常的举止和自杀倾向之所以值得关注,是因为它们都是卢梭所说的超前教育带来的恶果(卢梭〔1762〕1979,189 – 190,219 – 220)。尽管源氏发热的头脑和妖虞发达的四肢都属于一种过度充裕现象,但他却是埃斯佩兰萨和"新世界牧场"中最有洞察力的成员之一。因为正是通过他的眼睛我们才了解到:埃斯佩兰萨早在1954年就分裂成由宽太郎和一郎领导的两个不同派别;百濑先生过后在埃斯佩兰萨入土为安;水冈为训练出宽太郎深感懊悔并试图用猎枪结束后者的生命;巴西警方为抓捕吉耶姆穷追不舍;宽太郎在1976年的一次飞机失事中丧生。飞机失事过程的细节全都反映在源氏的铅笔画和用初级日本铭文留下的记录中。

在某种程度上,源氏可以看成是另一个版本的一郎。一郎也是在九岁时就被纳入了一个实验性的教育计划。当源氏在他那个狭小的作画空间里饱受心灵摧残时,一郎却在流动性的社会中日臻成熟。一郎的成长也与他儿时的偶像宽太郎的衰落相反相成。一郎思维方式的转变和他对宽太郎的幻灭——这特别体现在小说对那几个第一人称叙事者话语优先权的轮替,即:正直的一郎,助人为乐的春,双面人宽太郎,以及目睹了公社秘密的源氏——使他和后者在书中的作用也发生了逆转。在此过程中,一郎成了关于日本移民至巴西的更可靠的历史见证人。这种叙事功能的转换在已经长大成人的一郎与宽太郎的一次对话中达到了高潮。一郎在交谈中想起了他和"巴西丸"上的一个小玩伴孝治在旅途中撞见一个妓女与喝得酩酊大醉的水手们厮混的情形。他觉得松子和那个妓女长得很像。这一发现给宽太郎留下了深刻印象，他想到：

难怪人们说一郎有过目不忘的本事。他的脑子能记住发生的每一件事，就像相机一样……我翻看着一本本相册……在一张照片中，有个女人看上去既伤心又失魂落魄……我一下子来了兴致，那有没有这种可能——我仅仅是这样猜测——松子在我们绕过好望角的时候就已经在她娘胎里诞生了？当时我还到处显摆那台卡尔·蔡司牌相机。那也是我们前往新世界旅程中的最后一站。（135）

小说提到一郎有照相机般的记忆力，是指他对生活细节的关注和对事物表面现象所持的怀疑态度。这样的记忆力显然提供了宽太郎摄影记录——即他对自己"深刻直觉"和"炽烈情感"的一种视觉抒发——所遗漏的东西（145）。也就是说，宽太郎的思维和存在困境（即他在回避现实和编造神话这两极之间来回摇摆）只有在当他不再将自己看成是知识的终极载体时才能得到化解。这种情况还表明，我们所看到的埃斯佩兰萨其实是个从里到外同时发生的共同建构，而它的衰落在于：许多公社成员始终没有意识到，这个共同体不过是它在其内部需要和外在压力相互作用下所产生的一个必然结果。

第三章

隐秘的跨国性：
《周而复始》中的种族、情感和物质形式

我认为，我们所处的并不是个后殖民时代，而是一个被强化了的殖民主义时代，尽管后者是以一种不为人们所熟知的形态而存在。

——三吉正雄《真是一个没有边界的世界吗?》（1993）

将基于遗传学和人种学的种族主义理性化和人格化，那只不过是文化种族主义的一种改头换面。在此，种族主义的目标已不再是个体的人，而是某种生存方式。

——弗朗茨·法侬《种族主义与文化》（1995）

在《巴西丸》的结尾处，山下提到了76岁的寺田一郎对他出生于巴西的外孙女的所感到的一些忧虑，那就是："她以优异成绩毕业于大学建筑学专业，但无法在巴西找到稳定工作，只好加入由15万人组成的日裔巴西人廉价劳动力大军，到日本去挣钱糊口。"（BM 248）根据小说暗示的年代，寺田一郎表达这一感慨的时间是1992年。当时，那两个由日本定居者组成的巴西社区——即宽太郎最初在埃斯佩兰萨西北角建立的养鸡场和一郎后来领导的农业公社——早已摆脱了当初由日本政府资助的移民项目及各自的封闭状态，并逐渐融入了巴西社会。在此情况下，困扰一郎的与其说是他孙女一时找不到工作的苦恼，还不如说是整整一代在巴西出生的日裔巴西青年——即"巴西丸"那些乘客的后裔——所面临的集体生存困境。这些日裔巴西人为了应对巴西因长期依附北美而不断遭遇的经济下行压力，不得不以日裔外劳身份前往祖地从事体力劳动。[①] 透过寺田一郎的这些心理活动，山下不仅介入了关于当代日裔巴西人困境的讨论，也为她2001年发表的实验性作品《周而复始》——而该书的主题正是关于日裔外

---

① Dekasegi 在日语中是指离开家乡外出谋生的工人，在该书中译为"出稼族"，他们通常在城市里充当季节性劳工。"出稼族"的典型形象最初出现在明治工业革命时期，他们通常是男性，身份是农民，寻找临时工作是为了养家糊口以过冬或度过农作物歉收期。从广义上来讲，"出稼族"工人也可以被定义为那些赚不到足够的钱来养家（或养活自己）的人，因为那些能在家附近找到的工作，酬劳是相当微薄的。对于南美的日裔来说，"出稼族"指的是那些移民到日本的苦力（通常在工厂）。我要感谢凯伦·山下和冲绳琉球大学的美国文学教授生江喜纳，在她们的帮助下，我提出了这个语境化的定义。

劳的困境——进行了铺垫。此外，山下故意在《巴西丸》的结尾处凸显寺田一郎的担忧。这实际上是向读者暗示，日本移民至巴西的历史并非一条直达殖民主义接触区的单行道；埃斯佩兰萨的定居者们为在巴西生存所采取的跨文化融入策略也并不是故事的最终结局。① 在此，《周而复始》中提到的一个年份——即1984年——能进一步说明两个文本之间的内在联系。当时，山下正举家从巴西搬回洛杉矶，在途中目睹了"日裔巴西人因工作和生存的需要而开始西进日本的新动向"(13)。山下观察到的这些情况不仅成了她在《巴西丸》结尾处谈及寺田一郎心情的背景，而且也为她1997年访问濑户进行了铺垫。濑户是个距日本名古屋不远的小城，山下在那里用了整整六个月的时间深入考察日裔巴西人的社区，其结果就是《周而复始》的面世。

当年乘"巴西丸"去巴西的日本人抵达目的地将近半个世纪之后，日本裔巴西人又千里迢迢地回到日本。这些在日本和巴西之间往返迁徙的日裔人口不仅说明了跨国劳动力市场有变化无常的需求，而且也反映了这个带有种族特征的劳动力大军在此过程中饱受煎熬的状况。《周而复始》一开篇就开门见山地向读者谈到了日本政府在制造"出稼族"（即返回日本做工的日裔巴西人）问题上所扮演的角色：

日本政府于1990年通过了一项法律，允许向第二代和第三代日裔巴西人颁发签证，让他们来日本从事技术含量不高的工作。这项法律同时明文禁止其他国家的工人来日本做工，将他们视为入境者。日本政府和企业都希望找到一种能弥补其非技术性工人持续流失的办法，但在该项法律的实施过程中却倾向于用长相相同的日裔劳力挤掉非日裔的外国工人，因为一般的看法是这些日裔巴西人在接受日本生活方式和融入日本社会时更容易。简而言之，这个解决方案的出发点可能是好的，但它只在乎种族问

---

① 谷野明美喜久将"日系"定义为定居在美洲的日本移民以及他们的后代（Kikumura - Yano 2002，1）。山下在《周而复始》中使用这个术语时更宽泛一些，指的是那些不住在日本但祖先是日本人的人，还包括那些在情感上或观念上具有日本人认同的人，而不是与日本有直接的或社会实质联系的人。

题，其他一概不管不顾。（13）

如果说 1990 年通过的这项日本法律还不是为了直接规范山下早在 1984 就已经注意到的反向迁徙问题，它至少也是对这个问题的一种变相确认。纵观历史，日本政府在引进日裔巴西劳动力时的说辞与它在二十世纪初为鼓励日本人移民到巴西时所找出的理由并没有什么本质区别。这类说辞和理由表明：文化种族主义——如弗朗茨·法农所说——并不是通过谈论人类基因或人体特征的优劣来直接表达，而是通过允许或排斥某种生活方式的假设来暗示（Fanon 1995，173）。具有讽刺意味的是，日本政府和商界领袖都认为日裔巴西人的身体特征比其他外国工人更能满足日本社会的需要。正如我们在《巴西丸》中所看到的，这种在种族和文化之间画上等号的假设曾经是日本在两次世界大战的间隙里通过移民推行殖民主义扩张的意识形态基础。而移民精英们则通过两种策略来确保其帝国计划的实施：一是将文化优越感当成一种官方的意识形态来提倡；二是把种族的同一性作为一种巩固社群的内部机制来强调。然而，对许多埃斯佩兰萨的最初定居者来说，这种将种族等同于文化的做法不仅自欺欺人，而且严重妨碍了他们新身份的建构，因此不少人几乎毕生都在努力消除这类影响。就此来说，日本政府在其 1990 年的劳工法中所表现出来的宁要"出稼族"也不要其他国家劳动力的倾向，就成了能用来说明那个源于埃斯佩兰萨、至今仍未得到化解的种族主义神话的一种现代表征。在《周而复始》中，山下描写该种族主义神话在日本的最新形态，同时对全球化的结构性内在矛盾进行了冷峻的评估。她认为，这种全球化运作的一个常态就是给某些人带来痛苦。

山下在小说中通过多种的物质再现形式传达了这些文学主题的视觉效果（即上面提到的以种族为基础的文化同一性神话），以及日裔巴西人为生活所迫而不得不加入反向移民的历史困境。比如，该书的封面和封底都印着许多圆形，叙事正文开始前的页面也洒满了各式各样的圈圈，每章首页的页码专门配上圆环，这些章节中大小标题的字体则都用弧形来装点。山下提到，她在这本书中使用圆形图案的灵感来自Ⓚ的视觉形象，那是她逗留濑户期间在每条街道拐角都能见到的便利店标记。住在那样的环境中，山下意识到她的日常生活总是围着"K"记便利店转来转去："去竜太家，从'K'记便利店往左拐；回家时就从'K'记便利店往右转"（16）。用这样一个看上去形象一致但实际位置却千差万别的地界当她走街串巷的向导。这表明了山下地理概念的丰富内涵。用她自己的话来说，与这种地理有关的那些活动也必然表现为"多层次、多形态和多向度"的经历，因为这些经历都赋予了"边界和边疆"的不同含义（17）。山下对她在日本生活经历的这种概括能恰如其分地用来描写她在《巴西丸》和《周而复始》中要凸显的那些迁徙过程，也使读者将注意力转到了"出稼族"在民族—国家和资本全球化阴影下进退维谷的窘境。他们在那种条件下饱受经济剥削、文化排斥和由社会边缘化带来的政治上的无足轻重。

通往日本之路

山下在《周而复始》开始的时候告诉读者，该书的内容主要来自她为一个日裔美国人网站"克里奥尔餐室"写的博客，是一种"从不同侧面和角度"反映她在日本所见所闻且每月一次的即兴写作（11）。山下将其写法近似旅行杂记的博客，使《周而复始》与它生产过程中所涉及的指涉环境发生了密切的联系。但这种联系有一个不利于该书解读的方面，那就是，它常被理解为一种直接再现的手法，因此有可能排除读者对书中虚构事件或虚构关系的深入文学思考。我在分析《周而复始》时试图展示该线性文类所掩盖的一个叙事功能，即它对话语式语境的依赖。我们可以借助阿琼·阿帕杜莱的"族裔板块"概念来把握这类语境。阿帕杜莱的"族裔板块"说强调在全球体系日益瓦解的情况下，身份建构变得越来越不确定的总趋势。阿帕杜莱认为，电子媒体在此过程中起着主导作用：它通过混淆梦境与现实、流动与停滞、视觉感受与社会参与之间差异的方式重新塑造大众的认知（Appadurai 1996，33－34，54）。而日本跨国企业家诱使日裔巴西人前往日本的策略正是美化和掩盖"出稼族"的内在问题，从而将全球化电子媒体的作用发挥到了极致。在此情况下，博客那种直接介入日常生活的基本功能就开始具有了一种独特的颠覆作用：它暴露出了陈述事实过程中的虚假手法，而对这类手法如果置之不理，它们就会被当成事实来接受。故而，山下在《周而复始》中欣然拥抱随想这类线性表达方式，这可以看成是她为达到去除神秘化和回归现实目的所采取的一种叙事策略。而她完成此项任务的立足点，就是她作为小说叙事主体和她作为日裔巴西人西进迁徙目击者的双重身份。因为山下一路上见到的都是那些"为了工作、受教育和获得新出路而奔波的移民、移居者、游客、难民、来访者、外国人、陌生人和旅行者"（13）。

山下告诉读者，针对日裔巴西人的招聘活动最初是由那些大型日本企业推动的。这些企业成功地使日本政府通过了允许"出稼族"入境参加工业劳动的立法，但是它们却回避直接参与招工和由此带来的法律问题。法律漏洞使合同制雇佣公司在日本遍地开花。在日本政府的默许下，这些公司成了为那些人手不够的工厂引进巴西劳力的唯一机制。而这些主要由日本人经营的合同制雇佣公司为了营运方便和自我保护，往往以在巴西设立旅行社作为掩护。而这些旅行社则通过登广告吸引想去日本的"出稼族"，与他们签订合同，并弄来移民文件。许多日裔巴西人被他们的"族谱"发源地的生活前景所吸引，在签约时往往义无反顾，有的为此欠了一屁股债，有的还冒着家庭破裂的风险。这些旅行社经常玩弄的一个手法是让那些想移民的日裔巴西人买一张他们并不需要的双程机票，那样，他们就可以得到为期一年的日本签证。而买机票的钱——明码标价 3 500 美元但实际上只值 1 600 美元——都由那些合同制雇佣公司垫付。这些公司在移民抵达日本会立即收缴他们的护照，接手他们的签证延期手续，从而控制了他们的全部生活，直到他们合同期满并还清贷款时为止（34 - 35）。由于经营一家这样的公司有利可图，在山下《周而复始》问世那一年，日本各地已经有大约 6 000 家这类公司在运作；公司规模一般都不大，而且开始被日裔巴西人接手（42）。因为"出稼族"不熟悉日本社会又缺乏有效的日语沟通技巧，所以他们除了受合同制雇佣公司控制之外，还得听从一些日本中介机构的摆布。这些中介机构包括每年从他们汇往巴西的 20 亿日元中赚足了利润的银行、要他们逐项付费的快递公司，以及费用高昂的那些长途电话公司（33－34）。

　　这就是日裔巴西劳工移民在阿帕杜莱提到的那种断裂时空中被层层复写的真相。其中的玄妙之处被山下用报告文学式的形式再现出来。山下的叙事介入直接瞄准了关于"出稼族"现象的两种文化虚构方式：一是大众传媒对此事的有意误导——将其说成是"出稼族"千载难逢的好机会；二是两国政府对日裔巴西劳工入境这场人间悲剧的忽视与淡化处理。为了突出日本政府一方面积极招募日裔巴西人，另一方面又让他们在日本市场中自生自灭的矛盾，山下在书中谈到了一位27岁的日裔巴西人泽马利亚·福山的经历。像许多"出稼族"一样，泽马利亚从巴西的旅行社中得到了类似承诺：他会进一家正宗的日本公司上班，干净、舒适，还有一个专属的单间居室。可他一到日本，就和另外七个移民被一家合同制雇佣公司带进了一排预制铁皮平房，加在一起只有两个房间。同时他还惊讶地发现，"出稼族"在日本的工作总是围着三个以"K"字打头的日本字转——Kitanai，Kitsui 和 Kigen——是工厂里"最脏、最不好干和最危险"的活儿（32）。福山的工作包括在没有安全措施和人身保险的情况下切割铝部件或在这些部件上钻孔，然后用螺栓将那些金属部件固定在一起。其他"出稼族"的工作包括把金属片压进汽车保险杠；把一扇猪挂在肉制品加工厂的挂钩上；驾驶垃圾车；操作重型建筑机械。为了还清债务，泽马利亚和他的同事一样没完没了地加班加点，"一连几个月都没有假"（14）。这种工作节奏"使他每天晚上一到家就倒头大睡，连那些横七竖八、睡在自己身边的人是谁都不知道"（3）。山下还讲了一个泽马利亚如何为"出稼族"维权的故事，但泽马利亚的道德诉求却使他身陷囹圄。他所帮助的是一个长相漂亮但做起事来不择手段的女"出稼族"，马利亚·玛德莉娜·新桥。这个女人曾经营过一家合同制雇佣公司，其间她违法用"出稼族"的劳动换取报酬，因此在日本锒铛入狱。泽马利亚将玛德莉娜救出来后，让她成为自己的生意合伙人，共同经营一个注册于他名下、有相当规模的电子器件厂。与此同时，玛德莉娜继续经营她的合同制雇佣管理公司，并通过这间公司为电子器件厂提供劳动力。但玛德莉娜有一天突然消失了，并随身带走了100名工人的全部工资和福利费（39）。这使泽马利亚顿时陷入了绝境——他一方面要应对工厂员工的指控，另一方面又面临日本执法部门的追究，同时还得忍受巴西驻日本大使馆对此事的冷漠与拖拉。

山下在该书的其他章节告诉读者，泽马利亚面临的困境在"出稼族"社区中还有许多不同版本：如一家雇佣机构的老板桥本清秋突然不辞而别，因为他已经付不起员工的工资和房租，员工也因此全被赶出了公寓。一位名叫罗伯特·隆的雇佣公司员工被逮捕，因为他偷走了300万日元，这相当于20个员工一个月的薪水。每当此类事件发生，正如我们从泽马利亚的遭遇中所看到的那样，巴西政府几乎不能提供任何形式的帮助，而日本政府也只是在口头上对受害者表示同情。日本政府对"出稼族"处境的这种虚伪态度反映在天皇在一次正式出访巴西时的言论。山下以报纸剪贴的形式将其言论插入了她的叙事，使之成为书中拼贴的组成部分。天皇说："如果此事（即'出稼族'现象）能为我们两国人民带来更多交流机会的话，我会感到非常高兴。我希望他们在日本逗留期间一切圆满，并在返国前交到不少朋友。"（49）这正是孤立无援的泽马利亚痛恨的官僚主义态度。巴西驻日本大使馆对他的困境爱理不理。这使他一怒之下动了杀机，想把领馆内一位名叫玛丽亚·德·格拉萨的联络官掐死。但他冲动的结果是被遣返回巴西，并因为那是在巴西领土上触犯了法律而被关进了监狱。

因为日本和巴西对"出稼族"置之不理，所以他们在工作场所受尽了剥削和歧视。比如，泽马利亚在完成工厂分派下来的任务时一直是长时间跪着干活，并在此过程中失去了三根手指（35－36）。此外，48岁的建筑工河原寸妙从8米高的工作台上摔下来，造成了胫骨和臀骨的骨折；42岁的仓库女保管员埃尔扎·古贺的一只脚被叉车碾碎；21岁的司机克罗地奥·津友在开车时睡着了，撞上了一辆迎面驶来的汽车并因此而丧生（48）。"出稼族"工人在工作时打瞌睡不足为奇，因为他们劳累过度，薪酬太低。当这些工人抱怨他们在日本的劳资关系或缺乏医疗保障时，滨松地区神圣会的党派代表山川十一郎用亚裔美国人都熟悉的方式回答说，那些对日本工作环境不满的人"应该都回到他们自己的国家去"（46－47）。至于玛丽亚·玛德莉娜那些人残害无辜的勾当，它们至多是上述工作环境中的一种副产品。这种以经济剥削和政治压制为特点的整体环境很容易使"出稼族"产生玩世不恭、以邻为壑的情绪，误导他们去掌控自身的命运。具有讽刺意味的是，这种探讨有时竟然打着"出稼族"主体建构的旗号。而这正是玛德莉娜对社会行动主义理念的利己式挪用：

> 行动主义就是要玩转这个体制，用骗子的招数制服骗子……在她看来，泽马利亚根本没弄明白"出稼族"到底需要什么。他们需要的是一剂现实主义的良药，一顿狠狠的敲打。既然他们知道自己的权利，那为什么还叫日本的合同制雇佣管理公司牵着鼻子走呢？她的想法是从日本人手里将这类公司的业务抢过来……在日本赚钱可不是吃野餐。他们到底想不想干活儿？干还是不干？排队等着干的人多着呢。她只能跟他们实话实说；可能不太中听，却蛮有道理。很多人后来都感谢她给了他们工作机会，感谢她让他们看到了现实。她的钱就是这么赚来的。（38 – 39）

虽然玛德莉娜用了"出稼族"能听懂的话语来表达她的生存理念，但她的做法却严重损害了"出稼族"利益。因为她不仅了解这些同类的秉性而且毫不犹豫地利用他们对自己的信任。本章稍后会再回到这个话题。

"不纯粹"的政治

山下先前提到，二十世纪七十年代中期她在东京做研究时曾想当个真正的日本人。她回忆说："我脱下洋装，换上和服，留起长发，戴上隐形眼镜，让晒黑的皮肤变白。我还照猫画虎地开始模仿别人，用手指着自己的鼻子表示那就是我。笑的时候捂着嘴，用双手捧着杯子，入座的时候两腿并拢，而且用有女人味的日语讲话。我可以鱼目混珠了。"（12）如我在第二章中谈到的那样，山下的这段回忆体现了她对日本社会文化和种族的挫折感。因为这与她作为一名亚裔美国女性对种族和文化的理解背道而驰（12）。在当代日本，这种微妙的排他性并非源于种族本身，而是日裔巴西人或日裔美国人的不同生活方式。山下特别提到，对单一化种族的强调使日本文化对完美有着一种近似于宗教的崇拜，但这种倾向对"出稼族"来说则是个坏消息。一个典型的例子就是日本对纯种米所抱有的"严苛"或"宁缺毋滥"的神秘化高标准。按照这种标准，好米"应当又黏又白"，而糙米、大麦、碎小麦、玉米面和长谷米之类杂粮则全都不及格（82 - 83）。垫底的是产自泰国的长粒大米，它因看上去粗糙，口感不细腻而根本上不了日本人的餐桌。农产品的情况也不乐观，因为品种和数量必须让位于"像克隆一样完美的外形"。山下指出，日本人喜欢扔掉大量有缺陷的蔬菜和水果的习惯使得"每个茄子看起来都跟别的茄子一模一样"；黄瓜、西红柿、洋葱、土豆、苹果、橘子和甜瓜也是如此（82）。对大米和蔬菜完美无瑕的这种追求给"出稼族"的生活造成了极大的不便，因为他们只有吃不同食物——特别是大米和豆类，或是长米和大豆（外加肉和蔬菜）才能进行长时间的繁重体力劳动（84）。山下因此告知读者：所有"出稼族"的体重在抵达日本的头几个月里全都下降了，因为日本食物不仅贵而且也不合他们的胃口。后来，几位日裔巴西妇女卖起了便当——她们在"出稼族"的聚集地供应巴西食物（外加新闻、八卦和老生常谈）；几家日本肉店也开始把日本顾客不买的那些澳洲肉的边边角角和其中不够软嫩的部分用低价卖给不吹毛求疵的"出稼族"。这样，"出稼族"的饮食问题才得到了一定的缓解（83 - 84）。还有一家肉店的老板是对夫妇（日本丈夫和韩国妻子）。他们买来澳洲肉之后专门卖给日裔巴西人。久而久之，他们就把店铺旁的一片空地改造成了一家有音乐演奏和卡拉 OK 设施的地道巴西餐馆（84 - 85）。

山下将这家肉店的做法看成是与"纯文化"偏见针锋相对的"克里奥尔式局面"（85）。这种局面使人想起了她与网友分享自己 1997 年访日经历的那个日裔美国人网站（www. CafeCreole. net），因为该网站能包容、开放、鼓励对话。在此背景下，山下在书中一再表示自己不认同日本那种为保持同一性而建立起来文化或社会机制：她谈到日本语言体系中的等级观念。在此体系中，她的名字只能用片假名拼写和发音，而片假名是一种用来指称动物或外来语的语音符号。她特别提及那些针对"出稼族"租客制定的歧视性公寓管理条例，如噪音控制、垃圾处理、厕所清扫以及环境卫生的保持。她还对那些只会讲葡萄牙语的"出稼族"儿童在日本小学中受到歧视、排斥，以及种族刻板形象伤害的情况表示担忧。山下 1997 年去日本时乘坐的是一架波音 747 客机。她用机上的座位设计缺陷来暗示她对日本社会生活这些方面的批判性思考。她写道："飞机座位对我来说总是有些太高，而两条腿因为长时间悬空又使我的脚酸肿；同时，靠背也将我的头一个劲儿地往前挤压，非常不舒服。我在美国其实连中等身材都算不上。飞机上的座位到底算不算是一种国际标准呢？飞机上到底有多少人能符合美国人的中等身材标准？不用说，我们的骨头都会为此付出代价。"（15）山下对美国航班上座位设计的这些思考，象征性地表达日裔巴西人在日本生活的重重困难，同时也暗示了日本在安置"出稼族"过程中的言行不一。

在某种程度上，"出稼族"在当代日本社会的现身重新激活了妖虞曾经为埃斯佩兰萨注入的那种干扰性力量。而山下正是通过这种克里奥尔式的情景来体现她的文化对抗政治。该文化政治在书中表现在两个方面：一是她对物质形式的运用，二是她在书中大量使用的拼贴技巧。《周而复始》的书形明显不同于一般的书籍：它的书脊短小，摆在书架上时比并排的书都要低矮，但从侧面看它比这些书又往外多伸出了好几英寸。与该书不规则的形状相呼应的是其内文都像报纸那样分两栏排版。这种版式直接影响到习惯性的视觉运动和读者的连续思考。此外，作者还通过将三种不同语言——即英语、日语和葡萄牙语并置或混用的方法，进一步强化了她用书形和版式干扰读者视觉与逻辑思维，从而达到干扰语言规范与连贯性，并质疑文化同一性的效果。《周而复始》的彩色封面特别能体现出山下的视觉形式策略，即"出稼族"如何在传媒误导下追求美好生活，以及他们又在日本沦为当地的社会与文化他者。乍看上去，《周而复始》的封面像是一个被两条纵横相交的黑杠杠平均切割成四份的大型彩色电视屏幕，三个长相相同的女孩头像——笑容可掬，卷发齐眉，服饰艳丽——从左上角至右下角一字斜着排开，占据了大部分的画面。封面上还有些黑白照片和漫画：一个身披浴袍，只着胸罩热舞的巴西狂欢节女郎；几瓶热带水果饮料；一个留着中分头，正在打电话的日本男子；印着个打手势年轻日本职员的招聘广告上，有一家日本玩具店、一些街头和市内交通的画面；还有用来进一步烘托气氛的是装点在封面不同位置的 12 颗心状物。该书的书名用七种颜色印在横贯页面的那条黑杠上，在与那条竖杠的交汇处，"K"字被置于一个醒目的圆圈正中。这些五颜六色的图案营造出一种喜庆、乐观和轻松的生活基调。然而，这些充满魅力和希望的象征与"出稼族"在日本社会中的实际经历却相去甚远。

山下的克里奥尔化政治主要体现在她将在视觉感受和主题思想上毫无关系的事情进行拼贴，如照片、商业书节选、漫画、说明、剪报、工作申请表、路标、地图和统计图表等。这种拼贴策略在《周而复始》中专门用来针对日本崇尚纯粹性的文化偏见。格雷戈瑞·乌尔默在他 1983 的一篇文章中指出，"拼贴是我们这个世纪艺术再现中最具有革命性的一种形式创新"，因为它将艺术作品指涉中的实际断片直接嵌入了艺术作品本身，从而使该艺术作品成为一种开放而非封闭的再现机制。在乌尔默看来，这种策略的重要性在于它既保留了再现的价值，又与传统现实主义中虚幻的"障眼法"划清了界限（Ulmer［1983］1998，94 – 95）。乌尔默显然是从现代主义和后现代主义的过渡地带提倡这种他更倾向于后者的论点。他强调的是拼贴——这个能追溯到立体主义的技巧——能督促读者反思解读外部条件的形式功能，及其通过"准文学的形式"将阅读过程转化为一种自觉批判行为的可能性（Ulmer［1983］1998，123n10）。① 这种对拼贴中介作用的后现代式挪用，也许并没有什么内在颠覆性，特别是考虑到乌尔默喜欢将这种技巧的视觉效应看成是一种"能激活能指"的解构主义倾向（参见 Ulmer［1983］1998，96）。然而，当拼贴技巧在山下小说中通过

---

① 在将拼贴视为一种革命性的表现手法时，乌尔默借鉴了贝托尔特·布莱希特对有机模式的批判，其基础是卢卡奇的社会主义现实主义中关于和谐、统一和线性增长的经典假设。根据乌尔默的观点，拼贴有两个基本特征：（1）它作为借来的碎片的能指功能，"以一个形式概括了一个给定对象的许多特征"；（2）它作为模拟物的功能，是对所代表的事物的一种补充，而不是一种虚假的再现。在材料从一个语境转换到另一个语境时，拼贴的操作通常包括四个方面：剪贴工艺（或分割）；预成型的或尚存的信息或材料；组合（蒙太奇）；和不连续性或异质性（参见 Ulmer［1983］1998，95）。布莱恩·麦克海尔在肯定乌尔默将拼贴描述为一种自觉的后现代主义技术的同时，强调了拼贴的本体性地位，它将"互文空间"置于首位（McHale 1987，96 – 97，126 – 127）。

"出稼族"视角被充分语境化之后,它至少可以在如下几个方面变得十分重要。

首先,山下的文本中由于加进了源于不同社会与文化现实的素材断片,变成了一个充满物质性张力的实体性空间,从而补充了意义还不够完整的纯书写文本。同时,这个被视觉化的新文本——正因为它有了多样化、纵横交错和相互矛盾的文本指涉——激励读者用比较的方法去协商和评价艺术与经历之间的联系。这里所说的比较视角包括读者自身的阅读习惯,"出稼族"的切身感受,以及拼贴出来的物质性多重视角。它因此构建成了一个全新的总体性文本。

其次,那些看得见摸得着的实物拼贴物——作为发生扭曲或变得四分五裂的外部世界的具体象征——又提出了一个有关后现代模仿的问题。布赖恩·麦克黑尔对后现代再现中"压倒性现实"和"次现实"作了如下区分。他用"压倒性现实"指称那些源于共享经历的事物,即社会中不同成员之间进行互动的共同基础。这种共享经历的建构和维持离不开日常的社会化和体制化过程,特别是这些过程中语言所发挥的中介作用。"次现实"常和"差异性的个体或边缘化"经历有关。这些经历往往是随性的、突发的或机缘的。与共享现实——即"压倒性现实"相比较,"次现实"有非常真切的边缘化感觉。麦克黑尔于是总结说:"后现代主义小说中模仿的……是那些先进工业化文化中多元化和无政府主义的景观",其显著特点就是"它既能渗透次现实(尤其是大众传媒的虚构场景)",也能"从这类虚构世界过渡到日常生活中的压倒性现实,反之亦然。"(McHale 1987,37–38)《周而复始》中那些重新组合起来的非连续性实体断片因此在视觉上凸显了潜藏在该书文字叙事下面的再现结构。那些通过物质形态显现出来的不同现实指向了完全不同的东西:想象中的世界、令人神往的未来、象征性的事物、私人空间、漫不经心的举止或粗浅的印象。这些完全不同的可能性令"出稼族"无所适从,举棋不定。这些拼贴的累积效应于是构成了麦克黑尔所说的"再现中包含的另一种再现"(McHale 1987,116)。这类再现凸显了认为书写是模仿现实唯一手段的理论偏颇,也提请读者关注文本通过提喻式物质拼贴所表现出来的不同形态和层次的现实。

最后，尽管山下的拼贴策略在形式上颠覆了日本社会对纯粹性的过分强调，但其效果却难免与多元化全球市场中跨文化的商业景观或混杂化的语言和实践发生共振。① 然而，书中通过视觉化效应展现出来的文化共存现象——其中包括就文化实践的不同"规则"、充斥犯罪记录的剪报内容，以及限制"出稼族"行为的视觉或语言符号——在本质上还是一些等级化和排他性的关系。因此，这种再现策略所昭示的并不是对自由互动方式的浪漫主义遐想，而是对社会禁忌和经济生存状况的严肃思考，以及将文化洁癖和排他性原则变成一种差异性物质空间的转换过程。

身心俱残

山下在书中用大量篇幅描写了日本过于严格的社会习俗给"出稼族"带来的负面心理影响。书中提到了一位在东京无照营业的日裔巴西人心理医生道虎的某些观察。道虎说，"出稼族"第一次上日本头条新闻的原因不是他们优秀的工作表现，而是个名叫前田辉美的年轻"出稼族"在酒吧杀死了一个年轻女招待。道虎说，另外一个"出稼族"把他两个年幼的孩子扔进了工厂的锅炉，然后用刀杀死了他妻子。还有一个"出稼族"杀死了与他女朋友约会的一个年轻人，并把死者的手臂和头颅切下来寄给她（49，118－119）。据传，一对名叫卡洛斯·艾尔伯托·大迫和滕春正代的"出稼族"夫妇在他们租用的复式公寓里一起被杀：丈夫的尸体被丢弃，用毯子裹着丢在一个隧道旁，妻子的尸体则被塞进一只箱子，头和手还没来得及处理（51）。塞尔吉奥·科伊塔多是个来日本时间不长的日裔巴西人，据说他在心情不好时常喝得酩酊大醉，其间把在家里能见到的东西全都毁掉，然后让她妻子去收拾烂摊子（94－95）。除了这些时令人侧目的公共凶杀案和家庭暴力之外，书中还列举了酗酒斗殴、开车肇事、非法拥有或过度吸食毒品、性侵和不雅暴露等事件。道虎认为，这些情况说明："为日裔巴西工人提供精神健康护理的工作已经刻不容缓"，其原因很简

---

① 对后现代主义的异质性和多样性策略在意识形态上体现出的矛盾，特别是它面对商品形式盗用时表现出的脆弱性的批判，请参见（Polan 1996，276－277）。

单——他们在日本工业资本主义体系中受到的残酷剥削与他们所习惯的那个"热情、友好的国家"有着天壤之别。他们在国内"大概根本没必要进工厂干活"(32)。在"出稼族"群体中出现越来越多的精神分裂症案例表明,他们的精神健康出了大问题,从而使他们本来充满活力的身体变得冷酷无情。"出稼族"在融入日本资本主义制度过程中所付出的代价可谓极其高昂。

在此语境中,山下建构了她在撰写此书过程中最具虚构色彩的一幕。故事围绕着一个名叫马里奥·科伊塔多的"出稼族"工人和与他相爱的女人法蒂玛——一个9岁女孩伊阿拉的单亲妈妈——被杀害的谜团而展开。山下通过三个旁观者的视角介绍了两人之间错综复杂的关系:一是伊阿拉,她注意到了马里奥对她的母亲的迷恋;二是法蒂玛的一个同事爱丽丝,她提醒法蒂玛,马里奥是个有家室的男人;还有马里奥的嫂子良子,她给法蒂玛出过主意。通过这三位旁观者讲的情况,读者进一步了解到:马里奥在巴西还有个感情不好的非日裔妻子和一个已经五年没见面的八岁儿子。法蒂玛和马里奥相识于他们一起上班的工厂:她欣赏他阳光、务实和能给人以安定感的工作态度,以及他对生活的热爱与足智多谋(96)。山下在叙事的关键处提供了一个关于马里奥的重要信息——他曾打算与一个名叫村上的当地日本人合办一家合同制雇佣公司。山下写道:"马里奥多年来攒了一笔钱,也有巴西的人脉。村上则负责打理来自日本方面的文件和官方手续,并帮助马里奥与日本政府进行沟通,与物色想雇佣巴西工人的日本公司。他们才买了一辆公司用车,还盘算着租下一排用作工人住宅的公寓楼。"(93)村上说,马里奥是他认识的"出稼族"中"最敢说敢干"的一位,有雄心勃勃的商业发展计划,而且想发大财(123)。正像我们后来了解到的那样,马里奥和村上之间的合作更多是基于权宜之计而不是理性原则。村上告诉前来调查马里奥谋杀案的人员说,他卷入合资公司的原因是马里奥需要一名日本合作人给公司充当门面,以证明他生意的合法性。那样,他的新公司就可以不断挖走先前那位承包商的员工而不会引起怀疑(124)。村上曾经涉嫌参与抢劫,被警方逮捕过,并为此丢掉了一个赌场经理的职位。自那之后,他深感经济独立的重要性,于是进入了马里奥的公司。然而，由于两人之间这种安排要求是村上假冒公司的所有者，马里奥那间公司最后收到的官方文件上因此并没有他自己的名字——尽管他为企业做了投资，为讨论"出稼族"货源和需求与工厂主见过面，并按手续源源不断地引进新员工。马里奥用来规避日本劳动法和免于与其他"出稼族"承包商发生冲突的策略，就这样将他呕心沥血建立起来的公司拱手送给了别人。

山下在谈到马里奥和法蒂玛如何被杀，以及谁可能要对该事件负责时故意引而不发，只为读者提供了一些关于这场悲剧的个人角度，让他们自己得出结论。这些个人角度来自马里奥的弟弟塞尔吉奥、上面提到的心理医生道虎、马里奥的合作伙伴村上、巴西报业派到日本报道此事的一名叫安娜的记者、马里奥在巴西的妻子西达。在五花八门的说法中，有几个线索似乎比较靠谱。首先，在马里奥和法蒂玛被人用刀杀死后，尸体被塞进了两个行李箱，然后被丢弃在一条主要公路隧道的出口处。案发后，好像有人试图去清理犯罪现场。受害人公寓里的榻榻米被搬走，推拉门和部分墙纸也被换掉了（119 – 120）。其次，马里奥发现公司的正式文件上没有自己的名字后，曾威胁说要把钱全都提出来另找搭档（124）。再有，因为马里奥以村上的名义从他原先为之效力而后又违背承诺的承包公司招了十来个工友，那家公司的老板扬言要马里奥为此付出代价（122）。这一事态发展似乎又牵涉到了一家巴西酒吧老板在马里奥和法蒂玛谋杀案发生当晚看到的一些情况：村上那天光顾过酒吧，但看上去"异常疲惫"，而且还一个劲打听马里奥的下落。然后他喝得大醉，被另外三个日本人带走了（123 – 124）。安娜在她调查中发现的情况似乎有更多参考价值。她了解到，马里奥将一大笔钱转进了他弟弟塞尔吉奥的账户，在他和村上的共同账户中只留下能用来支付下一笔工资的费用（125）。最后，据说在马里奥和法蒂玛被杀的现场，行凶者"看起来很不老练"，因为受害者不是缺鼻子，少耳朵，就是没手指（119），作案人掩饰罪证的手法也极不高明，好像行动根本没有经过认真策划（120）。

如果马里奥和法蒂玛的被杀不是有预谋或有组织的犯罪，那么受害者自身的精神状态就值得认真关注了。法蒂玛本人的一些经历因此变得很重要：她发现马里奥经常在夜里做噩梦，醒来时一身冷汗；她自己也越来越疑神疑鬼，怕被人监视或跟踪。这种恐惧感使她每天晚上都在床垫下预备了一把菜刀（127）。法蒂玛的说法与马里奥本人做的一个梦有某种吻合：他在梦中打开了法蒂玛用来存放细软的两个行李箱，发现一个装满了日元，另一个则装满了美元。接下来，马里奥与一个披头散发的女巫展开了一场大厮杀：她一面用头发缠住他的脖子，想将他这样勒死，一面又使劲将他从自己的两个行李箱旁拽开；马里奥的武器则是那把用来切断捆钞票橡皮筋的锋利菜刀；他挥刀向那个一会儿变成西达，一会儿又变成法蒂玛的女巫砍去（121）。

　　道虎作以其"出稼族"紧急电话热线接听人身份提供的证词，是该凶杀案最重要的线索。道虎记得她曾接到过一个男子打来的电话，说他做了个使他感到罪孽深重的噩梦，梦见自己把妻儿丢弃在巴西，自己却乐不思蜀。同时，他也不知道自己到底该不该爱上一个二代生的日裔巴西女人（121）。道虎还想起了一个内心十分纠结的女人在电话中向她忏悔的情况：那个女人一方面想和男朋友住在一起，另一方又恨自己甩手不顾女儿到别人家去住；她经常感觉被人盯梢，有点风声鹤唳（120）。从西达那里，我们了解到马里奥经常劳累过度——每周工作七天；干完一个承包商的活立刻去接下另一个（116）。巴西报业的另外一名记者索尼娅对我们说，法蒂玛为了攒些额外钱卖起了速冻食品；她的"工作日程安排总是爆满"（125）。我们由此可以得出这样一个结论：虽然马里奥和法蒂玛情投意合，但他们的关系经不起经济上的重压，也抵不住"出稼族"越来越严重的心理问题。这种张力在马里奥的金钱梦破灭之后达到了临界点。山下通过安娜知道的一个情况向读者暗示，塞尔吉奥了解马里奥家有人在的时候一般不关门廊灯，所以，当塞尔吉奥对马里奥"家一连几天不开灯"的现象没有任何反应时，她认为那一定是塞尔吉奥"隐瞒了一些情况"（125）。塞尔吉奥对兄弟的去世无动于衷——而那正好是他在接到马里奥的一大笔银行转账之后——为解开凶杀案的谜团提供了另一个切入点。其中一种可能性是：马里奥和法蒂玛在精神和心理状态都不稳定的状态下开始出现幻觉和偏执，用后者那把刀自相残杀至死。此外，塞尔吉奥可能是第一个发现他们双双暴毙的人。因为他自己也经历过因精神压力所触发的暴力倾向，所以他了解这种事情的性质和影响。也许一来是出于手足之情，二来是出于对马里奥给他转账的感激。塞尔吉奥于是把两具残缺不全的尸体都全都塞进了法蒂玛的那只大箱子并处理掉，同时还清理凶杀的现场，目的是告慰他兄长的亡灵，也借此转移公众的视线。在这段叙事的最后部分，山下描写了一个超现实的场面：两辆轿车从相反的方向同时驶进和开出一个地下隧道的开口处；每辆车在路边都见到一个手提箱；司机同时刹车，将那个天上掉下来的"馅饼"装进车厢，然后疾驰而去。当两个手提箱被打开时，里面全是纸币。一个司机不愿受到牵连，将手提箱交到了警察局；另一个司机干脆把箱子从悬崖上抛进了大海（127）。

书中的一章题为《隧道》。该章一开始提到了日本政府在1997年7月遭到集体诉讼一事，原因是其涉嫌故意隐瞒修筑隧道会对工人身体造成伤害的潜在风险。这条隧道是日本国家公路系统中数千条隧道的一部分。它在施工过程中必须要凿穿一座座山脉，不仅工作条件恶劣，而且离不开"出稼族"的贡献。这些工人由于在通风条件很差的环境中吸入粉尘而患上了不同种类的肺病，包括癌症，一些人甚至在施工中丧生。山下写道："在开车经过隧道时屏住呼吸也许是一种向他们表达敬意的方式，一个感受死者痛苦的机会。当你脸色青紫，因缺氧而两眼开始发黑时，你就会看到他们的亡灵，这些亡灵身穿蓝色或灰色制服，着头盔，蒙面巾，眯着眼睛遥望远处的灯光。"（115）具有象征意义的是，将马里奥和法蒂玛的尸体抛在隧道口的做法，似乎一方面承认了隧道开掘过程中那些被忽视的生命，另一方面又强化了"出稼族"的生命没有价值，可以被牺牲的道德谬误。就此来说，那两箱在隧道口被发现的纸币——本来都是要运回巴西老家的血汗钱——也体现出了"出稼族"的梦想和他们为此所付出代价的讽刺性归宿。

受压迫者的欲望

山下通过对一位18岁日裔巴西混血女性工作经历的描写，寓言式地再现了"出稼族"的集体困境。这个姑娘凭着自己的外貌赢得了 1996 年的滨松小姐头衔：她有大眼睛、高鼻梁、一头黑发，白皙的皮肤以及玲珑的身材（19）。滨松小姐的工作是拷贝盗版的巴西录像带，然后租给"出稼族"客户：

　　她完全陷入了 JVC 录像机的重围，150 台机子并排堆放着，每 10 台一组，摇摇欲坠地摞在一起。电缆和电线像蛇似的爬了一地。此外，各种形状和尺码的电视图像显示器不是挤在在录像播放器之间就是堆放在它们上面。这些显示器都播放完全一样或者一点都不一样的节目。她已经在这里干了两年。因此，除了那些需要核对的带标签的磁带之外，她一般闭着眼睛就能完成所有全部定额：她能一口气将 50 盘磁带塞进 50 台录像机，然后逐个按开录像键。除了录像，她还忙着倒带，然后将它们打包外运，她从文字处理器或喷墨打印机里跳出来的标签带上取下需要的那一个，贴在旧磁带上然后装箱待用。用过的磁卡录像带被反复回收和使用，一箱箱地摊放在地上。一到周末，上星期演过的电视剧就必须用主本和副本再复制一遍，然后继续分类外借。（20）

　　当滨松小姐在她那个狭小空间里完成这些乏味的工作时，她不由自主地进入了一些她复制的浪漫电视剧情节——如在巴西黄金时段播出的新肥皂剧《诺威亚》（1996－1997），或是由山崎千寻香导演的经典大片《外国人》（1980）。前者讲的是个关于二十世纪初两个意大利移民家庭——即梅赞加一家和贝尔迪亚齐一家——的故事。两家人因咖啡园的划界问题反目成仇。但双方的一对青年男女却坠入了爱河，并不顾家长们的反对而终成眷属（22）。电影《外国人》讲的是关于一位年轻日本女子的故事。她因家人强行拆散自己与所爱男友的关系而深受打击，悲痛之中毅然嫁给了一个素不相识的男子并随他前往巴西的一个咖啡种植园谋生。那个男子后来因病去世；她后来偶然遇到一个英俊潇洒的意大利工头并在他的帮助下成功解除了原来的劳务合同，然后随他去了圣保罗。她终于又找到了自己的爱情归宿（23）。

　　滨松小姐认为她就是那些作品中的一个角色，因为她也有"意大利加日本人"的巴西血统。与此同时，《诺威亚》中的忌禁之爱电影主题使她认为自己就是梅赞加的孙子布鲁诺和他情人卢安娜之间忌禁之爱的一个"结晶"（24）。她还将自己幻想成那个"日裔混血儿帕特丽夏·皮拉"（即《牛之王》中女主角卢安娜的巴西饰者），甚至是"美丽优雅的卢安娜"本人（27）。对她来说，整天困在那座由电子元器件"地牢"里中复制盗版录像带，那实在是在浪费她的大好青春和上天赐给她的美貌。而这一切都与她在感受"肥皂剧的震撼"（23），和在观看舒莎穿着超短裙跳来跳去时的惬意，或是在她沉浸于那些男欢女爱画面时的激情，形成了鲜明的反差（19，21）。尽管滨松小姐知道，《诺威亚》中的世外桃源和"出稼族"的现实之间存在着不可逾越的鸿沟，但她还是幻想着"有朝一日会碰到一位既有地位又有王子风范的日本高管。他会同情她的处境并全心全意地爱上她，那将是一段感人肺腑却被明令禁止的爱情。在故事经历不少起伏之后，他们之间的爱终于使这两个势不两立的家庭——本土日本人和'出稼族'日本人——重归于好，天下也从此太平了"（27）。滨松小姐除了诉诸《诺威亚》的肥皂剧想象之外，显然对如何改善她在日本的生活现状并没有多少选择余地。这就为一直在她身上打主意的"出稼族"录像带制作人约尔金霍打开了方便之门。约尔金霍从事的都是些低成本摄像。他暗地里将滨松小姐的身体看成是能用来勾引好色的日本男人和"出稼族"单身汉的"热带金矿"。他因此乘机向她灌输一夜成名的梦想，比如鼓励她参加竞争"日经小姐"的选美大赛，教她如何搔首弄姿，或指导她如何为进口牛肉批发商当广告女郎。同时，约尔金霍越来越不掩饰他的企图：滨松小姐要得到机会就必须做出身体方面的牺牲。比如，进行只穿内衣或只戴胸罩的半裸排练，或者干脆一丝不挂地摆拍。约尔金霍建议说，她可以将这些画面"当商业广告插进那些出租的录像节目里"（27－28）。

　　这些关于滨松小姐困境的描写说明，"出稼族"在日本做出的牺牲只能从幻想中得到某种补偿。而对这类补偿的需求源于"出稼族"对美好生活的向往。对此，山下就"思念"这个巴西概念进行了颇有新意的挪用。"思念"是个语义丰富、可塑性强的巴西日常用语。山下谈到，该词的能指往往与下面几种情形有关：对往事的回味，对家园的回望，或是对无法预测未来的憧憬。"思念"因此可以被理解为"对前现代时光的一种集体记忆"。这种感知与商业资本主义体制下对"秩序与进步"的崇尚是背道而驰的（135－136）。山下表示，"出稼族"为matar a saudade——即如何"化解"思念方面——所付出的努力常受到他们所处环境的限制。比如由于他们的日文程度不高，所以只能从日本的四家葡萄牙语报纸了解关于巴西的情况。而这些报纸若没有劳务中介公司、旅行社、银行、递送服务站和电话公司支付的广告费，就根本无法出版发行。山下提醒读者，"出稼族"从报纸上得到的信息因此永远是老生常谈："报纸总说回巴西的时机到了，可他们真回去了又后悔。"（34）"出稼族"就这样处于无法实现的现实和难以捉摸的未来之间，进退维谷，无所适从，因此只能想通过回顾他们记忆中的美好"魔幻时光"来化解"思念"。书中的一个例子谈到巴西与新组建的日本国家队在大阪进行的一场足球表演赛。比赛当天，丰田公司属下的"出稼族"零配件工人为了前去观看巴西冠军队的实况表演——那个"支撑着他们梦想和自我形象"的象征——"把一整天的工作撂下了。而他们不上班，不挣钱这种事可以说前所未有。但把一整天的工作全放下，对那些在身份、反叛和怀旧之间不断挣扎的'出稼族'来说，是一种地道的巴西式选择"（130）。山下特别提到一名"出稼族"在中场休息时与巴西球员握手的情形。这位"出稼族"和他的日裔巴西工友们为了能享受那场足球比赛的分分秒秒，天还没亮就起身，一连开了三小时车赶到大阪，但他们一到午夜就又"变回了'出稼族'"（132）。

　　但"思念"也会以更加负面的方式左右"出稼族"的命运。这里所指的是马利亚·玛德莉娜·新桥从事的电话性交易行业。为了让"出稼族"买那些黄绿色电话簿插页上刊登的招聘广告，她同时提供了好几条电话服务线，并向所有打电话的人按分钟收费（72）。马利亚·玛德莉娜就是那个辜负了泽马利亚信任、从工厂里卷款潜逃的女"出稼族"。她在书中的其他地方被描写为一个背景神秘的人物。这反映在书中搜集的一些传说，似乎都是些流言蜚语或主观臆测：据说她当过舞蹈演员、性工作者、表演艺术家和女主持人；好像在曼谷、新加坡、温哥华、太子港都有账户；也有人说她与哥伦比亚贩毒集团、日本彩票巨头和玻利维亚的毒枭来往频繁；她自从带着"出稼族"的 550 万日元现金逃之夭夭后，据传在新宿（东京）、巴伊亚（巴西的一个州）、贝伦（巴西的一个城市）、巴厘岛和巴哈马等地都露过面。山下告诉读者，她的全名是马利亚·玛德莉娜·奥莉维亚·新桥，非法进入日本，起初在新宿六本木的一家卡拉 OK 酒吧当女招待，后来在一家名叫"大丈夫都度"的人力资源公司当经理（69，76）。山下还告诉读者，马利亚·玛德莉娜再也没有回过巴西，而且毫不悔改地实践着她那个以毒攻毒、六亲不认的信条。

山下在书中插入了 25 张纯黑的页面，以视觉方式展现玛德莉娜如何通过她的晚间电话服务来操弄"出稼族"的欲望。读者在阅读这些页面上的文字时——先是巴西人讲的葡萄牙语，然后是英文翻译——仿佛听见了"出稼族"从东京市内和市外各地打进来的电话：卡利尼奥斯（一个来自南马托格罗索的年轻人）说他在日本一到晚上就特别难熬（70 - 71）；塞尔吉奥按捺不住一时的冲动从另一个城市的火车站打公共电话找她说悄悄话（74）；正在上夜班的工人马塞洛坐在卫生间马桶上给玛德莉娜打电话时被她挑逗得神魂颠倒，竟然坐着睡着了，但他手机还在按分钟付费（75 - 77）。当这些工人从四面八方打来电话时，玛德莉娜一般都是在跟一个叫爱丽丝的搭档闲聊。爱丽丝是有好几个孩子，据说早在来日本前就和她的酒鬼丈夫在巴西离了婚。玛德莉娜说她晓得为什么"一贫如洗的巴西人把所有薪水都花在打电话上"（73），因为他们"没有耐心读书看报，只想找个人说说心里话"（78）。她明白，他们的"最大问题就是语言，而这些页面（即那些黄色的电话簿插页）就成了他们的基本生存工具"（73）。玛德莉娜向爱丽丝坦承："'出稼族'最缺乏的就是信息。他们根本搞不懂日本，不懂日语，不懂风俗，不懂人际关系。"（72）所以他们在所有方面都被日本主流社会排除在外，其结果是："出稼族"对"思念"那种发自心底的呼喊始终都处于一种被压抑的状态，根本无人关注；他们的身体和灵魂因而受到极其严重的伤害，其中也包括玛德莉娜的所为。

在某种意义上，我们在《周而复始》一书中所目睹的是对离散概念的一种另类使用。此种离散概念超越了人们常见的跨国程序，也摆脱了将流离失所的社会与道德后果等同于游牧主义美学的都市主义理论俗套。通过将"出稼族"现象及放逐理念放在其具体环境中加以考察，山下不仅涉及到了这些弱势迁徙者的生活细节与具体内部关系，而且还将从福特主义到灵活资本积累转变过程中出现的那些人间悲剧公之于世。此外，山下对"出稼族"的描写也揭示了当代全球化中的另一个侧面，即某些跨国空间中所存在的经济不平等状况。在这类空间中，离散过程的参与者被剥夺了基本权利，因此并不能按自己的意愿来思考和行动。《周而复始》一书的这些特点因此使山下就对"出稼族"的描写具有了一种特殊的历史意义和与这种历史意义关系密切的独特暧昧性。该书一方面承载了非同步的时序与空间实践的感知，另一方面又确认了与这些时序和空间"他方"密切相关的不同经历，因为这些经历提醒人们去关注那些空泛的跨国理论所经常忽略的具体跨国内容。正如我在本书第一章中指出的那样，对这些经历的把握必须考虑到二十世纪六十年代以来在全球地缘政治中发生的根本和持续性变化，也必须考虑到北半球——目前也包括日本和东亚——在使南半球处于欠发达状况方面所起的作用。通过在《巴西丸》和《周而复始》中强调只能通过具体时间和特定地点才能界定的情感力量——即埃斯佩兰萨那场误入歧途的知识分子复兴和"出稼族"中以"思念"为基调的道德紧迫感——山下为探讨未来亚裔美国关注和文学生产建立了一个必不可少的参照框架。

第四章

反物化书写：
论《穿过雨林的彩虹》中时序与通俗文类
的运用

资本只有一种动力，那就是不断进行自我扩张……资本就像……吸血鬼一样。

——卡尔·马克思《资本论》（［1867］1990）

既然人注定要在完美秩序与杂乱无章、自由与义务、生与死、快乐与痛苦的两极之间度过一生，他们在此状况下想象出来的对策就成了所有文化想象的表征。从古到今，概莫能外。普天下的大众因此也都迷恋上天堂和下地狱的种种可能性：其中有欲望得到满足的升华，也有希望破灭后的梦魇。

——海登·怀特《话语的范畴》（1978）

如果说山下在《巴西丸》和《周而复始》中强调的是日本和巴西之间相互交错的离散轨迹，那么她1990年的小说《穿过雨林的彩虹》所凸显的则是此过程的参与者们在第二次世界大战后全球化资本持续扩张情况下成为目睹巴西遭受系统性破坏的可靠见证人。与《巴西丸》和《周而复始》中的再现负担相比较，《穿过雨林的彩虹》在写法上突破了传统移民主题的限制，呈现出即兴嬉游，在概念和情节设计上有些别出心裁的倾向。读者只要关注一下小说超现实主义的内容便可以略知其中一二：书中讲的故事牵涉一位名叫和正石丸的年轻日本铁路技师。他因日复一日地干同样的工作而失去了上进心，于1990年前后离开后工业化的日本来到巴西。他此行表面上是为了与他的表兄博浩团聚，后者在日本读完高中去南美洲旅行时爱上了巴西，于是决定放弃进入日本大学的难得机会，并在圣保罗一住就不走了。和正去巴西的真正原因实际上与一个滴溜乱转的小球有关。这个球自打他孩提时代起就在离他前额几英寸远的地方悬空打转。记得那是个和正与其他孩子在日本海滩上玩耍的日子。突然空中飞过一大团燃烧着的碎片，其中的一小块径直朝向他的头部飞去，使他顿时失去了知觉。那个小东西随后成了一个与他形影不离的附属品。在巴西，球把和正带进了一场想象中的亚马孙热带雨林生态危机，并以此将故事推向高潮。其间，球也暴露了它自己的"玛塔考"身份，玛塔考是作者为一堆莫名其妙出现在该地区的工业废弃物起的别名；这些废弃物最后被一种发源于鸟类羽毛的自食性细菌吃掉了。

　　单纯地从历史角度来看，和正从日本去巴西这个基本故事情节重新铭写了山下小说读者已经熟知的情况，那就是：埃斯佩兰萨的公社成员从日本漂洋过海到巴西定居的过程和"出稼族"从巴西又返回日本的逆向迁徙。在此语境中，和正在圣保罗的所见所闻（小说对此只是轻描淡写）都可以看成是山下为当今生活在巴西的一百多万日裔离散人口提供的文学佐证，那也是截至小说出版时日本在其领土之外所拥有的最多人口。和正在圣保罗的经历包括遇到了他的女佣卢尔德丝，她曾向他提起自己为另一家日本人做过工的往事；他还在路上碰见个本地巴西人，那个人说他姐姐嫁给了一个第二代日裔巴西人，孩子长得都像日本人；还有一位日裔巴西老者，他右半边脸上长了个球状肿块，一次去买彩票时在店里引起了骚动。① 和正与巴西之间关系的这种深层背景当然只有那些熟悉这段移民史的人才能看明白。然而，小说再现并没有进一步强化这种历史记忆。相反，山下几乎将她全部注意力都集中到了对和正与球之间关系的探讨，以便揭示这种关系的实质和潜在批判作用。为达此目的，山下让球享有第一人称全知性叙事的权威，并通过这种叙事安排使它掌控讲故事的节奏。山下将球摆在书中如此中心地位，这其实不过是个策略：该策略一方面突出了小说的文学性，另一方面又强调了读者在小说意义生成过程中的重要作用。在《穿过雨林的彩虹》接近尾声时——此刻，球已和玛塔考同归于尽——山下通过球断断续续的讲话声向读者传达了一些信息，从而间接确认了球的这种叙事功能。球说："我的故事讲完了，想跟你们道个别。你们大概想知道那究竟是谁的记忆呢，到底是谁的呢。"（212）

　　山下通过球与和正的关系在读者中引起了反响。其中值得一提的是卡罗琳·罗蒂在2000年一篇文章中对球与和正之间关系进行的分析。罗蒂将球的叙事功能与后现代主义戏仿传统中常见的无所不知的叙事者放在一起思考。她认为，这种貌似客观的"全知性叙事面具"并不从属于益格鲁——

---

　　①　参见山下为《巴西丸》所作的序言，后续对《穿过雨林的彩虹》的引用来自1990年的版本。

美利坚（男性）白人读者想要征服文本的欲望，也不是对知识与权力之间共谋关系的确认。相反，隐藏在面具后面的仅仅是下层文本中一个"渴望的幻象"，尽管这个幻象想"重建人际关系"，但它却只能通过某种"神秘化的邂逅"——而不是人的具体"身份和具体地位"——来实现这种认同。罗蒂认为，山下在小说中发明的那个能说话的球正是这种"另类人际关系"的一种象征。她继而得出结论说，球"通过它那种蹦蹦跳跳的叙事风格干扰了和正可能参与其中的身份建构"，因而颠覆了"文学再现的稳定性"，并借此"将族裔化的视角变成了一个全球性历史的可靠见证人"（Rody 2000，619–622，629–631，638）。

尽管罗蒂对后现代主义机缘性的阐释言简意赅，但她对球的评价似乎只限于和正经历的某些方面，而和正的巴西之行之所以有趣，都是因为他与球之间那种不明不白的关系。罗蒂尤其缺乏对球多层次修辞功能的思考。我认为，球的这种修辞功能特别体现在如下两个方面：它在小说叙事一个层面上扮演着推动故事情节向前发展的"动因"角色；它在小说叙事的另一个层面上又构成了一种情节衍生机制，能对文本以外的指涉进行表意。① 球的这种修辞取向充满了内在张力与反讽，因此不能简单认为它就一定代表作者用来超越族裔身份桎梏所发明的一种认识论或文学风格创新。相反，球的修辞取向将读者的注意力引向了一个非常不同的问题，那就是：山下为什么要设计出"球与和正"这对关系组合？我认为，山下将球作为小说中的唯一叙事主体，这反映了作者对引导观众评价球所讲的故事抱有极大兴趣。在此过程中，山下只是故意造成读者被球牵着鼻子走的假象，但实际上并不赞成和正——也就是球在文本中的第一听众——与球之间的关系。对球与和正之间关系的这种理解，使球的叙事权威变成了一个被审视的对象，而非读者用来对族裔身份进行解构分析的理论依据。

---

① 我从结构主义叙事学中借用"行动元"一词。这个符号学词汇一个变体是指音位角色的作用。通过这种作用，一个行动元可以将自己寓于一个特定的人物或功能中，以此作为对特定叙事结构中更深层的"行动元"取向的"掩饰"（参见 Jameson 197，124–125）。

时间与受众

为了把握球与和正这对关系组合的实质，我们有必要质疑后现代主义对文学指涉所抱有的偏见并行，敢于思考球的本体论地位。但这样做的目的并非要将球还原为一种经验式的产物，而是通过这种思考探究被球的全知性叙事结构所压抑的另类解读可能性。我们应看到，球对受文本内部关系制约的和正，与不受这类关系影响的小说读者讲的是两个不同的故事，而这些在意识形态上相左的文本信息所凸显的正式文本以外那些读者作用的。这些读者在小说一开篇就听到了球那种令人昏昏欲睡且有点晦气的说话方式。它说："真是命运多舛呀，我居然又被记忆带回来了。记忆这玩意儿确实强大无比，尽管我在重新进入这个世界的时候并没有注意到它的魔力……既然被记忆带了回来，我也就成了记忆，我是被派来充当你们记忆的。"（3）

山下通过球这番话所暗示的是一个已经消失但又正在重新浮现的状况，一个由球的不同修辞功能所造就的时间悖论。那就是，记忆将球从一个未知的过去带回到现今，让它讲述一个关于来世的故事。而球既然"被派来充当"记忆的载体，它也就必须履行作为小说观众可靠叙事人所应尽的义务，即不到故事的最后一刻它绝不能吐露任何关于自己过去的信息。球修辞建构中这种内在矛盾反映在它经常要打断自己所讲的故事。它一再提醒自己："我又开始讲后面的事情了。"（9）小说的叙事套路要求它在讲故事时能按时间顺序向前推进，同时又必须隐瞒那些自己经历过的凄凉末世光景，这种结构性的叙事张力是山下设计的重要写作策略。首先，球只有不过早暴露它真实身份，小说才能引导读者一步步地走向故事的高潮，在此过程中，被预设为历史见证人的小说读者也能获得心灵上的最大净化。其次，球的第一人称全能叙事会强化读者对和正这个被动受众的认同感，使他们更愿意将球的叙事自由度视为一种美学潜力，而不是一个潜在的问题。最后，对于小说在其意义生成方面出现的这种语义停滞现象，如果读者一定要打破砂锅问到底的话，他们就会从期初将球看成文本信息唯一来源的解读取向，转为对球的有意疏远——即不再认同和正这个虚构的角色——从而开始进入批判性的阅读。就此而言，球的修辞功能主要还是为了重新调动具有历史感的时序，而这种时序在书中第一人称全知型叙事的排挤下已无容身之地。在此情况下，我们可以从另类时空的角度出发，思考球与和正关系之间——一个渗透了意识形态符码的修辞建构——一些具体的问题。比如球与和正初次接触的确切时间，球的具体发源地，以及球的生存空间与山下撰写该小说的创作空间又如何发生联系。

为了解答这些问题，我们可以为球与和正之间的互动关系想象一个时间表，以确定山下描写两者之间关系的真实。和正在来巴西前经历的几件事因此显得十分重要。第一，我们被告知，他被突然飞来的碎片击中后很快就恢复了知觉；没有耽误学业（5）。第二，和正高中毕业后开始到铁路养护部门打零工（他那时大约十七八岁）。而球在检测被磨损的铁轨方面非常有效，使他薪水一路上涨，最后还当上了负责轨道保养和维修的总监。第三，几年后，他的铁路工作又黄了，原因是日本终止了国营铁路系统，私营企业竞相参与铁路经营，并由此催生了更便宜的检测设备。这些情况使和正与球都失去了工作的积极性（8）。根据公开记载，日本国营铁路系统的私有化起始于1987 年（参见 Terada 2001，53）。和正那年大概二十岁出头。我们因此可以推测，球与和正在日本海沿岸的首次接触有可能发生在二十世纪七十年代中期。那正是宽太郎去世的时间，而距离埃斯佩兰萨被分成两个移民社区的事情已经过去了整 20 年。球与和正的邂逅与宽太郎的去世几乎同步，这两件事并非巧合，因为它使人想起了《巴西丸》中源氏关于飞机失事的一些回忆。其中有一个听起来不甚重要，但透过全球化和历史主义视角思考却不容忽视的细节，即宽太郎曾陪伴一位名叫晋太郎的日本商人对马托格罗索进行空中视察。其间晋太郎要求飞机在巴西与玻利维亚的交界处临时降落，说是为了顺便捎带捐给宽太郎饲养场内一个新图书馆的几箱书籍。但这架飞机在随后的飞行中失控并坠毁，从飞机残骸散落出来的纸箱里都是些违禁的电脑芯片（见《巴西丸》，240 – 241）。

事故发生在 1976 年。当时，凯恩斯主义因布雷顿森林协议的签订已经寿终正寝，证券调控方式和金融市场运作也因 1974 年的全球联网而成为一种即刻性的交易（参见 Martin 1992，208）。那是个跨国资本对第三世界地区的新兴市场和工业外包区大举渗透和征服的时代。这种情况背景是西方经济在越南战争结束后陷入了衰退：民权运动和工会诉求使劳动力成本大幅提高；强调环境保护的立法日趋严苛；资本在追逐高额利润和限制生产规模的需求之间也越来越难以取得平衡。这个资本以史无前例的速度和规模缩短着地理上的距离并重新组织社会空间的世界，正是球与和正不期而遇的物质基础：

　　海岸上空突然响起了一声霹雳，一团火球随之冲进了汹涌的波涛，它的碎散片到处乱飞。一瞬间，蒸汽弥漫，嘶嘶声不绝于耳，就像蘸着面糊的天妇罗被扔进了滚油锅里一样。受到惊吓的孩子们朝着两个方向跑去：害怕的一路往家跑，好奇的使劲往浪里钻。但和正却无动于衷，因为一块小小的碎片向他径直飞来，将他砸晕了。（3－4）

　　如果通过对这些文本细节及其相关文本语境的分析我们可以说球不过是资本主义全球扩张的一个中间介体的话，那么，玛塔考的存在同样可以理解为全球资本主义的一个化身。其所从属的认知区和时序——使球起死回生，并让它摇身一变，成为能用来引诱读者上钩的美学模态——一个合乎情理的线索是山下在书中对一家总部设在纽约，名为"3G"的跨国公司的描写。3G 公司曾率先从事关于玛塔考商业潜力的研究。根据小说暗示的年表，该公司在 1990 年创业时只有一台电脑和一间办公室（而 1990 年正好是咖啡屋出版社推出《穿过雨林的彩虹》的年份），但它在短短五年中迅速成长为"有百万美元进出、子公司遍及全国和拥有 10 万名员工的巨无霸"（20－21）。但该公司直到二十世纪九十年代后期才开始认真投资玛塔考，推出一些灵活商业项目，同时改为以制订短期规划并加快资金的回收。小说中谈到这些 3G 公司的活动表明，玛塔考的覆灭大约发生在新千禧年之交，至少是在《穿过雨林的彩虹》出版 10 年之后。

　　球关于自己身世的倒叙——即它讲述的那个曾经与玛塔考同归于尽，其后又得以"重返人间"的故事（3）——还表明，山下在想象那场未来生态灾难时，实际上是将其当成一种过去的事情来描写。这种写法的用意究竟何在？我们又如何处理想象中的末日灾难与山下已经落实的小说出版计划之间的时序跨度呢？而山下将她发现的空间问题全都搁置到未来，这又在什么意义上会给读者带来启发？我们能否将球的自述和小说关于它与和正之间关系的描写都看成是了解外部世界和铭记历史的必由之路，从而使该书的读者成为记忆的真正载体？为了回答这些问题，我们可以借鉴一下阿兰·利比兹关于"对未来先兆进行预估"的说法。他认为如果我们想确知未来——不管是乌托邦式的还是反乌托邦式的——就必须全面把握当前的社会和经济发展状况与走向。反过来，我们彻底了解未来发展方向，才能更准确地识别出可能演变成未来历史条件的那些当下问题（Lipietz 1993，121）。利比兹关于"对未来先兆进行预测"的思考鼓励人们认真对待过去和当下的矛盾，使它们不会因为我们的疏忽大意而改头换面，以未来的方式再回过头来与我们纠缠。换句话说，我们的个人感受或经历与我们对未来世界的展望，这两者之间存在某种伦理上的联系。正如詹姆逊所说的那样，未来"对我们来说不仅是一种自我投射和自我期待的乌托邦空间，也不仅是一般的预期和打算：它实际上充满了我们对未来的焦虑；而整天把子孙万代之类话语挂在嘴边的做法无助于我们应对这些挑战"（Jameson 2002，26）。

科幻小说初探

以上讨论为我们具体思考小说的文学性进行了铺垫。如果我们将球与和正之间的关系不全都看成是小说对后现代主义美学的一种亚裔美国式借用，或是小说为顺应全球性环境保护的潮流而提出的亚裔美国方案，而是小说用来暗示历史和具体情感的某种修辞手段，那么这对关系就会告诉我们许多关于文学形式和历史意识究竟在小说意义生成过程中互为因果、相辅相成的奥妙。这里的关键是要认识到，球与和正之间关系的本质是其时间性。山下通过该隐喻重新启动了两个带有鲜明社会与伦理倾向的文学修辞范畴，即"怪诞经历"与"启示录"。前者指的是山下在球与和正之间建立起来的关系；后者指的是她把读者带进了一个能使他们窥见未来趋势的时段。罗伯特·斯科尔斯在他 1975 年出版的《结构性的奇想》一书中对这些问题有令人耳目一新的论述。[①] 他认为，小说一般有两种功能：升华与认知。升华将我们的担忧、焦虑或恐惧通过能被接受的修辞方式表达出来，从而使一些事物高于现实的生活。这是一种用来弥补文学现实主义中再现不足的策略。认知则涉及如何用虚构方法建构我们所熟知的世界，或是用这种虚构来凸显我们的存在困境以引起读者的共鸣。这种再现方法旨在补足通过纯粹形式化描写建构魔幻世界时所带来的抽象效果（Scholes 1975，4 - 8）。斯科尔斯认为，小说创作中升华需求与认知需求之间的矛盾难以调和，因为现实既不可能完全通过认知来捕捉，也不可能完全被挪入升华领域（Scholes 1975，8）。故而，"在现在和最近的将来最适合书写的小说应当都是那些面向未来的作品"（Scholes 1975，17）。斯科尔斯并非想借此把现实中的张力都挪入未知的将来，从而逃避它们所带来的挑战，而是想重新评估是现实主义或纯粹想象都"无法达到"的再现效果，而我们通过这种评估所得到的"未来式反馈可以为当下的写作提供某种向导"。换言之，他认为思考未来能使我们体会"当下行为中的一些长远后果"，小说家们也因此能体会到他们在参与"想象模型生产"时所肩负的责任感（Scholes 1975，9，17）。斯科尔斯将他对面向未来小说推崇与科幻小说传统相提并论，并强调这种科幻小说中的明确到的诉求。

　　然而，我们在借助斯科尔斯的观点讨论《穿过雨林的彩虹》时，会立刻遇到如何定义科幻小说的问题，因为该小说的大多数读者更倾向于将其看成是魔幻现实主义的经典之作。而斯科尔斯提到的科幻小说中幻想与现实并重的现象好像在魔幻现实主义中也属常规。[②] 我的些许异议是，魔幻现实主义与奇幻文学——即科幻小说的别名——在处理现实的方式上有着根本不同。魔幻现实主义主要通过神秘化或非传统手法再现其与现实之间

---

① 斯科尔斯在符号学的结构主义框架内探讨了这些问题，我意识到这种方法可能由于文学自我指涉论的倾向而出现问题。

② 安吉尔·弗洛雷斯将魔幻现实主义定义为"现实主义和幻想的融合"，从而表明这种观点（Flores［1955］1995，112）。

的关系，并认为对现实的陌生化处理理所当然不值得大惊小怪。相比之下，奇幻文学通过扭曲现实或创造另类世界的方法唤起读者对道德或社会正义的关注，是一种地道的传统人文主义写法（参见 Chanady 1995，132；Leal 1995，121）。上述区别对我分析山下的小说很重要，因为它确认了斯科尔斯对科幻小说主要特征的概括，其中包括描写与"非人类接触"并大量"使用现代科学理念"（Scholes 1975，88，102）。此外，斯科尔斯认为科幻小说是一种"被严重低估的美学形式"，以及带有"说教性"并能刻画"人物心理"的文学（Scholes 1975，24-25，27-28）。而采用魔幻现实主义手法写作的作家一般都不太认同这些特征，因为就魔幻现实主义来说，时间和空间是交叠在一起的，过去与未来也互相渗透，并由此构成了一种只与直接性打交道的永恒式现今。魔幻现实主义中时间的不确定性与科幻小说中虚构世界与现实生活之间的巨大反差是两种完全不同的投入。而后者中的时间脱节现象使其成为一种不折不扣的"历时性美学形式"（Scholes 1975，28，33）。

基于以上的讨论，我认为《穿过雨林的彩虹》在文类上更接近于科幻小说而非魔幻现实主义。其中有两个原因：其一，小说强调讲故事的历时性情节进展，倾向于通过已有文化典故对指涉环境做出程式化的反应。其二，它使科幻小说结构与现实世界的结构处于一种经常性的矛盾状况。[①]在矛盾经久不衰的这两种倾向之间，张力通过文学被搁置到了未来。小说也因此超越了对"高雅"或"低俗"文学这类二元对立分类习惯的纠结，而开始具有一种独特的叙事功能。它通过谐仿营造出一种能用来进行临界式"概念创新"的反乌托邦境界（参见 Morson 1989，77，81）；这种想象反过来又对现实世界中那些看似不可化解的矛盾进行了认识论和本体论意

---

① 道格拉斯·凯尔纳对科幻小说和"赛博朋克小说"进行了区分。他追随鲍德里亚，认为赛博朋克小说涉及"虚构想象"，这种虚构想象是基于对"技术及技术未来的潜力"和"日益被传媒与信息支配的社会"的认识。科幻小说被誉为传媒时代的"新高科技文学"，与赛博朋克小说形成对照。在凯尔纳看来，科幻小说"嗜好技术，崇尚技术，却对由此带来的影响缺少批判性反思"。我的看法是，凯尔纳对赛博朋克小说和科幻小说的界定颇具信息量，因为它试图参与"新技术革命的开端"，同时也是发人深思的，因为这种类型上的区分主要出于非文学的考量（Kellner 1995，298-299，302-303）。

义上的重新定义，进而分化了小说读者；它通过小说的情节讽刺性地凸显了传统再现方法的局限性，同时又补充了后现代空间中再现不足和对另类批判视角的需求。

如果按照斯科尔斯的说法，"接触非人类生存方式"和大量运用"现代科学知识"确实构成了科幻小说的两个基本特征，那么，这些都是《穿过雨林的彩虹》中的与众不同之处，特别是关于玛塔考如何将巴西热带雨林中的绿色植被一扫而光的描写。小说告诉读者，根据"可靠"科学数据，玛塔考的主要成分属于"统称为塑料的聚氨酯系列"，是一种比"不锈钢"或钻石还硬，"根本无法摧毁"的物质（96-97）。在小说其他段落中，玛塔考被描写为"深入地下达五英尺的连续性塑料板块"，"朝着不同方向延绵数百万英亩"。这个不断隆起的庞然大物将巴西泡在水里的原始森林变成了一个"臭烘烘的大温室"，没给土地留下一点生机（16，97，99，144）。山下在此描写的是个外来生物入侵人类栖息地的常见科幻小说情节，这至少就她所呈现给读者的两种不同现实来说是如此。山下通过这种描写要传达的是无所不在、难以回避的玛塔考灵光。山下在建构球与和正形影不离的伙伴关系时，特别暗示了人类在此处境下的脆弱性。该主题特别反映在让·鲍德里亚对饱和式资本主义会开始"轨道运作"的一些理论思考。鲍氏认为，该资本主义阶段的标志就是它的"虚拟式灾难"，一种"被过度实现"，难以逆转和注定要降临到人类头上的灾难。这种灾难就像沿着预定轨道在外太空盘旋的人造卫星一样随时可能坠向人间（Baudrillard 1993，26-28）。鲍德里亚关于人类命运的这种预言对我在此的讨论有颇多启发，因为它为球与和正的邂逅提供了一个非常具体的外部条件。我的所指是两种巧合：一是鲍德里亚将饱和式资本主义看成一颗随时可能跌落地球的轨道卫星；二是球正好来自那团一直在空中盘旋、不断燃烧的碎片。值得一提的是，和正在被碎片击中后出现的第一个生命迹象就是那块碎片开始像"一颗小行星"似的在他额头前打起转来（4-5）。换句话说，空中掉落的碎片不仅变成了一颗鲍德里亚所说的轨道卫星，而且还开始给和正洗脑并主导他的行动。

球与和正的密切关系最初使和正的母亲有些寝食难安，因为球的存在

"不仅破坏了家长与孩子之间的天然纽带，而且还使他们都开始过起各自的小日子来"（5）。但球在日常生活中给和正带来的方便又打消了他们这些顾虑：和正不仅开始接受阻挡他视线和影响他判断力那个挥之不去的球，而且还从球的陪伴中"获得了自信和安全感"。久而久之，就连和正的父母也离不开球了；他们不仅接受它，而且还为它的存在寻找各种理由，认为它与"婴儿奶嘴或是玩旧了的泰迪熊没什么两样"（5）。如果我们将球看成是全球化资本在干扰和重建局部日常生活方面的一个例证，那么，它强行介入和正家庭的情节就印证了马克思关于商业市场的如下论点：即它能释放出"难以抗拒"的"异质性力量"。这种难以抗拒的异质性力量既是一种"物质的人格化，又是一个被物化的人"（参见 Marx [1867] 1990，716，1054）。按照马克思的逻辑，我们可以说：球虽然能使和正从他枯燥乏味的劳作中得到解脱，却使他再也离不开球这个"异化物"的帮助。正如小说接下来显示的那样，球的磁性和超声波探测力不仅使和正在一夜之间变成了铁路技师明星，而且对他从日本来到巴西负有不可推卸的责任，因为球在亚马孙雨林中的"巨型塑料"——即玛塔考——力场吸引下已经身不由己，失去了最后的平衡（9，105－106）。

小说中的这些描写都可以用来印证斯科尔斯在思考"结构性奇想"时就科幻小说提出的理论见解。然而，山下在其准文学写作中并没有简单重复科幻小说的套路。相反，她用精心设计的情节来凸显自己的再现需要：即如何评价战后资本主义在牺牲不发达国家和地区利益的前提下，重新划分世界版图及其累积性后果。就此来说，那些在后现代空间中难以为继的文学指涉总能在她的小说叙事中见到踪影，尽管这些指涉仍有必要在认知层面自然通过现实主义书写来具体加以体现。我认为，一些读者因满足于小说中那些看似纯嬉游性的描写而过于注重升华的美学效果，却忽视能使这种嬉游性产生最大化效应的认知基础。书中有一段关于马塔考生态灾难的文字虽然引用率不高，却很能说明这个问题：

在离马塔考72公里处地方发现了一个类似于巨型停车场的区域，里面堆放着各式各样的飞机和车辆。它们被扔在那里已经有好几十年，上面盖满了正在枯死或过度生长的藤本植物。在场地的一端，几辆车好像正在滑进一个大坑，里面都是些灰色的糊状物，据说主要成分是凝固汽油。

在众多狩猎队中，有一个全是昆虫学家。他们来到此地是为了寻找几千种稀有蝴蝶中的一种，但一次集体外出时走错了路，恰巧来到这个金属墓地。所有被丢弃在这里的设备都是二十世纪五十年代末和六十年代初的产品：其中有 F-86 佩刀式战斗机、幻影式战斗机、休伊直升机、李尔喷气机和派珀小熊轻型飞机、凯迪拉克牌轿车、大众牌汽车、道奇牌轿车、几种特别耗油的机器，以及军用吉普和红十字会救护车。在森林里堆放了这么多年之后，这些装备正一点点地解体，降解成生锈的粉尘。远处偶尔传来一声巨响，声浪冲上拱形树冠时，长尾小鹦鹉和一群猴子被吓得到处逃窜。咣当声可能来自一辆 1963 年的"普利茅斯"牌轿车，它的车门脱落后撞到停放在旁边的一辆"雷鸟"，但也可能是一架直升机的转子掉落，正好砸在了一辆经过伪装的吉普车车顶。(99-100)

这份清单上列举的大都是些被废弃的现代化武器，而且大部分都是美国造。它表明，那个改变了巴西热带雨林面貌并通过球的叙事中介强加给和正的"异质性力量"，就是当今社会的产物；它一方面反映了如脱缰野马般恣意妄为的跨国资本，另一方面又反映了爱德华·赛义德提到的"美国全球军事扩张"的累积性后果（Said 2003，124）。而那些接踵而至的生态变异——如食肉类花卉、靠化学或金属毒素生长的昆虫，以及脚上长着吸盘、在排气管中筑巢，并以油漆屑为食的老鼠等——都与美国在二战后通过泛美主义和相关军事安排在拉丁美洲建立霸权的种种做法密切相关。比如，美国在冷战时期向该地区提供了大量现代化武器，以换取拉丁美洲国家支持其针对苏联集团国家反建构的防卫能力。与此同时，美国还干预这些国家内部政治斗争。一个典型的例子是美国在二十世纪五十到七十年代通过提供燃料、武器和应急计划等方式支持巴西镇压国内的反美势力与武装（参见 Skidmore & Smith 2001，164-169，370）。山下对玛塔考成型过程中这些方面的嘻游式描写以及她对相关经历和人物关系的再建构，凸显了现实主义在科幻小说中的持续相关性。它们也显示出——如斯科尔斯所言——科幻小说这种次文类中所固有的"历时性"和"说教式"倾向。

三元论与肥皂剧

通过对这场有可能降临到当代巴西的生态浩劫进行戏剧化处理，山下寓言式地展示了"批判性地域"政治的一些具体运作方式（参见 Wilson 1998，287）。这种新近才兴起的批判策略所针砭的是二战后全球化资本市场的贪婪无度，其所指是：美国在二十世纪五十年代后期的经济垄断与全球性扩张、西方跨国公司在二十世纪六十年代所建立的霸权，以及多国资本在二十世纪七十年代向跨国资本的战略过渡。然而，山下对争取"生态，环境和繁衍后代公平权"话语的介入并非基于文本嬉游式的都市主义立场，而是源于带有全球化暴力痕迹的物质性"乡村—地域"空间（参见 Spivak 1999，391）。在此过程中，局部不仅成为体现张力和发起抗争的聚焦点，而且也是目睹全球资本如何利用局部和矛盾并将其转化为"有利于资本运作外部条件见证人"（参见 Dirlik 1996，34）。全球性势力在"驯服"局部抵抗时的操作"细节"，包括其如何选择地域并将原住民改造成服从资本主义再生产需要的抽象主体。此过程的关键是全球资本采取的这些策略：它一方面侵蚀并瓦解家庭与社区这些原住民赖以生存的地域性基础，另一方面又说服目标区内的人，告诉他们说那都是为了提高他们的生活水准。其中一个"细节"涉及山下在书中刻画的三个可互相参照的角色——乔纳森·B. 忒波（3G 公司的雇员）、马内·科斯塔·佩纳（玛塔考附近的一个住户），以及奇科·帕科（来自塞阿拉州的一个渔夫）。

山下为此发明的一个比喻是"三元论"（56），此概念在某种程度上呼应了大卫·哈维后福特主义崇尚的灵活积累商业原则所作的概括：即完全开放的地域、对市场的高度敏感、效率、适应性、短期生产行为（Harvey 1990，285–286）。山下在小说中对资本积累的批判与哈维对该问题的论述同步。但她想象全球势力与局部利益进行较量时的方式和后果却更为具体。而这些问题在哈维的宏观理论中只受到有限的关注。具体而言，山下用长着三只手臂的忒波将这种积累方式的量化原则加以人格化。他一眼就看中了佩纳所拥有的一根鸟羽并将它定为公司最理想的 9.99 美元产品。他在计划用塑料代替羽毛和充分利用玛塔考资源方面也非常富于想象（143 – 144）。但忒波那只多余的手臂也给他惹来了不少麻烦：一方面，他身体多出来的部分等于当众展览资本积累的新花招，使三元论"无孔不入和无所不在"的本性暴露无遗（126）；另一方面，他的身体特征又要求他在 3G 公司不多嘴，不喧宾夺主（31）。以下是山下为忒波"低调"作风所做的总结：

不认识忒波的人都以为他那种行事低调和不爱声张的作风，全是因为他试图掩自己的生理缺陷，也就是他的第三只手臂。可忒波本人却并不为多出来的那个肢体感到羞愧；他的行事风格只不过是为了应对那些爱吸毒或是容易产生幻觉的人，使他们对自己不要做出过激反应。第三只手对他来说根本不是个问题，就像其他人不忌讳第六感官，不介意上网时再增加 128KB 的流量，或在办事的时候抄近道一样。忒波心里明白，他已经进入了物种进化的一个更高级阶段。（30）

这段文字显然是为了满足愿意将忒波解读成象征性人物的读者的需要。忒波喜欢"隐姓埋名"的深层原因反映在他与自己的法国妻子米歇尔·玛贝尔——一个有着三个乳房的女人——的一次交谈中。他坦言："我担心在 3G 公司的饭碗……我觉得他们已经注意到我了。"（125）忒波担心的是，自己的三只手臂可能会带来坏运气。这种担忧使他不断主动去做那些不需要第三只手劳动的更低档的工作，尽管他在这样做的同时又因为自己的表现过于优秀而被管理层屡次提拔（125）。忒波一方面想显示他还有一只代表着灵活积累、"深藏不露的美国手"，以此来暗示三元论的重要性（204）；另一方面又故意使他的辉煌业绩瞬间作废，并以这种方式防止生产过剩。这两者之间的张力关系凸显了当代资本积累的一个更大的困境，那就是：资本主义生产的内在逻辑使它无休止地自我扩张，同时又无休止地自我干扰。为了控制这种态势，资本就必须"找出一种能用来表达其内在价值和意义的经久不衰的神话"（参见 Harvey，1990，217；2005，

95，108），忒波才为纠正自己能力过强的缺点绞尽脑汁。

全球资本在克服其困境并扫除其发展道路上障碍时发明的一个重要策略，就是制造一种"外在真实"，即通过对地区性社会关系的重组来反映它的自身需要（参见 Dirlik 1996，34 ；Harvey 1990，292）。策略的运作特别体现在因一根疗效神奇的羽毛而一夜成名的佩纳的经历。山下故意对佩纳如何得到羽毛一事讳莫如深，只告诉读者他是在 1992 年将其纳入囊中。在此之前，雨林附近的一场倾盆大雨把他小农场的那块可耕地冲得精光，使埋在地下的玛塔考露出了真容（16 - 17）。羽毛的起源不明不白，这暗示出佩纳的成功不过是个神话。以下是小说中关于巴西国家电视台前去采访"羽毛"佩纳的一段描写。那次采访的录像带后来引起了忒波的注意：

> 摄像机的镜头对着佩纳照来照去。他可以说既苍老又年轻：满是胡茬儿的脸上像是蒙了一层灰，皮革似的肤色没有一点光泽，他光着脚，身上还穿了件已经褪色、印有"Aloha"字样的夏威夷衬衫。佩纳拿出一根纤细但不多见的浅蓝色唐纳雀羽毛，向电视观众展示并用这根羽毛轻轻划过自己的右耳。那位采访他的女记者请求佩纳用羽毛往她耳朵上也划一下，还说她肩膀也不舒服。佩纳点着头，咧开那张没剩几颗牙的大嘴，会意地笑了。他然后用那根羽毛中最柔软的部位在记者的耳边上蹭了一下。国家电视台展现给观众的是那位记者的头部特写：她戴着钻石耳环的耳，还有拿羽毛轻轻触碰她耳垂的佩纳的皮革手指。那位记者惊讶地发现，她的肩膀一下子不痛了，全好了！（23）

尽管这位记者非常专注于她的采访内容，但并没有忘记用电视摄像机拍下佩纳那"大字不识、土头土脑"的样子（17）。佩纳用羽毛摆弄记者耳朵的影像经过媒体的渲染在全国造成轰动，3G 公司也随之将其总部从纽约挪到了玛塔考新设立的国际研发与资金调配处。与此同时，忒波任命佩纳为他的带薪顾问，还让 3G 公司的辛迪加通过电视采访、新闻发布会、讲座录音和佩纳的一张巨幅照片推销他的羽毛故事（120 - 121）。佩纳意识到了他作为象征性资本的新价值，于是充分利用媒体能将资讯合法化和统一大众想象的功能为自己谋取最大限度的物质回报，同时开始扮演起了"羽毛学之父"（150）、神医、羽毛疗法大师，或电视台特邀"鸟类情感"评论员之类的角色（79）。而他一如既往地说方言、打赤脚，一副自惭形秽的样子。总之，佩纳被媒体力量塑造成商业偶像的事实说明，巴西原住民在商业资本主义大行其道的环境中，经常要面对这样的悖论：他们被乔装成本土文化的最佳代言人，但只能以带有认知缺陷的物化形式进入这种身份——也就是说，他们除了强化已有社会关系和阶层之外，别无选择。依照范侬的逻辑，被殖民的一方为了能参与公共话语不得不戴上殖民者的面具，其所能成就的因此仅仅是营造资本在抹杀异己过程中的一种表演效应而已。

　　山下通过塑造奇科·帕科这一人物对全球势力如何重构地域关系的策略做了进一步说明。奇科·帕科的天才在于，他能通过媒体制造的幻觉将佩纳的羽毛疗法改编成了显灵的神话故事。在奇科·帕科的想象中，正是因为玛塔考的存在，他儿时的玩伴吉尔伯特——一个双腿瘫痪的男孩——才又站了起来。为了纪念这个使他刻骨铭心的神奇经历，他决定赤脚走到玛塔考，代表吉尔伯特年迈的祖母多娜·玛丽亚·克劳萨为圣乔治建一座祭坛。该朝圣之旅受到地方和国家广播电台的追踪报道，最终以奇科·帕科在玛塔考刀枪不入的地表上建起一座祭坛而达到了高潮。在他随后与佩纳的会面中，后者当着整个记者团的面，"用他那羽毛的末梢触碰了一下奇科·帕科的耳朵，奇科·帕克脚上的疼痛顿时消失了"（47）。奇科·帕科如此将他为克劳萨朝圣祈祷一事转化为一种"世俗成就"（51），这使他在人们的心目中一下子变成了能为穷苦的巴西大众与上帝进行交流的中间人，而他年轻俊美、金发碧眼，俨然就是一副天使模样。与此同时，奇科·帕科开始步佩纳的后尘，用自己的行为和举止体现全球资本的逻辑和需要。他自愿承担起了落实所有祷告请求的重任。而信徒希望他能满足他们对每一位圣人做出的承诺。这使他不得不在全巴西展开更多的传教活动，其最终目的当然是要确认玛塔考新近获得的两项殊荣，即：它是"世界上最伟大宗教的唯一基础"（50）；它也是朝圣大军众望所归的精神领袖。随着时间的推移，奇科·帕科对媒体的兴趣逐渐超过了他对朝圣活动的兴趣。山下告诉读者：他"学会了如何在电台上伶牙俐齿地说话，也学会了职业播音员的插科打诨，他将自己的声音像无形的巨浪那样抛开去，然后又从远处吸引来成千上万人的虔诚"（163）。奇科·帕科最合乎逻辑的下一步棋便是在玛塔考设立一个"奇科广播电台"，专门从事"祷告回馈"工作。尽管广播电台表面上是追踪报道那些到边远地区朝圣的人，但它私下的目的却是筹款。因为朝圣活动现在已经变成了一种"体制"性运作，"奇科广播电台"更成了一门"红火"的生意：它懂得要善待赞助商、酬谢嘉宾、取悦观众和结交潜在捐助人（163）。在此过程中，奇科·帕科为了保持收支平衡将那个本来很单纯的宗教活动变成了后来的纯商业运作，直到被搞得筋疲力尽，狼狈不堪（163）。

将这些毫无瓜葛的社会与个人戏码串联到一起的就是媒体，因为媒体能将时间的差异和地理的间隔变成一种即刻发生的共时性体验。比如，身在圣保罗的和正，家住塞阿拉州的奇科·帕科，以及以纽约为基地的3G公司特别项目员工，在同一个时间看到了佩纳的电视采访。而卢尔德丝、吉尔伯特、佩纳和一对养鸽子的夫妇（男的叫巴蒂斯塔·达吉潘，女的叫塔尼雅·阿帕雷西达）也全是"奇科广播电台"的忠实听众。那些关于和正与球的传闻，武波有三只手的故事和他妻子有三个乳房的八卦，以及关于玛塔考下面有惊人塑料储藏量的报道，更是离不开《福布斯》《人物》《商业周刊》和《都市风情》绘声绘色的渲染。在此过程中，媒体的向心力不仅塑造了大众愿望和口味，也导致了虚假身份或视觉幻象的大肆泛滥。比如，全巴西在一夜之间突然出现了无数奇科·帕科的替身；而当和正赢了彩票后，圣保罗的街道上又挤满了戴着和正与球的那种头饰的巴西市民。与此同时，媒体的注意力还转向了另一种使大众着迷的全球性文化形式，即书中提到的天主教。宗教本来是传统社会团体用来抵制灵活资本积累过程中碎片化效应的一道文化屏障。但商品的物化使宗教失去了它的情感内涵并沦为另外一种商业形式。我们在此遇到的一个悖论是：宗教抗争行为明显带有全球资本对传统"知识形态和社会组织结构"造成伤害的印记（参见 Harvey 1990，13，17）；但被资本洗白的宗教却只能模仿灵活积累的节奏，并复制这种世俗运作的灵光。在山下讽刺性的描写中，宗教成了忒波以玛塔考为样板重新塑造世界的最好借口：宗教使佩纳从商业价值中重新发现了自我，使奇科·帕科登上了圣人的宝座，也使达吉潘夫妇的养鸽嗜好变成一场对羽毛的疯狂崇拜。如果说忒波、佩纳和奇科·帕科之间的关系可以看成是作者通过小说结构体现出来的三位一体原则，那么媒体、宗教和商业化逻辑的组合就构成了更高层次上的三元论式反讽，一种使小说中描写的全球和地域关系不断深化和不断自我繁衍的恶性循环。

山下不仅用小说中的各种讽刺性的三元关系批判了商品形式和商品价值的无所不在，而且还借此鞭挞了资本主义对人及其居住环境所"蓄意渎职"行为（参见 Beck［1997］2000，6）。小说在借用肥皂剧形式揶揄大众文化中的物化现象方面，表现得特别犀利。山下在书的正文之前加进了一个读者须知，她提醒"听众"：下面将要播出的是能"激发他们的想象力和触动巴西人民族心理的，并只有在晚间黄金时段才能收听到的"肥皂剧。山下随后用电台节目主持人式的口吻感谢小说读者的"收听"。这个好像即兴发挥的作者提示有两个重要作用。首先，它实际上将肥皂剧设定为该书叙事的基本修辞结构；其次，它暗示这种叙事所涉及的修辞策略只能按照肥皂剧的内在逻辑来把握，因此在解读小说过程中有必要调动和使用非传统的审美标准。肥皂剧主要是为了满足商业社会里不同阶层民众宣泄感情的需要。作为一种通俗文化形式，肥皂剧以其夸张的戏路、曲折的情节、不断变化的场景和自成一体的片段著称，是一种可用来抗衡商业主义异化效果的文化想象。从某种意义上说，肥皂剧对生活外在性的强调为鲍德里亚的"拟像"概念提供了一个恰当的注脚，那就是：它再现出来的内容成了从一种"想象"转移到另外一种"想象"的无休止过渡。而这类想象与现实世界发生严重脱节的状况又使它越来越受"拟像原则"的支配（Baudrillard［1981］1994，121-123）。在肥皂剧中，这种因丧失批判距离而获得的便利或因此而陷入困境的修辞特征，还有这种文化形式对视觉效果的依赖，因此构成了能说明晚期资本主义文化中同质化趋势如何导致情感枯竭的一个主要例证。

詹姆逊指出，肥皂剧叙事形式的不足之处是它缺乏某种再现的中介机制和它没完没了的讲故事方法。詹姆逊还认为，对肥皂剧局限性的这种认知使不少人以为这种文化形式并不具备颠覆功能，也没有真正的文化介入价值（Jameson 2005，297 - 299）。在《穿过雨林的彩虹》中，山下似乎对肥皂剧的这些不足之处进行了直接介入。她的应对策略是凸显该文类形式中一个较少被论及的方面，即它的修辞手段可用来针砭时弊，评论世风。一个典型的例子就是山下通过该大众文化形式对与玛塔考兴衰有关的几个小说次情节——即和正、达吉潘夫妇、帕科、佩纳和忒波在小说叙事中的命运——进行的寓言化处理，并按照她的判断延长或缩短这些角色的生命周期。这些人物关系中一个值得注意的方面是，每个角色只与其他角色发生某种外在联系，并只有通过这种联系的异化效应才能实现意义的生成。比如，和正因为额头前方悬空打转的磁球而受到人们的追捧。球不仅让他当上了日本的铁路巡视员，而且还使他在移居巴西之后因为与巴蒂斯塔和阿帕雷西达共用后门走道而成了他们的邻居。和正后来结识了来圣保罗帮卢尔德丝找儿子的奇科·帕科，因《福布斯》一篇报道文章引起了忒波的注意。忒波发现，与和正形影不离的那个球正是他找到玛塔考及其塑料储藏地的关键（113）。同样，巴蒂斯塔和塔尼雅也发现，他们生活的全部意义都与一只受伤的鸽子有关。他们最初只是想使那只鸽子恢复健康，并通过训练它长途飞行增强其体能。但这片好心却带来了一个五脏俱全的养鸽"体制"，其运作远远超出了他们的小家庭范围而演变为一个以鸽子和鸽子信息为中心的"全民鸽子大崇拜"（41），其疯狂程度堪比奇科·帕科的玛塔考朝圣。事实上，巴蒂斯塔亲自参加了奇科·帕科第二次徒步到玛塔考的朝圣活动，而且每隔几百英里就放飞一只往家捎信的鸽子。与此同时，他那位以圣保罗为基地的妻子将他们的养鸽行当变成了一项有利可图的商业活动：她将鸽子一卡车一卡车地运到玛塔考，让它们做回程的商务飞行，同时还建立起专门使用鸽子沟通的全球性网络。她最后开始卖起了鸽子，美其名曰"忠于配偶，恋家，既可靠又可爱的小生灵"（137）。这些活动就这样把养鸽夫妇、奇科·帕科、鲁本斯（即卢尔德丝有残疾的小儿子）、忒波和佩纳，以及他们各自代表的小圈子都串联在一起。

小说对肥皂剧套路的运用对资本主义商业运作方式进行了有效的戏剧

化再现。如果说肥皂剧的确有抗拒叙事封闭的内在倾向，并通过连续剧的形式使这种倾向发挥到了极致，那么，资本主义自身的逻辑也要求它在强化剥削和防止过度生产的两种倾向之间寻求某种一时的解决办法，以避免它在追逐利润的过程中要经常面对的周期性危机。因此，肥皂剧形式对资本主义的批判也为山下提供了能让她故事中那些反面角色——忒波、佩纳和奇科·帕科等——一个个走向灭亡的最佳借口：他们都是从默默无闻走向声名显赫，或是从一文不名变为腰缠万贯，但它们在此过程中都逃不出自由市场的惩罚，最后全都一命呜呼。比如，佩纳的羽毛疗法既给他带来了羽毛崇拜的同时，也引起了羽毛斑疹伤寒的大流行，根本无药可医，最后不仅要了佩纳的命，而且还使该地区的鸟类死得一只不剩，其中当然也包括达吉潘夫妇养的那些鸽子。与此同时，奇科·帕科因为喜欢吉尔伯特天真烂漫的样子，欣然接受了忒波想用玛塔考的塑料为那孩子们建造一座"奇科乐园"的建议。但这位年轻的圣人在那个"塑料极乐世界"中（190）竟然撞上了一个杀手的枪口；后者受忒波派遣前去玛塔考干掉那死活不肯合作的和正。此时，玛塔考已经千疮百孔，面目全非；"奇科乐园"的塑料丛林也只剩下了一堆细碎的粉末，原因是羽毛细菌大举进犯，将乐园的塑料躯体从内到外吃光淘净。随着玛塔考塑料市值的大幅跌落，羽毛市场轰然崩塌，忒波也从 3G 公司的第二十三层楼上纵身一跃，寻了短见。该公司的联合创始人杰夫和格鲁吉亚·甘宝（意即"赌注"）其实在忒波从公司那扇"旋转玻璃门"进入那个疯狂商业世界的当天，就已经象征性地从电脑中被删除了（19，28）。

从讲故事的角度来看，这些叙事的前因后果都体现了类似于黄金时段播出的肥皂剧中那种紧锣密鼓的商业节奏。山下了结她书中几个角色命运的方法显然是非现实主义的，但她用肥皂剧套路为小说设计的结局却颇值得玩味。小说的这类结局反映了山下对斯科尔斯所谓"推测性奇想"这一思路的某种认同。"推测性奇想"是一种虚构的场景：该场景所展示的故事尾声与通过现实主义手法再现出来的世界相去甚远，但它在认知层面上却与那个世界似曾相识（Scholes 1975，29，61）。山下关于书中人物命运的描写之所以值得认真对待，并不是这些描写本身特别重要，而是因为在这些亦喜亦悲的描写之下潜藏着某种道德力量。而山下正是通过这些道德判断并为她小说量身打造修辞工具，为她文学作品的最后成书选择社会取向。山下调动肥皂剧文库中的超然力量使玛塔考瞬间化为乌有，其内在动机是她想让三元论的商业逻辑和贪婪的商业市场寿终正寝。小说在此唤起的神奇力量不过是山下的一种修辞策略，其介入价值并不在于它能超越肥皂剧没完没了的叙事成规，而在于它借助这种商业化的诠释学找出了能使肥皂剧叙事告一段落的具体方法，从而将肥皂剧改造成了一种有揭示潜力、能用来进行社会与政治评判的文化器具。

"纯真"的抗争性

"天真无邪"是山下在小说中用来表达她政治理念的一个基本修辞手段，我在第一章中对此已有论述。在《穿过雨林的彩虹》中，山下为了还原被商业资本主义扭曲的历史时间及其情感力量，建构了一系列与此概念有关的象征性人物关系，并通过这些人物关系进一步改写了肥皂剧的特征与常规。这些人物关系通常按照肥皂剧的套路进行安排，并有意识地模仿该文类中的二元对立逻辑，即失去天真的后果和重获天真的转机。第一类人物关系主要体现在山下为她那些反派人物所设定的结局；第二类人物关系涉及以和正与卢尔德丝为代表的几个正面人物形象及其命运。在处理第一类人物关系时，山下使她的角色陷入一种彻底系列化和非人化的境地，然后又让它们与自己人格中残存下来的非物化痕迹相遇。故而，用商业常规取代自己俭朴生活的佩纳发现：他开始"想念孩子——贝托、玛丽娜了，还有那些在屋里跑来跑去的孙子辈们。他也怀念起自己和半大小子们在一起聊天的时光……现在可不一样了，那个虽然穷却不吝啬、热热闹闹的大家庭再也回不来了……佩纳怀念旧笑话，老朋友，和一碟碟堆满了米饭、豆子和木薯的饭菜"（151-152）。佩纳的妻子奥格莎说，佩纳感到难过的是他"在熬过了以前的艰辛后却无形中又服起了另外一种劳役"（121），正像奇科·帕科也感觉到的那样，"与别人共渡难关是一回事，自己孤立无援却是另外一回事"（153）。一言以蔽之，通过欺世盗名塑造出来的原住民样板充其量不过是一种对商品风格的拙劣模仿。武波因为多长了一只手，总认为自己是"更优秀和更高档"（159）。但他也有懊悔的时候——当他妻子决定离开已经被死鸟所覆盖的玛塔考时，他起初是泪流满面地忏悔，而当3G公司的员工因眼睁睁地看着玛塔考变成一个根本"无法降解的大垃圾堆"而争相逃命时（203，208），他又随时都想寻死。就连达吉潘夫妇也开始互相疏远。他们在训练鸽子传递信息和发布预言方面花费了大量时间，以填补他们没有孩子的情感缺憾：巴蒂斯塔整天都忙于开发鸽子的新饲料和训练它们得到更多奖项；塔尼雅为了赚钱则倾全力经营一家名叫"达吉潘鸽子"的公司。但随着时间的推移，这家肥皂公司逐渐扩展为一家跨国企业。这对夫妻也过起了天各一方的日子。最后，他们只有在一人独处的时候有幸福感，而且一离开信鸽就失去了沟通能力。这种情况终于使巴蒂斯塔领悟到自己的成功其实掩盖着巨大的失败。寂寞之时，他真想"整天晚上都搂着塔尼亚在后门廊里跳舞……而且一边听着鸽子咕咕叫，一边和她享受床第之欢"（117）。

在此语境下，小说以一个也住在奇科·帕科老家那个穷地方且颇有天赋的年轻人为例，并以此充分展示了"天真无邪"的批判潜力，同时也为"彩虹"这个小说中的核心象征提供了具体的说明。小说提到奇科·帕科的家乡有一望无际的"五彩沙丘"，"延绵起伏，瞬息万变，就像蔚蓝色的海浪中泛起的彩虹"（24－25）。那年轻人将有颜色的沙粒装进瓶子，用这样拼出来的一幅幅图案来表达他对美好生活的憧憬。然而，当这些瓶装沙画引来游客之后，年轻人也随之改变了自己的初衷：他为了能批量出售这些艺术品，把真沙子全都换成了染上颜色的合成材料（25）。小伙子开始更在乎如何提高制造沙画的重复性技巧而不再强调艺术本身的品质。他作画方式的转变显然说明他的创作活动已经失去艺术的本来"宗旨"——而这也正是本杰明对艺术在资本主义生产关系中遭受厄运的一个著名表述（Benjamin［1932］1968，217）。年轻人在此转变过程中的一个更为令人担忧之处是：他把追求利润最大化当成了唯一目标。彩虹的象征意义本来只局限于沙子的视觉效应，而年轻人态度及思想的转变使这种象征所蕴含的美好愿望被篡改，取而代之的是玛塔考那种无形的致命诱惑。因此，山下用刘易斯·卡罗尔的一个儿童故事情节来暗示这位年轻艺术家对商品拜物的无知盲从——而这个情节也使用了沙子的意象：

> 它们眼泪汪汪地看着
>
> 那么一大堆沙子
>
> 它们说，"要是能把这些沙子全都搬走"
>
> "那就太好了！"
>
> 海象说，"如果有七个女佣人用七个拖把
>
> 不停地清扫半年：
>
> "你们觉得那有可能吗？"
>
> ——刘易斯·卡罗尔《穿过镜子》[1]

这些描写所传达的是彩虹拱门的讽刺反语，即：背叛、陷阱和死亡。这也是山下在小说序言中从作者的角度发出的一个警讯："我听巴西孩子们说，不管是什么，只要从彩虹的拱门中穿过去，都会变成它的反面。"为了强化这种暗示的效果，山下故意省略了卡罗尔故事名称的后半部分，即《爱丽丝镜子的反面到底发现了什么》。

山下在小说中自始至终都强调一个观点，那就是：在全球化的资本主义时代，勇于抗衡全球势力的局部地区充其量是一种具有政治暧昧性的场域。因为它在全球市场的反复改造下越来越处于一种自我分裂的状态。与此同时，山下也意识到，局部地域是人们能用来建构超越当下局限性的唯一乌托邦式想象空间，因此不应轻言放弃。要解决存在于全球与地方之间的复杂二元对立关系，这在理论和实践上都还是个难题。山下对此状况协商表明，她那种以地理为依托的对抗策略主要还是用来探究这些危机的本质，而非为她提出的问题提供解决方案。山下在小说中将和正的女佣卢尔德丝描写成为能抵制商业主义腐蚀的唯一的巴西人。考虑到边缘地带及其原住民所共同面对的困境，我们可以将卢尔德丝看成是山下为保留某种对

---

① 引自《穿过雨林的彩虹》，第 94 页。

抗空间而设计的角色。这在她与和正之间的关系得到了充分体现。小说特地提到了和正不爱钱财，胸怀坦荡和富于同情心的品质——这些特点显然与那些认为日本人只管经济利益，狭隘实用和患得患失的刻板印象背道而驰。[①] 能进一步说明和正人物建构中这种取向的是他与表兄博浩之间的差别。博浩具有敏锐的商业头脑：他鼓励和正用买彩票赢来的钱到全巴西去开设卡拉 OK 酒吧——关键是要在晚间旅游生意刚起步的玛塔考尽快占有一席之地（60，126）。同时，他还把和正的资产全都转换成国际化的持股，用来投资房地产、连锁酒店和制造中心，和正最后成为 3G 公司的一个主要股东（87），还收到了一份该公司在玛塔考分部向他发出的访问邀请，但他在那里险遭忒波的毒手。在此值得一提的是，博浩与和正都喜欢卢尔德丝，并先后爱上了她（62，82）。但是卢尔德丝选择了和正而非博浩，因为前者慷慨、单纯、心地善良、对人真诚，帮助别人从不附加条件。小说在接近尾声时描写了两人关系中的象征性时刻，书中这样写道：和正"像一个小孩子似的"绕着卢尔德丝跑来跑去，"用小香蕉、大鳄梨和芒果装满了她的篮子，那五彩斑斓的颜色就像是落日的余晖。卢尔德丝将她的篮子轻轻放在肥沃的红土地上，与和正紧紧拥抱在一起"（211）。

山下用童真的比喻强调卢尔德丝与和正结为连理的理想境界，这样的处理方法并没有重新铭写卢梭式田园人文主义的冲动（参见 Ling 2006，14 - 15）。相反，它代表了一种对另类社会存在方式的向往，也反映出山下试图将她未能实现的愿望重置于未来时空的政治需要。山下借以想象这种未来时空的期待视野并不限于她对地区性细节的关注，而是涉及日本与巴西、东亚与拉丁美洲之间的跨地区和跨种族互动。小说结尾的寓意因此可以通过如下方式来进行评估。首先，它暗示：人们因迷恋西方对进步和发展的定义而在无形中被卷入了一种有其内在发展逻辑却毫无希望的过

---

① 我在此发表评论的直接语境是二十世纪八十年代，即山下开始写这部小说的时候。1982年，一位名叫陈果仁（Vincent Chin）的 27 岁华裔美国人在底特律被一名失业的白种汽车工人和他的继子殴打致死。这位汽车工人将陈误认为是日本人，当时日本汽车业在技术创新和销售方面均优于美国。

程。除非他们能认识到这种过程的潜在问题而不再将其作为必由之路，①
这种态势就不会发生根本性的逆转。山下用和正对塑料球的依赖性告诫人
们，盲目参与此种过程并在其间随意建造玛塔考，其后果不堪设想。其
次，小说通过玛塔考及其追随者在亚马孙雨林中被打败的故事提醒读者，
人类并不能在马克斯·韦伯所说的成熟商业资本主义"铁笼"中找到出
路，而必须借助于和正与卢尔德丝所代表的不屈不挠精神。如詹姆逊所
言，那是一种已经去除中心，但又拒绝接受分裂式自我的第三世界主体
性。因此，小说在开头和结尾部分对纯真、美好过往和童年意象的呼唤并
不是一种将社会关注变成理念世界的抽象改写。相反，这种呼唤应被理解
为一种在意识形态上开放的反讽过程。而为此过程提供动力的就是正努力
改变这个堕落世界现状的作者本人（参见 Jameson，1988c，80 - 81；2004，
41）。只有当我们愿意超越现有政治视野并进入不同范畴、框架或时区时，
才能充分理解和评价这种面向未来的乌托邦式表述。未来替代方案的可行
性，有赖于是否已经具有能建立不同社会形态的现实基础和不同再生产方
式的实际能力。因没有轻车熟路，山下的小说只能以它修辞的暧昧性而告
结束。这可以理解为作者在邀请我们参与构想能促进社会进步的新环境。
就此而言，小说中描写的关于死亡与复活、毁灭与重生的轮回过程，可能
都是山下在协调书中张力过程的策略：这些张力包括存在的困境和与之相
对的明确行动纲领；人们希望获得解放的愿望和与之相去甚远的企业资本
主义对巴西这类第三世界国家的持续影响。

---

① 亚历山大·索尔仁尼琴（Aleksandr Solzhenitsyn）于二十世纪七十年代出版了《古拉格群
岛》，该书记录了 1918 年以来苏联监狱的历史；二十世纪七十年代也出现红色高棉的统治。在由
资本主义商品关系主导的世界经济体系中，这些事件可以被视为柏林墙倒塌和二十世纪八十年
代末九十年代初苏联解体的预兆。弗朗西斯·福山的历史终结论更可谓雪上加霜，他在尼采哲学
的论断下为重新洗牌后的世界秩序辩护，尼采说过："我们无法想象我们身在一个世界，它与目前
的这个有着本质的区别，并且是变得更好了。"（参见 Fukuyama 2002）

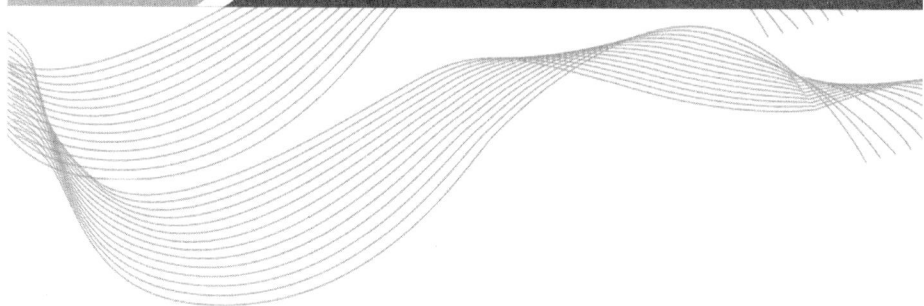

第五章　思考魔幻，重构真实：
《橘子回归线》中的意识与去殖民化进程

在地球表面繁衍的万物通过结构被编进了记叙性的语言序列，也被纳入了作为通用科学秩序的不同学科领域。

    ——米歇尔·福柯《词与物》（［1970］1994）

  凡是用过地图的人都知道，地图与世界不是一码事；而制图人的取向至关重要。没有哪一幅地图能标示出我们想知道的一切。然而，地图却有助于我们把握总体性，了解边界如何连接与划分，并想象出领土争端的具体情况。

    ——迈克尔·丹宁《三个世界时代的文化》（2004）

边界并不全都显示在地面上。

    ——凯伦·山下《橘子回归线》（1997）

  在山下迄今发表的五部小说中，1997年那部《橘子回归线》常被看成是跨国文学的经典之作，因为该书用浓重的笔触描写了权力与人类活动在大范围和多层次的时空轮回过程中所呈现出来的脉络走向与相互联系。[1] 然而，对小说的这种认可往往只涉及跨国批评的社会与经济思考，以及通过后现代主义对理性内核、本体论假设与本质化范畴进行的质疑。该解读方法往往忽略的是权力和人类活动在此过程中受到制约的各种状况。我认为，山下既充满激情又异常艰辛的跨国写作所展现的正是没有引起学者们足够重视的那些问题。本章因此有一个不尽相同的立论：即充分历史化的跨国批评有必要关注已有社会和再现体制在民族—国家范围内对这种批评进行的抵制，也应考虑到与此过程密切的文学情感问题，即文学再现的核心问题。就此而言，我认为不存在完全自给自足的跨国运作；因此将《橘

---

  ① 我认为，能给人带来启发的研成果包括：莫莉·华莱士（Wallace 2001）将"北美自由贸易协定"（NAFTA）解读为一个全球化的能指时，从经济/普遍主义角度做出的解读和从地方化角度做出的解读之间存在着张力；苏珊·尹·李（Lee 2007）将该小说解析为开发后马克思版本的、具有替代性的一般概念的场所；许路得（Hsu 2006）使用混沌理论，评价了小说对于有关秩序和存在的欧洲中心主义论的颠覆。后续对《橘子回归线》的引用来自1997年的版本，本章中的《橘子回归线》引文得到了出版商咖啡屋出版社的许可。

子回归线》的意义完全归功于后民族—国家空间的做法并不妥当，将这种空间理解为只涉及对启蒙运动奠基式假设的否定，或是只与社会和经济问题发生联系，也大有问题。

具体说来，我想就《橘子回归线》的意义和重要性提出两个与众不同的观点：第一，我将该小说的跨国命题理解为一种在社会、空间和心理意义上的去殖民化过程，因为去殖民化概念的反帝和民族解放寓意能更生动地体现书中所描写的那些象征性较量。第二，我认为，去殖民化的最终效果有赖于被殖民的一方能否将自己从"无足轻重的旁观者"上升为"历史聚光灯下、非其莫属的主人公"（参见 Fanon 1963，36）。对被殖民一方来说，上升到历史主人公地位的先决条件是他们能否获得批判意识和认识自我的能力，我因此将"去殖民化"和"意识"作为探讨《橘子回归线》的两个主轴。但这样做的目的并非要重新铭记线性历史、纯粹理性或自主性人本主体的理论常规。相反，上述两个概念在其互动过程中产生的张力能用来有效探讨去殖民化过程中所涉及的复杂情感问题。这些情感问题包括欲望、焦虑、追求和困惑，都是文学描写中去殖民化的重要中介因素，而情感问题不仅难以把握，而且不以人的意志为转移。在使用这两个概念时，我将它们与后现代主义既承认人本主体性的不可或缺，又不愿赋予该主体性任何自主功能的矛盾做法放在一起思考，因此不认为去殖民化与获得批判意识的过程在山下文本中能得到如愿以偿的再现。恰恰相反，关于这些概念的种种假设会不断被测试、被评估或被修正，小说对底层民众渴望自身解放的演绎因此也充满了反讽与暧昧，成为不同于笼统或一般性理论概括的修辞性操演。

反殖民愿景与魔幻现实主义

我在启用"意识"和"去殖民化"这两个概念时，借鉴了卢卡奇关于阶级意识的理论和赛义德对该理论的某些拓展。前者突出阶级意识在创造历史过程中的决定性作用（Lukács［1923］1971，49）；后者则通过对理论重要性的思考延伸了卢卡奇的观点。卢氏将阶级意识摆在优先地位的做法源于后者；马克思通过社会经济学改写了黑格尔在其辩证法中对绝对精神的过分强调，并以此扭转了黑格尔对抽象、渐进和无意识过程的依赖。卢卡奇认为：（1）只有当人们了解到资本主义异化与物化的虚幻本质时才能进入阶级意识的境界；（2）获得阶级意识的障碍来自资本主义主体对其自身利益的过分关注，以及该主体将私利与阶级觉悟混为一谈的倾向；（3）革命的成败最终还要取决于无产阶级能否在斗争中"充分释放意识的潜在作用"（Lukács［1923］1971，52，61，70，73，77），也就是说，只有当无产阶级成熟到能将"抽象可能性"变为"具体可能性"（即主体意志）时，它才有可能上升到主体性地位。而对个人需求的满足仅仅是主体性在社会整体变革过程中所成就的一部分使命（Lukács 1964，24）。赛义德对卢卡奇有关论述中的某些局限进行了改写，其中包括后者"虚假意识"说，他的文学反映论及其对主客体之间能实现重新统一所抱有的救赎希望。赛义德特别将阶级意识作为"批判性理论"的一个类别加以考察，认为前者是存在于"思维与客观世界之间的一种难以消除的谐音"（Said 1983，26）。在赛义德的批评语汇中，"思维"一词的含义类似于"心智"。这两个概念都暗示"意识"进入理论境界的可能性，或是人开始具有感悟资本主义物化对自身造成疏离化效应的能力，以及随之而来的主体建构紧迫性。这种理论潜力因此构成了人进行"政治反叛"的土壤，而他们正是通过这种方式走出由客体构成的世界，并进入理论的范畴。在此过程中，人的主体开始意识到自己能改变"人类生命客观形式"的潜力，并朝着能实现更完整自我和世俗变革的方向迈进（Said 1983，232–240）。值得一提的是，卢卡奇和赛义德谈及的"意识"问题都不是能将思想直接转化为人类活动的努力，也不是不经过任何中介就能实现的从私有到公共空间的"过渡"。相反，两位理论家都认为，作为一种社会解放伟大梦想，意识与"总体性"——该总体性按照卢卡奇说法既是一种压抑性的现实，也是一种有待实现的语境——之间始终处于一种矛盾状态。此外，卢卡奇和赛义德都认为，在商业化资本主义条件下，被动而且分裂的客体要想把握并克服其自身的异化是一件难乎其难的事情。我特别想补充说，这种情况在第二次世界大战后成熟资本主义条件下尤其如此，因为卢卡奇的阶级意识所依赖的那些基本社会条件已经消失殆尽。故而，我在小说中找出来的那些反殖民压迫主体——尽管小说一再要求它们超越自身的物化状态——并不能在社会和物质的意义上直接响应卢卡奇或范侬关于民族解放的召唤，这种去殖民化过程因此不过是一种修辞性的模仿。

对《橘子回归线》作如此解读的重要性在于，它使我们看到：山下想象出来的地理隐喻——即长期以来将地球分成南北两个部分的殖民主义历史，为意识和去殖民化这对辩证关系在文本中的运作提供了关键的原动力。因为该隐喻涉及的空间安排，都是为了满足小说在象征意义上实现其去殖民化理念的需要而设计。这种隐喻因此使山下纠正不合理的地理划分，并为书中那些强化或削弱殖民主义累积效应的人物做出评价。玛丽·露易丝·普拉特对西方在十八世纪以科学为名进行殖民扩张的研究，似乎直接呼应了山下用上述隐喻暗示出来的批评立场，同时也为卢卡奇和赛义德关于物化与主体建构的论述提供了一些具体的例证。普拉特着重探讨了两种殖民主义对世界的划分方式。这些划分方式与启蒙运动中时兴的"自然史"关系比较密切。后者是"资本主义欧洲为使它全球性存在和权威地位"合法化而建立的一种学科领域。这两种世界划分方式包括：第一，绘制有关资源分布、市场规模和土地使用等商业活动的"全球地表"图。第二，绘制建立贸易通道和如何开展探险活动或开辟军事行动线路的"航海图"。普拉特进一步指出，这些划分世界的方式是西方在该时期制定的"总体分类计划"的一部分，与当时美洲及其他地区的奴隶买卖活动、种植园体系的建立和种族灭绝行为都有关系。其目的都是要系统性地将这个星球上的生命形式从它们原来的"有机环境"中剥离开来，然后重新编排到"以欧洲为中心的全球秩序"中去（参见 Pratt 1992，28，30－31，36）。我认为，西方对南美洲进行分类并加以抽象化的累积效应正是山下想通过《橘子回归线》中的象征性描写所要颠覆的对象。然而，由于资本主义物化通常表现为一种对空间的宰制——这种再现效应曾一度使马丁·海德格尔认为现代西方语言学缺乏能用来表达关于时间维度的词汇（参见 Miller 1995，138）；它也令詹姆逊感叹后现代文化中的趋同倾向及其"政治枯竭"后果——山下的文本斗争只能以重新引入历史时间的方式展开。

唯其如此，这种文本斗争才不会重新演变为物化空间逻辑的一部分。我因此在强调小说中那些具有时间性的历史模态时遵循自我再现的自省性原则，强调"意识"的非线性演化、不稳定性和暧昧结局，并以此来确认卢卡奇关于"意识潜能"的理论假设。

具体而言，我认为山下在该书中对时间性的投入类似于她在《穿过雨林的彩虹》中所做的文类选择，这些叙事策略都使她能更有效地展示魔幻现实主义的功用，也有助于她用富于历史感的修辞手段、范畴或时序干扰殖民空间的连续性，从而象征性地为底层民众的觉醒创造条件。阿莱霍·卡彭铁尔在他那个魔幻现实主义宣言中认为，此拉丁美洲文类的"号召作用"与其说是它将不可思议和司空见惯的事物并置（117），还不如说它直接强调使这种风格具有现实意义并能引起强烈共鸣的特定历史条件。他认为，"神奇的事情之所以神奇是因为现实发生了意想不到的变化；因为其中涉及的突兀与夸张以及使人震惊的真知灼见，都是对揭示现实可能性的一种极致发挥，也是对现实规模和范畴的一种大胆扩容"（Carpentier[1949] 1955，83，85-87）。卡彭铁尔在此强调的是：魔幻现实主义在水火不相容的平庸与神奇之间搭建起桥梁，并不是借此进行反讽，而是想通过这种方式确认这两个共生世界皆为客观存在的本体论。他认为，在存在的本体论魔幻现实主义思维世界存在的一个重要前提，就是承认这种思维世界是"特定历史环境"的既定组成部分。而"现实状况的改变"只有在特定时间和地点的指涉范围内才能显现出它们的具体特征。因此，魔幻现实主义中的这些历史维度，使它成为能承载去殖民化进程中乌托邦想象与世俗关注的一个理想修辞工具，因为这个工具特别能反映其中的复杂运作与矛盾状况。

山下的小说在两个方面体现了魔幻现实主义的再现效果。首先，她从想象中横穿墨西哥马萨特兰城的一条边界开始讲故事。这条想象中的边界将美洲大陆（以及从北纬度最上端所能看到的那部分地球）截然分成南北两半。这就是北回归线。小说在未加任何解释的情况下暗示说，北回归线被命名的那个星期刚好是夏至。太阳当时行至在巨蟹座（也就是拉丁语的Cancer一词）。山下对北回归线诞生语境的关注是她整个修辞策略中的重要一环，其目的是将西方星象学建构成殖民主义的奠基意识形态。星象学是伪科学，据说源于古罗马建筑师维特鲁威用"几何模型和模块编排出来的宇宙秩序"，是一种"臆测加宗教"式的空间再现方法（参见 Lefebvre［1974］1991，270–271）。为了审视通过星象学解释宇宙所带来的物质性后果，山下将小说分为七章，并用这种叙事体现夏至的时间谬误：一周内的重大事件都反映在每一章的不同内容之中。① 在此语境下，洛杉矶一位年轻的传媒工作者艾米·村上对她那位酷爱黑色电影的拉丁裔美国男友加布里埃尔·巴博亚开的一个玩笑，完全可以按照字面上的意思来理解。她说："我知道那会是一个很古怪的星期。咱们就管它叫灾难电影周吧。"（24）艾米所暗示的时间脆弱性通过文本接下来提到的马萨特兰奇怪现象得到了进一步的证实（3，65，70）。而家住洛杉矶的加布里埃尔此时正在马萨特兰建造一所横跨北回归线的避暑寓所。山下的小说将洛杉矶描写为一个各种文化互相碰撞、现实与虚幻互相交叉的场所；而这个临近边界的大都市也因为它内部的阶级分化、种族对立、高犯罪率和生态恶化状况正危机四伏，就像一只即将被引爆的火药桶。对山下来说，这正是能彰显魔幻现实主义效果的一个必要条件，也就是说，她只要虚构出一些触发性事件，设计出一些带有倾向性的情节，想象出一些重大灾难，再筹划出一连串后续动作，就能象征性地颠覆整个殖民秩序，并在全球和跨地区范围内彻底改写历史。山下通过这些描写所启动的是一个在空间、地理和心理意义上的去殖民化过程。此过程的中心环节是如何建构一个能在既定时间和既定范围内完成所有规定动作的政治意识，以及如何通过对卢卡奇愿景的魔幻现实主义改造将这种无意识的抽象性转化为具体的故事情节。

视域、音频与嘉年华

这种转化过程的第一幕发生在小说的开始。山下用魔幻现实主义制造了一个不太合乎常理的瞬间时刻（118）：她让加布里埃尔在马萨特兰的女

---

① 与小说这种结构安排相对应的是山下创造的七个互相关联的人物，他们轮流充当主角。参见山下在目录之后的"Hyper Contexts"表格中对小说这种结构所做的说明。

管家拉斐伊拉·科蒂斯于夏至的当天目睹了北回归线现身的奇观。当时，拉斐伊拉正走过加布里埃尔家那棵唯一存活下来、挂着个孤零零果子的柑橘树。

突然她看见了一条比蜘蛛丝还细，拉得紧绷绷的线。那条线在旭日东升、露水欲滴的大清早特别显眼，其他时候就一点都看不见了。可她始终都能感到它的存在。尽管这条线用手根本摸不着，但它那种难以名状的柔性力量却总与她形影不离。那条线也许不过是一束激光，或者是一缕游走的光纤。拉斐伊拉拿不准，只知道它正穿过加布里埃尔的宅院。实际上，她感觉它正朝着东西两个方继续延伸，往东跨过公路，往西直奔大海和更遥远的天际。（12）

拉斐伊拉仔细查看后发现那条线正从树上"还没熟透的橘子中央穿过"，"像一首摇篮曲似的"晃来晃去（12）。正午时分，烈日像"火球一样高挂在橘子树的上方"。此时，拉斐伊拉看见了一个"唯一可能但又完全不可能挡住强烈阳光的东西"，那就是以实体形式出现在她眼前的北回归线："它细长的影子投射在沙地上"，"像是有人用薄薄的利刃在地球上切了一刀"（13）。因为小说中的相关细节繁多，上述情节的批判潜力很容易被读者忽视，所以我们有必要透过书中的魔幻现实主义棱镜去分析拉斐伊拉与回归线的邂逅。那条想象中的回归线在太阳直射地球的正午居然能投下影子，这简直是挑战开普勒的空间假设；这种情况也颠覆了太阳（这个意指）为地球规定的阳光究竟能在什么情况下才可以造影的指涉常规。①那条在拉斐伊拉注视下变得越来越清晰的回归线——还有随之浮出水面的不均匀地貌——更是推翻了维特鲁威声称他能对宇宙进行总体性再现的夸夸其谈。通过让北回归线同时具有模仿功能和过度再现的效果，山下揭示

---

① 每年北半球的夏至日是 6 月 21 日前后，当日的太阳将上升至最高点，也是北半球全年白昼最长的一天。大约是 6 月 21 日或 22 日，太阳在正午时分直射北回归线，从理论上来讲，北回归线地面上应见不到影子。这一现象最初由约翰尼斯·开普勒做出解释，他用轨道定律和日食定律来观察行星的运动。

了线的可视性与其实际内涵之间的反差，即：回归线的准入与排斥原则，它的审查和敌对机制，以及它的暴力与破坏倾向。

尽管拉斐伊拉通过视觉使回归线现形的魔幻情节印证了视觉效果与其指涉之间的联系（参见 Lefebvre［1974］1991，76），这种联系无意中又确认了启蒙运动时期殖民主义领土扩张的一些科学依据，其核心正是伽利略那种理性、抽象和呆板的目测方式。鉴于视觉与思维之间的这种暧昧政治关系，我认为拉斐伊拉通过目测将实际上并不存在的回归线实体化，这与她去马萨特兰给加布里埃尔当帮工前的那段经历是分不开的。这些经历使她意识到自己的第三世界移民打工族身份，以及她在美国的阶级地位。小说零星谈到拉斐伊拉成长的一部分历史：她 18 年前非法进入美国，嫁给了"阮波比"，一个有着越南名字、家住洛杉矶韩国城、一口西班牙话的新加坡人。她和波比经营过一家蛮不错的私人保洁公司，但自从两人吵了一架后就再也没能复合；她一气之下就带着儿子索尔（Sol 在西班牙语中是"太阳"的意思）回到了墨西哥。波比无视他在北美的终日辛劳，原因是他在付出薪酬很低的卑微劳动后能享受大买特买的消费乐趣。但拉斐伊拉不愿接受美国职场中的歧视性待遇。她离波比而去也是一种对后者无视排他性种族与阶级界线的间接抗议。因为波比的隐忍实际上默认了这些界线的合法性。

波比对拉斐伊拉的感受无动于衷。加布里埃尔也因自己的族裔背景将穿过他家庭院的那条回归线当成了一个"不错的比喻"（5）：他祖父曾参加过由潘乔·维拉领导的立宪革命战争，生于马萨特兰的祖母则是"东洛杉矶女装制衣工会"的创始人。然而，加布里埃尔通过在马萨特兰兴建别墅的方式与墨西哥重温历史，这其实不过是个对多元文化论的新自由主义挪用。因为在他想象中，建在回归线上那座避暑山庄一定要有美式设计图纸、清洁用品、装饰材料和管道安排，否则就不上档次。因此，加布里埃尔无法察觉他家宅院里在夏至期间发生的那些微妙变化。这可以从如下描写中得到证实：拉斐伊拉向他报告说家里突然冒出了许多螃蟹；瓦匠罗德里格斯向他抱怨说刚砌好的墙不知怎么回事一下子变得歪歪扭扭。而他对这些都不屑一顾。加布里埃尔对墨西哥的"浪漫情节"甚至使他将拉斐伊拉打电话时的柔声细语也当成她在对自己示爱（6，77，153，224）。这种基于第一世界感知的南方（或关于第三世界）想象在波比的移民经历中已经得到讽刺性的反证。它也体现在小说所诟病的另一类企业版本的"文化多元论"，即一群身穿绣着"涅槃"短袖恤衫的白人（140），或是一位在寿司店里用筷子将头发高高盘起的白人女性（129）。

拉斐伊拉对波比和加布里埃尔习以为常的情况独具慧眼，这实际上是山下精心设计的一种修辞建构：该修辞建构旨在通过回归线的现形质疑被其影子遮蔽的本源（121），进而否定由那个本源所代表的终极指涉权威。就此而言，小说关于回归线以实体方式获得生命力的描写便构成了一种双重越界行为：第一，拉斐伊拉的政治觉醒使她象征性地突破了可见性的局限；第二，拉斐伊拉通过她的模仿行为将被压缩成一条线的地理标记变成一种既有伸缩性又能四处移动的政治期待视野，尽管这条线仍然与加布里埃尔花园里那个孤零零的橘子缠绕在一起。橘子从树上跌落后，回归线的投影也摆脱了与它对表意源头的依赖。这种状况又为小说主人公阿肯吉尔（即"大天使"）出场进行了铺垫。阿肯吉尔是个来自拉丁美洲数百年殖民史的提喻式的人物。他的文学原型为奇兰姆·契扎尔（48，51），即玛雅神话中长着一对大翅膀的太阳神（参见 Jennings 1993，46），常见于加西亚·马尔克斯和吉勒莫·戈麦斯—佩娜的写作中。阿肯吉尔与书中其他人物的互动带有明显世俗特征：他深谙范侬所说的去殖民化真谛，并努力使底层民众恢复时间观念和批判精神。这些使命感因此使他担当起象征性的引路人的角色。阿肯吉尔政治愿景的基础是他对异化状态下人类生存条件与结构的深刻理解，那就是：醒来、洗漱、吃饭、劳动、做梦和死亡这些颠扑不破的真理（121；参见山下的"超级背景"页面）。为了打破这种恶性循环，他大部分时间都在"街角、夜总会、肮脏的酒吧、教堂、广场，妓院和墓地"之类地方度过。他提醒那里的人们：自从哥伦布1492年发现美洲大陆以来，殖民主义给这片土地和其中的社群带来了毁灭性的后果；他号召裹足不前的旁观者到布宜诺斯艾利斯、里约热内卢、圣保罗、圣地亚哥和墨西哥城去见世面；他还按照印第安人的时间表做出可怕的预言。他冲着将信将疑的听众呼天抢地，历数殖民者发现和征服这块新大陆以后他们所遇到的倒霉事；他演讲时声音颤抖，姿势夸张，"瘦弱的身躯由于愤怒和不祥之感而扭成一团"（47－49）。尽管阿肯吉尔试图让那些"被遗忘的史实"恢复本来面目（参见 Jameson 1981，20），但民众并不买他的账。他和被动民众之间的这种不协调在书中被隐喻成他手提箱中一副常备的钢缆的一对钢钩（196）。这些工具终于在马萨特兰被派上了用场：他用它们硬是将一辆抛锚的卡车拖到了一个象征性的市场。尽管那是满满的一车橘子，但是周围看热闹的都无动于衷。但见那个老者——"外貌沧桑""骨头酥脆"，浑身上下皮开肉绽——拖着他身后的那个"能把人压成肉饼的一大车橘子"缓缓地往前挪动（46－47，72，64－75）。这个"堂吉诃德式"的壮举表明：阿肯吉尔不过是乌托邦式的角色，正如山下在书中所暗示的那样，它所肩负的使命只有通过"一个真正表演者"的模仿行为才能实现（73）。

值得一提的是阿肯吉尔行动主义政治理念的文学维度。这反映在他有好几套服饰、只会讲驳杂的方言、插着一对假翅膀，并在不同角色之间来回转换。他说自己"不过是从一首诗歌里走出来的角色"（183），而且只用散文或诗歌（文中为斜体字）与民众交流。阿肯吉尔诗歌表演中最令人难忘的一幕发生在小说结尾处。当时他一路北上，在快要抵达洛杉矶时与途中一些不信服他的老百姓进行了一次交谈。民众问道："你觉得你在那儿到底能做点什么呢？"他回答说："我可以卖艺啊，他们都说那里有自由贸易，所以我就奔这里来了。到那以后我想表演。然后朗诵我写的诗歌。那是一次朝圣，我要表演迄今为止最伟大的作品。"（211）这场对话使我们对这个乌托邦式革命家的建构有了进一步了解。比如，他关于要"表演迄今为止最伟大作品"的说法一方面表明他愿景的史诗性，另一方面又暗示出他这种努力的全球意义。山下对阿肯吉尔坚持用文学话语传达自己理念的强调有了两个效果：其一，他用诗歌向处于蒙昧状态的民众表达崇高理念，就此开辟了一个通过文学话语协商和转换不同指涉的中介地带。这种修辞策略为他的听众或观众在他们解码过程中能有的放矢地"再建码"创造了条件（参见 Hall 1986，50）。其二，他把世俗关注变成诗歌，这使他对"迄今为止最伟大作品"的表演成为一种能超越殖民主义和新殖民主义话语范畴的不朽之作。因此，虽然阿肯吉尔因煽动罪被判过"一千次死刑"，但他的敌人却"无法堵住他的嘴 …… 限制他的行动、屏蔽他的外貌、否认他的存在、看懂他每块肌肉的凸起、忽视他在场的沉默、回避他可怕的目光、低估他心跳时的心境、阻止他缺席时的呐喊"。（48）这些对阿肯吉尔颠覆性潜力的描写通过他表演的累积效应得到了充分体现，预示出他现身于马萨特兰的强大存在感。在这座城市，他开始着手组织并重新编排在夏至期间被释放出来的原始能量以及那些开始自由浮动的文学象征。

这也是拉斐伊拉目睹回归线的魔幻经历与阿肯吉尔用自己身体使政治无意识具体化的一种辩证式交叉。山下写道，阿肯吉尔在大白天做了个梦，梦中看见一个妇人在公路上推着一车新鲜的带刺仙人掌向他走来，妇人顺手从地上捡起了一个过季的橘子。阿肯吉尔知道那就是来自于加布里埃尔家花园的橘子："橘子从树上掉下来后顺坡而下，最后停在了私有财产与公路之间"，橘子的中央有一条线（71）。阿肯吉尔正是为了这个拖着一条线的橘子来到马萨特兰："这就是在阳光下变得一目了然的边界。"他在梦里喃喃自语道，"这就是回归线"（71）。阿肯吉尔对回归线一见如故。这对似懂非懂的拉斐伊拉来说多少显得有些摸不着头脑，但这个插曲却预示着本地将在夏至期间出大事。正如阿肯吉尔在小说后半部分所说："我被告知说地球现在变软了"（211）。文本中"地球"一词使用的是大写体，这显然一方面指马萨特兰所在地，另一方面又指整个地球。地球通过魔幻现实主义的滤镜变得绵软、多孔和富于弹性，其原因是拉斐伊拉通过她的视觉力量撬动并松弛了那条本来僵硬的回归线。当夏至结束时，这条线又要恢复到原先那种排他性的紧绷状态。小说在此暗示，阿肯吉尔必须把握这个机会之窗，通过切实的地理和政治越界行为实现他的宏伟计划。于是，当他拖着那车橘子从马萨特兰大街上的一条狭窄通道走过后，又碰到了梦中的那位妇人。他开口向她讨要从地上拾起来的橘子，妇人随之将橘子递到他手中。小说关于橘子转手的那段描写是山下通过魔幻现实主义再现手法赋予橘子政治符号地位的一个关键时刻。小说先前曾强调橘子在掉落之前紧抓那条细线不放、并将其"当成亲生父母"的细节（12）。橘子转到阿肯吉尔手里之后，它与那条线的关系也随之被赋予了新的含义。而这种经过重新界定的关系现在完全取决于表演者阿肯吉尔北上之旅的最终结局。更重要的是，阿肯吉尔拿在手中的橘子现在已然是个被回归线从中间切过的微型地球。这样一来，阿肯吉尔终于为他庞大的政治计划找到了一个阿基米德式的执行点（124）。这同时也构成了他在试图逆转全球力量对比过程中的一个开端。而这种过程本来会牵涉一场非常浩大的时空战役，以及多方面和多层次的协同作战。

以上的讨论有助于我们提出此问题：那就是，橘子在这个文本细节和小说的总体设计中到底意味着什么？读者最初读到的是一个看上去病态的果实。尽管山下将这种情况归咎于全球变暖和橘子早熟，但是她又让阿肯吉尔在一张"终极摔跤冠军大赛"传单的背面写了一首诗，对橘子的来龙去脉给予了更具体的说明。诗是写给拉斐伊拉儿子的；传单一路派发，宣告他即将在洛杉矶与"超级那福塔"（即北半球的化身）进行一场殊死搏斗。

被阳光亲吻，
泛着蓝光的火舌，
放射线的低喃，
口中的灰烬，烧红的牙床，
融化的双唇闭上了，吞咽着，
它梦寐以求的橘子：
珍珠般的维生素 C 甜美多汁，
纤维经络里裹着健康，
还有皮革似的果皮和芳香的油脂。

哥伦布的神话：
目睹了一只未能飞完全程的蛾子，
从球形的橘子旁掠过，
翅膀像小船上张开的风帆，

在穹形的地平线上翱翔，

以此证明，

地球是圆的。

发现的神话：

当我们，一个阳光亲吻过的民族，

为等待飞蛾的回程，

还在翘首盼望，

……

找寻那对画满金眼睛的翅膀，

它已被烧焦，

但瞳孔里还记得，

失乐园的原罪，

被转移，被吸收，变成了

语言，

教堂，

圆形的世界。（181）

"被阳光亲吻"一语在文中有双重含义：它一方面指回归线命名的具体时间，另一方面又暗指橘子的食用过程。橘子在这里被书写成帝国欲望的猎物，以及殖民征战的受害者。[①] 通过橘子的视觉和意识形态效应，阿肯吉尔不仅将北回归线更名为橘子回归线，同时也把橘子变成了一个复仇的象征。在此修辞语境下，北回归线的易名与口袋里揣着橘子、向墨美边境一路进发的阿肯吉尔就有了一种必然联系。阿肯吉尔拖着回归线北上，正是为了重整地球的秩序并重划其边界。因此，每当他前进一步，土地就会变长，时间和空间也会被压缩。难怪加布里埃尔家的栅栏与外墙会变形，洛杉矶高速公路上脏兮兮的立交桥会走样，该市内城的街区会来回伸

---

① 这也让人想起"新奇士"，一个生产橙汁和其他用柑橘制成的食品和饮料的美国公司。

缩，帮派分子射出的子弹也会莫名其妙地改变弹道的方向。

拉斐伊拉、阿肯吉尔和橘子之间的联系说明了视觉效用在物质和意识层面上的重要性，也强调了社会主体在重新占有历史时间性的过程中发挥过关键中介作用。在此过程中，橘子在不同目光的审视下不可避免地带有很大暧昧性。山下为落实她小说中的议事日程与范侬的去殖民化理念，将魔幻现实主义策略的双重性发挥得淋漓尽致。故事的高潮与一个看似无足轻重但在解读意义上至关重要的小插曲关系密切：即洛杉矶市中心海港高速公路上发生的一场超现实主义车祸和随之而来的交通大堵塞。肇事人是个年轻的司机，当时正开着辆红色的保时捷敞篷轿车兜风，他咬了一口邻座同伴递过来的橘子，顿时昏死过去。车子失控后引发了一连串的碰撞、追尾、爆炸和起火。这场灾难不仅使人们对从南方进口的"毒橘子"发生恐慌（这些橘子后来被禁止在洛杉矶出售），也把大批流浪汉推到公众视线下展览，因为四处蔓延的火势将他们从高架桥下的藏身之处驱赶出来。这个由毒橘子引起的社会混乱场面显然说明了山下是从魔幻思维的文库中取材。但她这样做并不是为了呈现这个虚构情节本身的修辞效果，而在于引起大家对艾米那位离家出走的祖父曼赞纳·村上的注意。他是小说中另一个具有批判意识的角色，一个"出生于战时集中营的第三代日裔美国人"（108）。村上放弃了他的心脏科外科医师生涯，自愿成为一个能在高速公路立交桥上整合城市交响乐的执棒乐队指挥：

那些乘车从村上的水泥指挥台下急驰而过的人们很可能从来没注意过他。也许有些人偶尔看见过他挥舞手臂、激情四射地甩动着一头白发的样子，他那根银光闪烁的指挥棒，或是他在午后阳光下借助摩天大楼所映衬出来的古怪身影。他们可能认为立交桥上那个肮脏的流浪汉和自己一点关系都没有。也许有，也许没有。然而，他就站在那里，轻轻地托起并爱护着每一个音符，将它们归纳到一起，一组组地串联起来并以此创造出社群、社会和完全由声音构成的文明。人类的洪流从他脚下向四面八方流淌开去，奔涌着，搏动着，那是血脉的融合，是一座伟大城市的怦然心动。（35）

村上选择加入流浪汉大军的真实原因是他不愿继续履行外科医生职责：将来历不明的器官"植入人体"或者协助别人完成这种"移植"手术（56）。因此他不想在人类需要的旗号下继续制造悲剧。在村上的身份协商过程中，"流离失所"这个概念开始具有一种更加宽泛的象征意义：它将都市里的放逐者改写为他对边缘地带的认同，并由此将自己重新定义为体制的叛逆者；它重新激活了日裔美国人于第二次世界大战期间被囚禁于加州曼赞纳集中营的历史记忆，并在这种记忆与美国社会中流浪汉"因贫获罪"的现状之间建立起了一种内在联系（27）。

但村上的高速公路交响乐指挥角色（该角色通过诡异的毒橘子事件进入读者的视野）则有待于进一步的理论澄清。① 我的解读将村上看成一种具有时间维度的听觉象征，这与小说将阿肯吉尔和（在较小程度上）拉斐伊拉塑造成视觉化象征的表现手法前后呼应。詹姆逊认为西方交响乐是一种有具体历史内容的"复调音乐"。他认为，尽管这类音乐的形式抽象并往往自成一体，但它们却构成了一种"新的体验形式"。因为"乐器的杂音"将人们的注意力引向了"撞击耳鼓的不同乐流"，以及"经过编排和有连贯意义的非语言符号系统"，因而成为一种"纯粹的器具性话语"。与此同时，倾听与诠释这类声音所必需的"关注"意味着音乐有其自身逻辑。这种逻辑"要求听众悬置他们所熟悉的事物并学会处理这种非语言的发声过程"（Jameson 1971，12-13）。詹姆逊认为，关注现代西方音乐中这种对非体制化表达功能的挪用是人们介入历史的最佳途径。我们可以用这种思路来解释村上的高速公路交响乐指挥角色。但需要补充两点：其一，村上指挥的音乐具有明显的物质内容："拼车的温文尔雅"、交通事故发生之际的金属撞击、终日劳作的悲怆与单调，以及令人"心惊肉跳"的听觉轰炸（55-56）。这种由高速公路的喧嚣所体现出来的资本主义都市节律使村上的指挥操演成为一种十足的再现行为。其二，村上主要是通过意识或他的"空间洞察力"（56）来理解音乐，所以他能"看见和听到其

---

① 盖尔·佐藤的见解饶有趣味，他分析了山下如何运用村上这个乐队指挥的角色，把日本音乐习语转变为小说的极具批判性的"跨太平洋视角"（Sato 2010，78-80，86-94）。我对小说这方面的分析主要集中在现代西方音乐对村上的空间政治的寓意。

他人无法感受的东西"（157）。这也是为什么他总能发现潜藏在社会与人类活动下面的"规律与联系"，以及在"土地与财产使用"过程中被掩盖的真实地貌。而后者的基础就是"财富分配与种族关系相结合的后果"（57），即由一代又一代劳工和移民所建造起来的城市基础设施。

村上用都市交响乐复制不同层次的社会愤懑与经济不平等状况，并将嘈杂或不协调的声音整合为有序的政治内容。这与他将视觉范围内的"多余"成分都当成五线谱上的音符来处理有着直接联系，也与他努力创造条件使那些"残存的声音"能得到倾听的愿望有关（56）。后者对魔幻现实主义来说是一种既调皮又难以驯服的音节。小说特别提到村上全身心投入指挥第三乐章《诙谐曲》的情况。《诙谐曲》是交响乐演奏过程中对作品主旋律的一种故意偏离。山下对第三乐章的这种"逾越"倾向做了如下描写：

> 第三乐章的确妙不可言。但他对此却有自己的理解。他在处理每个音符的时候都要屏住呼吸，心中巨大的焦虑感简直要从喉咙里跳出来……因为哪怕是挥错一次指挥棒，做错一个动作，都会使他处心积虑营造出来的态势功亏一篑，从而辜负了每个希望被温柔抚摸的音符……他必须听好每个节拍，及时向每件乐器发出指令，直到乐曲终了。这才是一位伟大指挥家的作品，这才是一位作曲家的天职。（33－34）

完成此项细致而复杂工作的关键是如何充分利用好"一天里的时间"，把握好"驶过他脚下每辆汽车的前后间隔"，并保证能适时制造出一个"短暂的交通间歇"。小说强调，这个交通间歇对第三乐章来说"至关重要"，因为交通高峰后的无拥堵状况刚好能产生"足够的张力"，而不断重复的旋律又提供了一种能使村上"回忆起往事的可能"。因此，他必须在这种时刻的"无限渴望"和它"难以名状的清醒"之间保持一种微妙的平衡。我认为，村上在夏至时分的头两天里所维持的这个"交通小窗口"，与阿肯吉尔抓紧机会建立起来的七天大窗口之间存在着某种必然联系。这种联系是为村上随后亲眼看见的高潮一幕做的铺垫，即由那个橘子所引发的灾难。小说在描写那场祸从天降的高速公路大塞车和流浪汉大骚乱时采用了一种不温不火的叙事口吻。这种表现方法带有很强的社会批判暗示作用，因为它揭示了一个令人震惊的事实，那就是，美国正变成一个它所鄙视的第三世界国家，同时也提请读者关注村上"将汽车想象成为演奏工具"的历史具体性。也就是说，村上目睹的交通事故只不过是他"对自己幻觉还能保持清醒"的一瞬间，而他都市乐队的机械部分和人力部分正是在此刻失去了它们之间的边界。他回想起自己用手术刀切开一个死于车祸受害者软组织并摘取移植器官的情形（34，207）。村上的痛苦记忆通过这个交通窗口被重新想象成那辆红色保时捷轿车里两个年轻人的悲惨命运。这场交通事故反过来又通过他脑子里的魔幻嬉游机制变成了第三乐章中的一个小插曲：汽车翻着跟斗横穿过高速公路的五条车道，直奔它生命的终点，轻松得就像在打游戏机。村上通过视觉效果在洛杉矶人口稠密的闹市区导演了这场事故，这是山下按照魔幻现实主义蓝本想象出来的一个情节，目的是接应由阿肯吉尔打头阵、从南方的穷乡僻壤一路杀进城来的复仇大军。

小说将村上指挥的第三乐章描写成"一位伟大指挥家的作品"和"一位作曲家的天职"，同时又将阿肯吉尔的北上之旅看成他"最伟大（艺术）作品"体现。两者之间的相似之处非常值得玩味。尽管这些崇高的历史使命是在毫无关系的条件下进行操演，但它们的共时性却指向了两种不同空间政治的辩证式融合：一方面是以亚裔美国音乐总指挥为首的村上；另一方面是以拉丁美洲预言大师为代表的阿肯吉尔。这些相互重叠的空间介入活动所凸显的并不是卢卡奇所想象的社会革命，而是实现彻底社会变革的困难程度。因为后者有赖于对种族、阶级和性别关系的重新建构，以及与之密切相关的对社会财富的重新分配。山下对此问题的深刻理解含蓄地反映在她对阿肯吉尔和村上这两个虚怀若谷的乌托邦角色的构想，也体现在她对洛杉矶市政府决定使用武力终止流浪汉占领高速公路状况的后续想象。此时，拥车族开始叫嚷着要"警察前来保护"，并扬言他们"有权用武器捍卫自己的财产"（122－123）。存在于激进社会变革的梦想和严酷社会现实之间的反差凸显了米哈伊尔·巴赫金关于"嘉年华"概念的重要性。我认为此概念能恰如其分地体现小说对上述政治僵局的处理方式。"嘉年华"有多重含义和多种用法，但它最重要的修辞功能则是与历史主义的时间问题发生联系。巴赫金在其文学生涯的不同阶段都深入探讨过拉伯雷和陀思妥耶夫斯基作品中的"嘉年华"描写，并就此创造了一系列文学意象。①这些文学意象既怪诞又严肃，既在想象层面上不拘一格，又在时间框架内生动具体。这两种倾向之间的修辞张力不仅与山下小说的开放式愿景一脉相承，也暗示出山下难以实现的政治想象有可能在另类条件下被保留、被重新编码和部署。

　　小说中描写的两个情节可用来支持此论点：一个发生在高速公路大劫难之前，另一个发生在灾难发生的过程中。出事前，山下将阿肯吉尔从南方抵达洛杉矶的那一时刻描写成一场盛大的欢迎仪式，与市中心海港高速公路上正在酝酿的事端几乎同步进行。高速公路上一个由流浪汉组成的合唱团为欢迎他的到来反复咏唱几首"肃穆、高亢"的歌曲。而那个"浑身阳刚气的老头儿"则在歌声中一丝不挂地走在一群乌合之众的前面，他肩膀上扛着手里捧着个橘子的索尔，手里摇晃着他的大阳具，用来嘲笑"北方的理性原则"。与此同时，他拽着南半球的五百年历史——摇臀甩胯，血脉偾张，欲罢不能——径直来到洛杉矶城下（238－239）。这种对被压抑者之复返正是村上盼望已久的时刻。他随即在洛杉矶制造了一个时间的死区，使整座城市在阿肯吉尔大军压境时毫无招架之功。山下在此尝试的是关于共生事件的一种"临界"式想象，类似于"地狱启示录的诗圣"陀思妥耶夫斯基对人类陷入时间困境的心理探索（Bakhtin［1929］1984，28，30；参见 Emerson 1989，150；Morson & Emerson 1990，418）。小说描写在此涉及的视觉模式是一种完全失去时间延续性的纯粹瞬间时刻和纯粹共时性体验（参见 Bakhtin 1981，248）。它强调的是传统无产阶级革命和资产阶级民族主义都非常依赖的线性独白的反面，即潜藏在资本主义现代性中无法消除的众声喧哗、混乱、脆弱和极端倾向。这种危机状况通过

---

　　①　巴赫金的嘉年华理论主要在其《拉伯雷和他的世界》（［1965］1984）一书中得到阐述，与四种引人发笑的反讽模式有关：（1）受欢迎的节日形式；（2）宴会意象；（3）怪诞的身体形象；（4）身体机能。

魔幻方式被转换成了交通拥堵的具体形式和全球与地方的锁结状况。下面是小说对世界史上这场空前绝后的大拥堵的描写：所有的体育赛事、音乐会、娱乐专题演出和电影首映式都在同一时间开始。大洛杉矶 700 万贪玩的居民也在同一时间开车出行，这些同时外出的车辆"塞满每寸街道、每个出口、每段公路和每条高速"（206）。

　　洛杉矶所有的人都开始步行。他们别无选择。没有一条交通干道能开得过去。全都爆满，就像得了血栓病、脑中风、心肌梗死，随便怎么说都行。整个系统好像正在凝固。原本最宽的大街也成了单行道。挤成这个样子，人们只得从车顶的天窗往外钻。从乘车人的角度来说，街道已经不复存在了。唯一能行的办法就是迈开脚板去感受路面。（218 – 219）

　　这些"在同一天，同一时刻发生的事情"无异于使洛杉矶的资本主义运作瞬间停摆。故事的出神入化也反映在洛杉矶警局试图镇压流浪汉反叛时的一个场面。在警察强大火力的冲击下，所有汽车的安全气袋同时膨胀起来，形成了一道为流浪汉们阻挡枪林弹雨的充气屏障。而这些蹊跷的事情居然"使这场战争戛然而止"（255 – 256）。未经策划的事情在同一时间发生；井井有条地制造混乱。这些都是小说精心设计的再现效果，目的是模仿式地再现一种象征意义上的南北实力大反转。通过对这场巨大城市灾难的描写，山下颠覆性地展现了商业资本主义内在的那些致命弱点。那就是：在自我扩张需要驱使下所造成的社会与经济动荡；生产过剩总趋势；掏空市场潜力的贪婪和不断发明剥削新招数的狡黠；对劳工阶层既依赖又敌视的矛盾心理。通过建构出这样一种完全丧失历时性的乌托邦时间区，从而剥夺了资本主义实现其周期性复苏的机制，山下给读者展现出来的是一个以心肌梗死为特征的资本主义危机启示录。该想象只有通过巴赫金对陀思妥耶夫斯基那种反讽式时间性的辩证改写才能加以把握。

　　在某种意义上，山下用嘉年华方式质疑资本主义的时空安排，并以此想象资本主义的终结。这使人想起了麦克尔·哈特与安托尼奥·奈格里对"乌合之众"这一概念的使用。此概念源于陀思妥耶夫斯基对人类心理

"阴暗面"的探索，也是哈特与奈格里用来干扰资本主义现代性的无政府主义批评原型（Hardt & Negri 2004，139，210 - 211）。山下显然认同哈特和奈格里关于特殊性与多样性神圣不可侵犯的后现代主义观点。三位学者都承认，当代资本主义的运作机制已经发生了根本性的变化，即霸权的分散，空间的拓展和自我再生产的灵活多变。这些变化很难用卢卡奇十九世纪末的阶级意识理论来解释，因为卢氏理论假设的依据仍然是那个只能由无产阶级先锋队唤醒并组织起来的劳动大军（参见 Hardt & Negri 2004，103 - 127）。与山下相比较，哈特和奈格里更倾向于用"乌合之众"概念来排斥其他社会范畴和其他关于身份或集体主义的诉求。与之相反，山下对灾难的启示录描写只是为满足小说一时需要的叙事策略，主要用来强调阿肯吉尔这个为解放底层民众奔走呼号的神秘人物的过渡性。[①] 村上的高速公路交响乐指挥角色（像阿肯吉尔的预言家身份一样）也是如此。这可以用小说临近结尾时的一个情景加以说明。村上此时已经意识到"事情正在发生重大变化"，自己正与"一场规模不断扩大的交响乐打交道，而且还不是其中的唯一乐队指挥"（216，238）。这使他开始考虑放弃协调那些似乎已经不可能通过音乐整合的力量。因为城里一下子冒出了许多"草根指挥家"（254）。这意味着洛杉矶的每个人都开始关注村上始终都在关注的事情；就像那些沿途观望阿肯吉尔北上的民众也开始注意到他努力要向他们说明的东西，即殖民主义和新殖民主义给美洲大陆（不论是南部的穷乡僻壤还是北部的都市群）所带来的巨大劫难。当村上最终放弃他乐队指挥的责任时，小说为他设定的角色也随之发生了调整：将他从一个过渡性人物变成了一个最终融入小说城市嘉年华大狂欢的一分子。

---

① 哈特和奈格里倾向于贬低一切形式的政治调解在建构解放的主体性方面所起的作用，鉴于此，厄内斯托·拉克劳认为"大众（multitude）"这一概念只是对德勒兹/尼采的先验内在理念的重述。但是拉克劳自身的立场并不比哈特和奈格里更具体，这一点尤其体现在他用"民粹主义的理性"来替代哈特和奈格里的"大众"概念上。在发展这一概念时，拉克劳借鉴了拉康对部分与整体之关系的逆转，也就是依据"局部的全体性与全体的局部性"的说法。拉克劳提出了一种逻辑，这种逻辑一方面会因为主张总体性革命而黯然失色，另一方面也会因为主张渐进式改革而受到削弱。他把这种逻辑称作"对象 a"，即局部变成一个不可能的总体性之名称的可能性。他声称"社会主体的联合是许多社会需求通过邻近的对等（转喻）关系汇聚到一起的结果"，其中"进行命名的偶然时刻起到了举足轻重的作用"（Hardt & Negri 2005，224 - 227，239 - 240）。

天使与世俗关注

　　我在本书第一章讨论山下的空间想象时对"启示录"进行了初步探讨，其中提到她在书中塑造了一系列能给社会中弱势群体和尚未觉醒的底层民众带来希望的象征性先驱者。在《橘子回归线》中，该修辞策略通过小说对发生在社区和与国家两个层面上事件的描写印证了山下的去殖民化理念。埃尔曼·克拉斯诺将"启示录"想象的这种运用称为"天使论"。他认为这种修辞传统源于早期现代主义诗歌，常用来指人在上帝面前的认知局限。其后，特别是在二十世纪六十年代的拉丁美洲文学复兴过程中，"天使论"被发展为一种能摆脱原先那种先验超度情趣的开放式比喻（Crasnow 1976，379－380）。① 山下在《橘子回归线》中对该修辞手段的挪用涉及上面谈到的一些语境变迁，以及与之相关的意识形态新取向。比如，她保留了天使本来的送信人功能，同时也接受它越来越世俗化的含义，强调它能协商存在于更高社会诉求和尚未觉醒的下层民众之间矛盾冲突的介体作用。这种对"天使"文本功能的改造反映在山下将阿肯吉尔建构为一个能在全球范围内呼唤人类解放的象征性发起人。在小说结尾处，山下确认了阿肯吉尔的这种地位。她告诉读者：阿肯吉尔一到洛杉矶，就爬上了市中心那条老电缆车道的终点，然后登上了一个叫作"天使之巅"的山头。她写道："那是个只有在'解放神学'里才能读到的古怪时刻，一位名叫阿肯吉尔的信使正站在'天使之巅'，他双手举向苍穹，身体维系美洲大陆，低头俯瞰天使之城。"（213）小说把阿肯吉尔当成一个从"解放神学"指南中直接走出来的角色来描写（"解放神学"是一种源于二十世纪六十年代拉丁美洲的社会运动，一种带有社会主义色彩的福音会教义。参见 Sigmund 1990，40－133），这是个有很强暗示性的写法：它不

---

　　① 据克拉斯诺所言，"天使论"一词是法国哲学家雅克·马里坦（1882－1973）发明的，他是圣托马斯·阿奎纳的主要阐释者，也是二十世纪新托马斯主义的主要倡导者（Crasnow 1976，380）。克拉斯诺据此传统将现代主义诗人包括华莱士·史蒂文斯、赖内·马利亚·里尔克、保尔·瓦雷里等纳入研究范围。

仅指明了这个乌托邦人物的民粹主义基础，也暗示出阿肯吉尔既然身为信使，就必须在实践中找到与他对等的社会中介人。下面的分析将集中探讨小说中两个世俗化天使人物：家住东洛杉矶的一个非裔美国越战老兵"布兹翁"（即"响声虫"）和西区那个年轻女白领艾米，她男友加布里埃尔给她的昵称也是"天使"。

布兹翁（即巴兹沃姆）是一个世俗版的普罗米修斯式天使。他听从"内在的告诫"（29-30），担当起一项不亚于阿肯吉尔所肩负的重任，那就是：如何在贫困交加、帮派横行的洛杉矶市中心——那个"自二十世纪二十年代以来世界上名声最不好的敌托邦主流"，改变它"歧视性的种族主义地理后果"（参见 Soja 1996，109；2000，137）。布兹翁经营一个叫作"仁慈天使"的私人"徒步社会服务"站，他的据点就在海港高速公路下面，一座既代表着洛杉矶资本主义现代性的凝聚力——外加用来装点这种现代性的棕榈树和显而易见的多元论文化——又能体现市内难以逾越的种族和阶级鸿沟的水泥结构。布兹翁做这种义工是想帮那些急需康复、缺钱看病、没钱请律师、无处栖身、吃了上顿没下顿和面临紧急情况的人解决实际问题。布兹翁明白，邻居们的这类需求只是他们所面对社会困境的冰山一角，如贫困、文盲、饥饿、流离失所、过度劳累、吸毒成瘾和犯罪等。因为这些基本生存问题已经成了美国城市资本主义运作的一种常规，而布兹翁试图通过加布里埃尔所属的那家地方电视台将此类关注导入公众视野的努力，也就有了一种危机感。这使他的所作所为与村上的诉求至少在两个层面发生了交叠。首先，布兹翁，正如他的绰号（"嗡嗡响的虫子"）所暗示的那样，主要是通过倾听那些"没人当一回事"的声音和他周围环境互动（比如，用寻呼机和手机接听紧急求援电话；用便携式半导体收听非主流和老派音乐，或收听不同族裔的广播节目）的方式履行他的职责。因为这些声音使他能接触到另类现实、被遗忘的历史和不熟悉的节奏。布兹翁对声音的投入使他了解到，他那个摆小摊的邻居玛格丽塔和一个总在那一带出没的帮派成员都莫名其妙地爱上了古典音乐的节奏（105-106）。而古典音乐正是村上用来综合整理他视域中政治内容的感官形式。这意味着本地居民已经开始具备了听觉上的敏感度，并通过随之而来的更高认知水平体察到了他们视觉范围之外一浪高过一浪的躁动。其次，布兹翁每天走街串巷，扮演"仁慈天使"角色。这种经历使他能想起东洛杉矶"地貌中存在的不同层级"；正如小说提到的，布兹翁心中的地图可以追溯到迈克·戴维斯 1992 年那本研究洛杉矶历史的力著《石英之城》（80 - 81）。① 戴维斯在该书中指出，鉴于洛杉矶的前身是个"房地产资本主义的动物"以及该市由来已久的种族和阶级分化状况，它的实体扩张也必然要沿袭土地投机传统和业已形成的阶级与种族秩序（Davis 1992, 25, 28）。这也正是布兹翁不厌其烦地挖掘社区历史并试图改写东洛杉矶地理后果的主要参照架构。最初，市政府的说客们在不提供任何补偿的情况下哄骗原来那些房主放弃他们的土地所有权；而早在这些地区正式规划前，帮派组织就已经占山为王；可警察局却只对被不同帮派占领的不同地段实行分片管理。最后那里就剩下几条开烈性酒吧的街道，几处有不同肤色人种居住的社区，几个房子摇摇欲坠的地段和几家靠吃福利度日的住户（81）。

这种对穷人和基本上非白人劳动阶层的结构性限制，凸显了这些人被资本主义民族—国家所遗忘的事实。其生存困境强烈暗示出"无家可归"这一概念的普遍象征意义，因为该比喻将各种类似情况全都联系在一起。就此意义来说，小说中的几个重要修辞建构——如阿肯吉尔、橘子、村上和布兹翁——不仅能互相指涉，而且以不同方式参与了改写霸权式地貌和土地所有权分配的去殖民化过程。他们为之奋斗的目标因此也不再局限于纠正个别错误，而是扩展到了质疑资本主义分工、剥夺和非人性化的普遍逻辑。布兹翁"天使"身份的批判作用在流浪汉占领海港高速公路的高潮中得到了最为充分的体现。当时，政府为结束这种局面调来了军队。布兹翁感觉大事不妙，他自言自语道："这回该轮到枪林弹雨唱政治嘻哈了。这是要告诉我们监狱里的黑人比大学里的黑人还多。这是说有人愿意看到我们出来杀害自己的弟兄。这应当是为希望而不是为愚蠢而祈祷的时候。这是告诉我们变化即将来临。这是让我们明白骚乱的恰当用语就是暴动。

---

① 小说提到："布兹翁研究的地图，是巴尔博亚从一本书上撕下来给他的，书名大概叫作《石英之城》或类似的标题。"（80）

跪下来为暴动的福音祈祷吧！”（216）。在这里，布兹翁启示录式的愿景与阿肯吉尔试图拓展大众想象力的北上之行开始遥相呼应，全球化的憧憬与抵制内部殖民主义的力量开始象征性地融合，跨国与跨地区的斗争也开始发生重叠。

那么，艾米又是如何以一个“准”天使的身份参与其中呢？我认为，解读山下对艾米的建构有必要将她放在与布兹翁的互动关系中来考察。两者关系中的一个重要方面就是他们的阶级差别。艾米的经历——她的事业心、反种族主义话语和能在洛杉矶西区网上冲浪的特权——与布兹翁在东洛杉矶“战争地带”的日常生活有着天壤之别。这种差别也间接地解答了艾米与村上之间存在的隔阂。村上从事的医务工作在战后一度被看成是日裔美国人已经成为“模范少数族裔”的佐证。他后来自愿成为一个流落街头的乐队指挥，从而摒弃了模范少数族裔的核心价值，即备受推崇的亚裔美国中产阶级家庭观念。[①] 然而，村上将柳叶刀换成指挥棒的做法却给年幼的艾米造成了相当大的负面影响。因为他放弃舒适家居生活、向下层社会流动的选择，无意中夺走了艾米所渴望的（只有完整家庭才能保证的）祖父之爱。艾米正是通过她与布兹翁的联系才看到了村上选择的社会与政治含意。布兹翁起初只看见高速公路上站着一个人们熟视无睹的乐队指挥，继而通过一次私人访谈知道了他的背景，最后通过电视转播才知道村上就是那场象征性高速公路大骚乱的组织者。艾米也参与了对这场骚乱的电视跟踪，并从中了解到那些无家可归的人群与村上的自我放逐之间确实存在着某种必然联系。这种认知使她能不断跨越种族和阶级的藩篱，将她的中产阶级自我暴露在布兹翁的影响之下，并接受东洛杉矶社会现实的不断洗礼。她发现，东洛杉矶——就其历史意义而言——正是她的起点与归宿。艾米与布兹翁在政治上结成联盟的标志是村上从高速公路上看见艾米的那一刹那，当时她刚被洛杉矶警局为镇压骚乱射出的流弹打伤。书中写道：“他从武装冲突现场的喧嚣与烟雾中看见一个高大的男人抱起了一个

---

　　① 史蒂夫·福冈 2008 年对约翰·冈田《说不不的小子》所做的研究，是迄今为止对于日裔美国人在集中营时期及之后存在的代际冲突最为透彻的分析，可被用作针对该话题进行文学讨论时的常规参考。

裹着沙滩浴巾的女子朝他走来。那男人的名片上写着'仁慈天使'。被抱起的女人先前一直在电视摄像车上晒日光浴。布兹翁站在天桥下，像举起一件礼物那样缓缓托起了艾米的身体。"（254－255）

这个令人难忘的场景凸显了布兹翁以他天使身份传达的一个重要信息：鉴于美国城市的结构性不平等使有色人种持续对立的事实，他呼吁那些自相残杀的"兄弟们拓宽他们的眼界"，"让不同派别了解对方想法"（102）。布兹翁在协商洛杉矶现有和想象中的危机时如此呕心沥血，这可以解读为山下试图通过小说呼吁人们建立能实现族裔互涉的联盟，将洛杉矶那些拉丁裔美国人、亚裔美国人、失业的黑人、贫困的白人和无证移民都联合起来。这些人口有同一个社会边缘地带，也都是社会错置的受害者。毋庸置疑，布兹翁未来愿景的基础仍然是传统的人文主义理念，那就是，他试图恢复个体与社群之间的有机联系。艾米的社会越界理念遵循的则是一种完全不同的现实主义逻辑。我在此的所指是她更喜欢计算机网络革命带来的复杂信息技术，因为该技术提供了一种史无前例的越界可能。这与布兹翁在东洛杉矶那些尚未规划的街区中每天遇到的社会停滞现象形成了巨大反差。这种反差很值得重视，因为它使人们意识到互联网作为一种当代对抗性政治手段的暧昧本质，特别是它一方面能使信息自由穿越时空，另一方面又在操作过程中故障频发。正如马克·波斯特指出的那样，以数据为中介的社会互动存在着一个大缺陷，那就是，它使"亲自到场的会面"变得越来越不重要。反之，它造就了一种"只通过文本、听觉和视觉上传"就能实现的人与人的主体际关系。用诸如网络链接、反馈回环和节点重叠等通用数控形式取代作为快感源泉的人体，这标志着信息时代人们口味的一场"全球性革命"（Poster 2006，41，132）。这种经由互联网重塑身份的趋势在艾米的性爱观中得到了充分体现：她喜欢在电话中跟加布里埃尔说脏话（40），从"数据库里发现性暗示"（197），从毫无人气的互联网通道中体验性高潮。艾米甚至硬塞给加布里埃尔一部手提电脑外加一个手机，让他放弃通过黑色电影和黑白镜头了解历史的旧习惯，认为那都是"老掉牙"的玩意儿（18）。在艾米看来，加布里埃尔痴迷传统电影制作，是因为他只懂得通过再现逻辑认识现实，然后又把现实复制成美学比喻。与他不同的是，艾米能玩转两种现实：一种现实涉及她受到社会压抑的族裔自我，另一种现实则是她可以尽情享受的互联网大世界。在这个世界中，她能干扰一体化的社会发展趋势，摆脱惰性时间涡流的拖累（138）。

山下用艾米与互联网的密切关系所凸显的是后现代政治中的一个悖论：一方面，她（作为一个身居西城职场的年轻亚裔中产）不可避免地受到新一波技术及其未来话语的影响；另一方面她（作为 X 生代的一员）又离不开这类技术"超现实"资讯的被动消费者。"超现实"概念源于鲍德里亚对后工业社会中"拟像序列"在日常生活中主宰地位的思考。他认为这种"拟像序列"构成了一种全新的认知权威，其主要特征为"指涉的消融"，非物质性"周边"的诞生和"不间断回馈"新常规的建立（Baudrillard［1981］1994，1-2，6）。鲍德里亚关于现实让位于影像的思路其实很有问题，这间接地反映在小说中关于艾米临终时状况的一段描写。山下将此过程再现为艾米正经历一种"数控意义上的反向性爱高潮"：她的声音虚弱到只能发出"退出；重试；忽略；失败……"之类的呓语（254）。这些都是计算机出现故障的指令。书中描写的这一幕讽刺性地重演了两种情景：一是弗朗索瓦·利奥塔所担忧的互联网作为"梦幻器具"在其使用过程中可能发生的操作"失误"（Lyotard［1979］1984，67）；二是我们在后弗洛伊德时代可能遭遇的对欲望"反向升华"的恐惧（参见 Zizek 1994，7-11）。因此，艾米传达给小说当代读者的讯息可归纳如下：由互联网主导的后现代日常生活虽然看起来自由便捷，但它还不足以用来实现个体的社会解放，更不能等同于只有通过改变财产所有权才能实现的社会变革，因为这些任务的完成超越了通过互联网干扰信息产品所有权的虚拟做法。这也是布兹翁在紧急护送被流弹击中的艾米去医院途中问："互联网在这种情况下到底还管不管用"的原因（251）。简言之，艾米由互联网助力的临终一幕（在此过程中她像数字那样被删除了）所传达的信息远远超越出了死亡本身的含义。它提醒人们，世俗斗争是一种基本、切实可行的社会变革方式，因此有必要继续思考其作用。

末日决战与南北视角

小说设计的所有这些故事情节，都是为了引出全书最后的高潮，即由阿肯吉尔和"超级那福塔"（即"北美自由贸易协定"的化身）各自代表的南北方在洛杉矶进行摔跤冠军赛。这场象征性的对决并不是孤立事件，因为与之同时展开的是发生在马萨特兰时区的一场生死搏斗。在那里，拉斐伊拉与她的死敌赫南多——一个向北美客户兜售婴儿器官的墨西哥商人——狭路相逢。这两场戏剧化冲突发生的地点很重要，因为它们指向了山下通过《圣经》中末日决战概念将两者联系在一起的政治意图。也就是说，她用这些善恶力量之间一决高下的具体处所来暗示该小说去殖民化叙事的地理假设：阿肯吉尔从马萨特兰向洛杉矶一路进发，使这两个能突出社会对立关系的城市互相指涉，互为前提。随着阿肯吉尔将回归线一步一步地向北挪动，他象征性地弥合了由这条线造成的地理和心理距离，同时将南半球一直拽进了北半球的心脏地带。从历史主义的角度来看，马萨特兰，这个坐落在那条美洲回归线上的城市，正是殖民主义施加暴力的场所；而洛杉矶，这个"墨西哥曾引以为傲的第二大城市"，曾被称为"女王村落和波楚安库拉天使"的地方（211），更是"墨西哥和美国的加利福尼亚无可争辩的灵魂与心脏"（参见 Soja 1996，226）。这两个处所都记录着殖民主义带来的持久性结构不平等，这也提醒人们：挣扎在殖民主义桎梏下的底层民众不仅需要而且渴望表达自己的心声。这两场决斗的不同之处在于：阿肯吉尔是在北方自己的地盘上挑战现存权力结构；拉斐伊拉则是在受北方控制的南方发起抗争。拉斐伊拉的宿敌赫南多是"北美自由贸易协定"的一个新殖民主义内应，他为从事人体器官的跨国贩卖活动，专门在马萨特兰建了一个卫星跟踪站。山下在描写拉斐伊拉与赫南多的冲突时杜撰了一个合乎常理的小插曲：拉斐伊拉到离加布里埃尔别墅不远的赫南多家借用电话，其间拉斐伊拉偶然听到了赫南多与北美的一通对话，说那边要个两岁婴儿的肾脏（117－118）。拉斐伊拉因担心索尔的安全，便和孩子一起逃离了赫南多家，阴差阳错之中拿了厨房冰箱里的一个小型冷藏盒，里面装的是一颗婴儿心脏。为了那个冷藏盒，赫南多对拉斐伊拉穷追猛打。山下通过小说叙述者的声音暗示，拉斐伊拉对赫南多的恐惧源于她认为赫南多是个潜在的性侵者："这个男人到底是谁？因为他不管是大声喊叫还是窃窃私语，都让她柔软的子宫因恐惧而产生痉挛。"这种恐惧即使在阿肯吉尔陪她坐上一辆北上的长途大巴时也难以消退。阿肯吉尔试图用操纵回归线的方式将赫南多困在一个"看不见的屏障"里，以此延缓他的行动，同时递给拉斐伊拉一把用来防身的小折刀，并向她保证说一旦她被抓，自己会照顾索尔。当拉斐伊拉最终落入赫南多魔掌时，阿肯吉尔"朝她所在的方向轻轻点了一下头"（184–186）。发生在赫南多和拉斐伊拉之间的那场生死搏斗具有高度象征性：赫南多变成了一只黑色的美洲虎；拉斐伊拉则摇身一变，化作了阿兹特克的羽蛇神（Quetzalcoatl）。山下在描写这场政治对决时采取了明显的女性主义立场，从强调阿肯吉尔的主导地位转为突出拉斐伊拉作为一名女性反殖民斗士的内在成长。这种对拉斐伊拉的女性主义描写使人想起了格洛利亚·安莎尔杜阿对墨西哥裔美国女性自我觉醒过程的改写。安氏认为，墨西哥裔美国女性强化自我的关键在于能摆脱父权思想以及将她们塑造成毫无性欲的圣母瓜达卢佩的殖民化建构。通过变成象征着战争与生育之神的蛇女，拉斐伊拉不仅获得了性能力，而且也具备了一个战士所应有的勇武与谋略。

在安莎尔杜阿的批评模型中，墨西哥裔美国女性主体必须历经"夸特里姑（即阿兹特克族神话中的地球之母）阶段"才能实现并且自我体认，完成"精神和政治上的超度"，进而上升到一个更高层次的自我意识。安莎尔杜阿将此过程比作进入母亲的子宫：这种过程虽然使当事人陷入黑暗的恐惧，但也为她精神的成长提供了富于滋养的环境（Anzaldua 1999，7）。山下先前提到拉斐伊拉在落入虎口前经常感觉"她的子宫因恐惧而痉挛"：当她"被塞进赫南多的轿车后厢"、被迫忍受"温暖而黑暗的漫漫长夜"时（186），她感受到了被禁锢的痛苦，但同时也忘掉了恐惧和自卑。接下来的那场恶斗被描写成一场惨不忍睹的"死亡之舞"。在此过程中"双方都试图将对手开膛破肚，因此都变得血肉模糊。它们在盛怒之下交配，在毁灭中创造，用启示录的方式无情地实践着一个预言，任由鲜血和体液的混合物在残破的肢体间流淌"（221）。该描写中的性侵暗示使人想起墨西哥的西班牙征服者赫南·科尔特斯与他的女奴玛利尼金·特内普尔（当地人鄙夷地称其为"玛琳切"）之间的不平等关系（参见 Alarcón 1994，110－112）。① 如果我们考虑到回归线在西方星象学中本来是个象征阴柔符号的事实，那么，北方对南方的压制就完全可以用性胁迫的逻辑来解释。值得一提的是，拉斐伊拉反抗赫南多的勇气不仅与她兽性的外表有关，也源于她对殖民者掠夺和摧残拉丁美洲土地、人民和资源的历史记忆。这就使拉斐伊拉的斗争超越了读者对她身体和性欲方面的单纯关注而被赋予了某种社会和历史意图。同样值得关注的是，拉斐伊拉在与赫南多短兵相接时发出的痛苦呻吟和战斗呼唤只有从南方才能听到，原因是那里有阿肯吉尔的中介和引导。象征着南方的拉斐伊拉此时已经衣不蔽体，伤痕累累。这种情况终于使加布里埃尔领悟到他对回归线的象征式理解和对拉斐伊拉历史积淀的低估简直"愚不可及"（224），而他先前的所作所为其实都是些概念功夫。

如果说拉斐伊拉不敌赫南多的描写象征着南方因长期臣服于殖民统治而缺乏自卫能力，那么阿肯吉尔决定与超级那福塔进行的那场摔跤比赛则可以看成是他对全球秩序的一种彻底颠覆。山下用来体现阿肯吉尔意图的文化符号就是家喻户晓的墨西哥"自由式摔跤"（232），因为这种娱乐方式有一个广为人知的南方"入侵"主题。更重要的是，这场对抗的赛址选在"环太平洋体育馆"。阿肯吉尔提醒前来观看比赛的观众，该体育馆"就坐落在边界线上"（256）。所有上面提到的事件和地点都带有空间和地理的暗示意味。比如，当阿肯吉尔朝着制定殖民政策与移民管理条例的洛杉矶进发时，他移动的边界扩大成了一片能规避国家法规的豁免区。从拉丁美洲涌进来的移民发现自己在这片不断扩展的领土上不再受到骚扰；原本在南美洲如火如荼的毒品大战瞬间将战场挪到了真正需要毒品的帝国之都；而那些可恶的美国边界巡警也都一下子失去他们的"权威"性（参见 Pratt 1992，64）。书中提到的环太平洋地理概念也非常富于启发：它不仅

---

① 在将玛琳辛跟蛇神及地母这两个有助墨西哥民族意识形成的神话角色做比较方面，诺尔玛·阿拉孔的研究尤其让人大开眼界。

标志着将整个美洲划分为南北两半的纬度线终点，而且也象征着将地球分为东西两半的经度线开端。这与村上的全球视角不谋而合。他站在太平洋岸边，思考着北半球与南半球之间的不平等关系。只见：

> 浩瀚无际的太平洋沿着它的内环不断向外流淌，海水从一个半球的漫长海岸线溢出，流进了另一个半球的漫长海岸线。这里有他从来不知道方位的地名，从智利的最南端到加拉巴哥群岛，绕过巴拿马大陆上的狭长地带北上，越过墨西哥的巴哈半岛，加州的大瑟尔，到达温哥华，再越过阿留申群岛就是白令海峡。从北半球出发，这片平静的海洋从符拉迪沃斯托克流向到日本列岛和朝鲜半岛，经由上海、台北、胡志明市，穿过菲律宾、马来西亚、印度尼西亚和密克罗尼西亚的大片岛屿，然后直奔那个叫作澳大利亚的庞然大物和它的姊妹国新西兰。村上眺望着那个太平洋不可思议的终点和起点：这是西方的最后一站，再过去就都是东方了。泛着泡沫、黑漆似的浪花月光下拍击着海岸，它仿佛在诉说着一个事实，那就是：挡住垃圾，不许发展。
>
> 南半球有广袤的成片陆地，包括南美大陆和中美洲……如今的人类文明以层次分明的形式覆盖着万物。但废墟、墓地和垃圾堆却是所有后续建筑物的起点，这些起点也是几个世纪以来一代又一代人的最后归宿。村上只是在朦胧之中才窥见此情此景。但这种情形不久就会发生不可逆转的变化，消失在低洼处和石缝间，带着百年的孤寂和热带的哀伤，用与生俱来的文化冲突、政治干扰和浪漫话语去填补北半球的空虚。（170－171）

我引用小说中这段冗长的文字，目的是强调村上在目睹浊浪拍岸的太平洋时通过视角作用象征性地为南北关系定格的意义：北半球将南半球及其居民统统视为"垃圾"。这一比喻不仅确认了阿肯吉尔跨越墨美边境的政治必要性，而且也构成了他与北美洲进行摔跤比赛的伦理基础。这场比赛将遵循"自由式摔跤"的全部套路：穿戴华丽的面具和服装、出言不逊的对骂、用性感的话语互相挑逗的插曲、令人叹为观止的表演，以及毛骨悚然的结局。摔跤开始时，阿肯吉尔与超级那福塔就"垃圾"一词的含义展开了辩论。当时，他们正为一群热情的南美移民观众在场子中央热身。那些蒙昧的老百姓由于自身意识形态的限制为这个词争得面红耳赤。参赛双方对该词汇的定义也持完全不同态度：超级那福塔将它作为诱骗债务缠身的墨西哥人接受"北美自由贸易协定"条款的一种策略。他说该协定有利于社会进步和经济发展，便于边境管理，也能给孩子带来更美好的未来。为了博得竞技场里和看电视转播的孩子们欢心，戴面具的超级那福塔身着一套钛合金盔甲，头上燃起一簇明火。为了戳穿那福塔的把戏，操着浓重移民口音的阿肯吉尔摇身变成了埃尔·格兰·莫加多（即北美洲对墨西哥移民的蔑称），即刻与那些又叫好又喝倒彩的观众打成了一片，而这些观众正是他这个历史见证人所要教诲和启发的对象。他提醒观众，第一世界只想把财富留给自己，不会与第三世界分享，这种对劳动力和财富的分配方式是以牺牲第三世界人民为代价的，后者被看成是"下等人"。因此，他宣称：

> 我捍卫自己的头衔并不是为了让忍饥挨饿的孩子们有更好的未来，
> 也不是为了给苦难深重的先辈一个清白的历史交代。
> 我捍卫自己头衔是为了生与死，
> 是为了我们的人民究竟是生，还是死。（259－260）

不出所料，双方的打斗以一种反高潮的形式落幕。超级那福塔发生了内爆；埃尔·格兰·莫加多则死于从超级那福塔盔甲下面暗中射出的微型导弹。为了挽救阿肯吉尔的性命，拉斐伊拉做了一次最后尝试，她剥开仅剩下的那个橘子放进他嘴里，但回天无力。摔跤比赛的后续事件其实更为重要。尽管超级那福塔败北，但商业资本主义却随之死灰复燃，因为竞技场的某处有人正在"瓜分门票收入的盈利。一个新的冠军正在出笼"（263）。其次，阿肯吉尔死后，原本松动的回归线又恢复了它原来那种紧绷、僵硬的状态。而终日辛劳和采购、深陷美国消费泥潭而不能自拔的波比则骑在了那条线上。波比的困境说明了获得阶级意识在移民实现自我认知过程中的重要作用；同时也显示出，充斥着吉尔·德勒兹、费利克斯·

夸塔里（Deleuze & Guattari ［1980］1987，3 – 25）、霍米·巴巴（Bhabha 1994，185 – 189）和米歇尔·德·塞尔托（引自 Woodhull 1993，II）去民族主义程序的"成为弱势"修辞建构和"移民"象征，都不过是对新康德唯心主义美学理念的再次铭记。鉴于商业资本主义不会轻易退出历史舞台的特点，阿肯吉尔的死亡也可以当成寓言来解读。它不仅说明了生命在一般意义上的脆弱，也可以用来肯定阿肯吉尔在激发底层民众愿望方面的历史感，以及他在瓦解殖民主义的全球版图神话及其"欧洲中心论的全球意识"（Pratt 1992，38）后，毅然放弃预言家角色的悲壮。故而，阿肯吉尔也留下了一笔能使大众受益的精神遗产。这种遗产终于使波比开始发问："这些线到底都是什么玩意儿？连接了什么？它们又分开了什么？他拼命抓住不放的到底是什么线呢？"（268）小说结尾时，波比松手放开了那条线，然后又伸出手去拥抱。山下没有明说波比在拥抱什么，但考虑到他在小说中的成长过程，波比似乎是在重新接受他的家庭，即拉斐伊拉和索尔以及他们所代表的价值。同时，他也开始想象一种不再被线切割得七零八落的未来。波比这个典型的第三世界移民终于醒悟到：他和许多移民劳动者实际上都"在北方服劳役"（102）；北回归线所代表的进步与自由不过是一种带有胁迫性的虚构（145）。因为正如村上所言，这种意识形态将世界上的其他地区都视为"垃圾"。

我在分析山下的《橘子回归线》一书如何在政治、时空和心理意义上象征性地操演去殖民化进程时，提出了一个将情感问题——即修辞性的文学再现——作为文本解读中心环节的跨国视角。我认为，充分历史化的跨国式解读必须考虑民族—国家在此过程中所进行的顽强抵抗，以及底层民众不能清楚表达自身愿景的意识形态困惑与政治惰性。底层民众的政治暧昧性既是他们缺乏统一意志的结果，也是资本主义社会中经济和文化关系造成种族对立的表征。这些对立的社会组织形式将民族—国家边界内外的人口通通分隔开来。在此情况下，一个社会群体的困境往往与其他的类似经历发生结构性和跨时空的交叉与联系。小说特别显示出，去殖民化必须在被损害者的精神领域内同时展开。布兹翁曾这样建言，人们应学会"设身处地思考他人的问题，了解其他音区里的生活，并按照其他节奏行走"

（103）。正如山下在该书和其他几部小说中指出的那样，把握亚洲人在具体地域和全球范围与其他少数族裔发生联系，不应只关注他们共享的社会和经济边缘化状况，而应当进一步思考如何确认并消除那些将他们分隔开来的一条条思想界限。资本主义在其自我再生产过程中所建立的那些真实和象征性的边界遍及公共和私人领域，制造了或明或暗的障碍。这些障碍不可能通过理论投射或伦理诉求来超越。就此意义上来说，卢卡奇关于总体性和阶级意识的模仿式投射仍然是一个有待于实现的语境。这种总体性语境只能用有机式的想象来维系其理论严谨性，这在小说中生动地体现在阿肯吉尔那种"堂吉诃德式"、只能以失败而告终寓言式操演之中。这也正是我认为魔幻现实主义的文类能有效补充卢卡奇历史主义的地方，因为这种文类能以更加感性的方式将《橘子回归线》中底层民众的情感加以戏剧化。换言之，魔幻现实主义能借助魔幻之力保存小说中那些还没有被充分定义、也没来得及实现的愿景，它同时又使被再现出来的现实保持其矛盾性、复调性和对另类想象的开放性。

第六章	批判性的国际主义： 《国际旅店》中的民族—国家、社会运动 与舞台表演

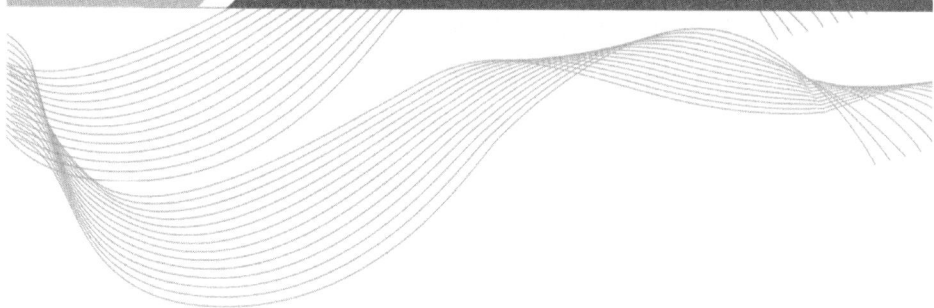

任何对马克思的否定都不可能阻止他的幽灵再回来纠缠。维持霸权的前提是压制异己，这等于为幽灵的存活预留了空间。所有的霸权结构中都孕育着幽灵的复返。

——雅克·德里达《马克思的幽灵》（1994）

世界主义往往被看成是一种超脱和个性化的全球性视野，我认为它应当被改造成一种更有集体主义精神、更能介入社会现实和给人带来更多助力的世俗化境界。这种境界常被称为国际主义。

——布鲁斯·罗宾斯《感受全球化》（1999）

因此，我们决定与占世界大多数人口的第三世界民众融为一体，并通过斗争共同创造出一种新的人文精神、新的人道主义和新的世界意识。只有在这种情况下，我们才能掌握自己的命运。

——"菲律宾裔美国大学生联合会宣言：理念与目标"，
旧金山州立大学（1968），引自格兰·尾松
《"四座监狱"与社会运动》（1994）

山下 2010 年出版的小说《国际旅店》与她先前创作的小说形成了很大反差。其中最明显的就是她从对亚洲人全球性的多层次和多角度再现转为对亚裔美国社会运动内部运作机制的细致描写。书中特别谈到该运动在 1968—1977 年那个时间段所追逐的梦想、取得的成就、碰到的问题以及遭遇的失败。山下一向致力于改变亚裔美国文学过度投入文化民族主义的倾向。她在这方面的执着和声望，使一部分读者对其小说《国际旅店》中再现重点的转移多少感到有些意外。然而，山下跨国想象的建构实际上比它看起来要复杂得多，而且在这种想象中民族主义和后民族主义诉求之间从来就不是一种二元对立关系（参见 Ling 2010）。恰恰相反，她的跨国想象既能被民族主义者认同，也能被民族主义的反对派所称道——后者对其种族化的社会处境深感不满，于是通过调动后民族主义资源的方法来摆脱制约他们的国家意识形态。说得更具体些，山下的跨国意识与民族主义和后

民族主义同时发生联系：它并不是对德勒兹式游牧主义的简单复制，而是诞生于二十世纪六十年代末至七十年代初如火如荼的社会斗争之中。当时，山下这个第三代日裔美国女性刚刚以成人身份步入社会。

在 2006 年的一次访谈中，山下对她小说创作的历史主义情结做了如下概括：

> 我从来不认为自己的亚裔美国人身份有什么问题……政治身份的建构是二十世纪七十年代的需要，而当时发起的泛亚裔运动则是为了使所有亚洲人都能团结起来。既然亚洲人已经被当成铁板一块，那我们就不想继续被人叫作"东方佬"。我一直在对那个时期进行研究，思考它的历史如何造就了我这一代人及如何为新生的亚裔美国社群提供了导向。当然，"亚裔美国人"的意思会随着时间的推移发生变化。不间断的移民也使它的内容一再更新。我觉得我们应当保持这个概念的开放性和灵活性，但同时不忘它的政治初衷，因为这个概念关系到如何使人更有尊严，以及如何确保他们的民权。我们之所以受到不同对待都是因为我们的亚洲人长相。（参见 Shan 2006，124 – 125）

山下跨国愿景中这个明显的社会维度表明，《国际旅店》中的主题变化即使还算不上她艺术探索过程中一个必然结果，也是她文学想象世界中始终存在的一种可能性。所谓时势造人，我们在《国际旅店》中见证的其实是作者潜心将她跨国预想中的一个备案提升到文学再现优先地位的尝试，而外部环境的变化则需要她对该跨国预想的备案加以具体说明。上面谈到的情况似乎印证了帕斯卡尔·卡萨诺娃在另一个语境中提出的一个观点，她说："这里的一个悖论是：只有那些拒绝遵从民族主义信条的最国际化的作家才有可能真正讲清楚民族主义情感的真谛。他们凭借着自己在民族主义文学空间中既当局内人又当局外人的双重身份，批判性地（有时还会带着一点刻薄）和盘托出了只有他们自己才能了解的复杂真相。"（Casanova 2004，185 – 186）

如果我们能透过这种辩证视角审视山下在《国际旅店》中对其再现重

点的调整，就能进一步认识到，她虽然将目光投向了亚裔美国人政治诉求形成期的运作，但其目的并不在使那场运动及其政治策略得到复原。而她在将运动作为兼有民族主义和全球特征的现象重新加以历史化时，也无意像某些学者近年来所坚持的那样，将这场运动说成是一种完全自觉和成熟完备的跨国性实践，似乎这种实践完全不受其内部争论或外部限制的影响。确切地说，山下呈现出来的社会运动确实令人眼界大开，但它同时也令人意犹未尽，因为运动过程充满了南辕北辙的议事日程和千变万化的外部影响，而且它无时无刻不在与民族主义的需要、跨国合作的迫切性和已有文化与政治习俗中制约因素进行协商。山下小说通过对亚裔美国运动的批判性重写所要传达的一个重要信息就是：严肃认真的后民族主义研究不应回避对民族—国家物质性力场的介入，因为该物质性力场是这两种不可分割的斗争所必经的洗礼过程。当然，此种努力难以计日奏功，从社会和物质的意义上来讲也不可能取得彻底胜利。但在此过程中获得的批判意识会让后来居上的学者和积极分子在他们下结论时更为谨慎，评判这些话语时更加小心。而这些学者和积极分子所践行的越界政治往往都属于现有体制中那些被准许的异议范围，这也会让他们对于斗争能在多大程度上真正越界有更多考虑。

世俗语境中的亚裔美国左翼政治

亚裔美国社会运动的意义和重要性经常是人们争论不休的一个话题，因为参与者、观察家、同路人和反对派在解读运动时往往各持一端，互不退让。威廉·魏于 1993 年对这场运动所做的评价已然成为迄今为止对这一话题最全面的学术性总结。他的研究明确地将运动的活跃期锁定在二十世纪六十年代，强调这场运动的多重关注和多个发展方向，以及它在发展过程中超越美国西海岸运作的全国性影响（Wei 1993，x）。但魏的研究却旨在否定这场运动，有时甚至不惜把轶事秘闻当成学术佐证。他认为，运动中的极左主义倾向、糟糕的组织问题和脱离群众的做法使其效果大打折扣（Wei 1993，28 - 29，137 - 138）。基于这些观察，魏得出结论说，这场运动虽然就其道德诉求来说无可厚非,但它的一些策略和决定都过于天真幼稚,易受理想主义的误导,因而并没有达到任何预期目标(Wei 1993,205)。魏对这场运动的评价在某种意义上印证了格兰·尾松对一些白人运动积极分子所做的观察。他发现,这些白人积极分子在回顾二十世纪六十年代的美国社会运动时喜欢将它分成两个部分来谈论:六十年代早期为第一阶段,即相对"正常"的阶段,以自发性和某种程度的参与式民主为主要标志;1968 年以后为第二阶段,那时,运动政治在已经演变成了一个暴力和宗派主义的角力场①(Omatsu 1994,22 - 23)。

从亚裔美国研究者的角度出发,我认为对二十世纪六十年代美国社会运动的这种分期是有问题的。因为它将运动只想象成一个渐进的改良过程,而完全排除了其推动社会变革的必要。原因是这种观点根本没有考虑到美国有色人种当时面临的实际困难:他们的政治诉求得不到当局的重视,也不被白人积极分子所理解。考虑到自尼克松—里根时代以来主导美国社会与学术界的新自由主义氛围,这些对运动中暴力倾向的遣责——不论是出于悔不当初的白人积极分子之口,还是来自亚裔美国知识分子威廉·魏的论述——其实都不值得大惊小怪。但我们不应忘记,这场运动始于非裔美国人要求废除种族隔离的努力,并在马丁·路德·金的 1963 年 3 月华盛顿演说中达到了高潮;其最初追求的是一种非暴力抵抗行为②。因此运动的升级与激化不能只归罪于某些运动参加者的误判或过激反应,而更应当看成是积极分子对斗争形势发生变化的一些回应方式——尽管这种回应方式从现在的角度来看既有问题又不尽如人意——以及他们随后对抗争议程轻重缓急所做的调整,而美国当时在国内外施展拳脚的方式则是他们的思考重点。

山下因此在《国际旅店》的一开始就将笔锋指向了 1968 年。因为这一年里发生的两件大事(按照格兰·尾松的说法)构成了亚裔美国人政治觉醒

---

① 尾松这里指的是由前运动积极分子托德·格林特、詹姆斯·米勒、罗纳德·弗雷泽和汤姆·海登等人对运动所做的回顾性分析。黛安·藤野指出,关于 1968—1977 年间运动的学术研究成果较为匮乏,并由此对魏的地位给予了进一步批判(Fujino 2008,138 - 141)。后续对《国际旅店》的引用来自 2010 年的版本。

② 参见埃里克·桑德奎斯特,他以历史化的视角来阐述以金的演说为中心的民权运动和相关修辞的、跨种族的、革命的以及宪法的传统及问题(Sundquist 2009,71 - 95)。

并开始直接行动的"重要转折点"（Omatsu 1994，25）：其一是作为民权运动非暴力策略象征的马丁·路德·金遇刺，其二是越南共产党领导和组织的一次游击战役，即"春节攻势"，对美国军队及其支持的南越武装力量造成了沉重打击。金的遇刺触发了美国人长久以来对有可能爆发种族内战的担忧，这种担忧反过来又分裂了民众并在不同种族之间造成了严重的"隔阂"（参见 Blauner 2001，3）。"春节攻势"同样给美国人带来了巨大震撼并使他们认识到，美国为发动这场战争所找出的理由并不能自圆其说，而战争带来的肆意杀戮和伴随其中的种族主义行径更令人发指。后者特别体现在平民伤亡数字的攀升、城乡所承受的破坏，以及人权遭到的践踏①。尽管这两个事件对整个国家都有影响，但它们对非裔和亚裔美国人社区的冲击尤甚，并因此具有特殊的象征性和现实意义。金的遇刺"触碰到了"非裔美国人自奴隶制度被废除以来就一直饱受困扰的"种族焦虑感"（参见 Blauner 2001，4）；该事件也强化了"黑权运动"中的积极分子——包括该运动自告奋勇的先锋队"黑豹党"——所采取的立场。"黑权运动"的政治升温还有一个背景，那就是，此前发生了一系列专门针对走极端路线的非裔美国人的暴力事件，大都有种族方面的动机②。于是，罗伯特·布劳纳借用詹姆斯·鲍德温的一个说法，这样向公众发问："那你还想不想搬进一间着了火的房子呢？"他接着说，"融入还是分离（即黑人民族主义）……于是就成了二十世纪六十年代末黑人政治的一个中心议题"。这种情况由于非裔美国人在种族主义问题上与日俱增的"危机感"而急转直下，并很快达到了政治起爆的临界点（Blauner 2001，4）。

　　一些非裔美国人于是得出了这样一个结论，即：他们生存环境的标志就是那个"系统性压迫他们的种族主义体制"。这些人——特别是那些失

---

　　①　参见桑德奎斯特对当时非裔美籍共同体内部协商的探讨，主要审视的是金的互相冲突的政治立场以及最终导致他遇刺身亡的事件（Sundquist 2009，58－77）。电视上广为传播的两个越南人形象在那个年代也给美国带来了深远的影响：一个是被俘的越共成员，被西贡警察枪击头部而死；另一个是哭泣的女孩儿，被凝固汽油弹烧得衣不蔽体，跟随难民和行进的士兵队伍沿着越南南部的一条泥泞小道奔逃。艾迪·亚当斯在 1968 年拍摄了第一张照片，黄功吾在 1972 年拍摄了第二张照片。因为这两张照片，他们二人分别获得了"普利策"奖。

　　②　想对形成"黑权运动"和黑豹党的语境有更细致全面的了解，参见（Reed 2005，41－45）。

去了耐心的年轻民族主义者——开始将经常在"种族关系特别敏感环境下"随便抓人和打人的执法部门看成是"这个国家里最有种族主义倾向的机构"(参见 Blauner 2001,7-8)。这基本上也是被激怒的"黑权运动"所采取的立场。该组织提倡"社区自治、经济自主和政治自决"(参见 Blauner 2001,6)。这种愿景后来被黑豹党发展成了一种用武装力量重新占领社区的极端做法。这也是布劳纳基于上述研究在1972年提出美国黑人即"内部殖民主义"受害者这一观点的语境(Blauner 1972,82-110)。布劳纳的类比引发了一些争议,在此暂且不论。值得关注的是,他关于"内部殖民主义"的命题在方法论上采用了全球关系和国际政治的比较框架,并在此框架内将美国的种族主义与殖民主义放在一起思考。透过民族—国家以外的——用目前流行的概念来说,就是"跨国"——视角来回望用激进民族主义语言表达出来的关注①。这种做法凸显了一个悖论,那就是:只有在最激进、最有分离主义倾向的民族主义实践中,我们才能真正看到与国家机器针锋相对的跨国运作的起点,尽管开启这种跨国主义的方式与其过程的外部条件都有它们自身的问题。就此而言,先前提到的关于美国社会运动的历史分期——这种分期故意与激烈抗争那部分运动史保持距离,间接说明了魏和那些后悔当初的白人积极分子对美国社会现有权力结构的依恋,以及他们对运动与当下批评关注之间内在联系的无知。

另一方面,亚裔美国运动升温的主要推手是越南战争,因为这场战事越来越被看成是专门针对长得和亚裔美国人差不多的亚洲人所发动的一场种族主义战争。一个众所周知的例子就是美国白人军官在给新兵进行战前训练时,经常命令第三代的日裔美国军人出列,然后告诉学员们"敌人就是长这个样子"(参见 Kao 2008,52)。对许多亚裔美国积极分子来说,美军在越战中的所作所为不过是把他们在国内对付少数族裔的办法进行了某种延伸。而亚裔美国人去越南打仗就等于支持政府屠杀自己的亚洲同胞,进而证明了美国国内种族主义政策的合法性。亚裔美国人对越南战争的这

---

① 针对"内部殖民主义"论点的反对意见通常会指出,布劳纳忽略了非裔美国人种族化的国内模式与世界其他地方的殖民状况有着显著的区别。至于赞同布劳纳观点的论述,参见 Wald 1987,22-26。

种矛盾心理在汤亭亭的《中国佬》一书中得到了深刻的表述。书中描写了一个华裔美国士兵乔在一艘驶往越南的航母上所做的噩梦：

> 他穿过一座城堡进入地牢。走下楼梯，他看见到处都悬挂着尸体，与他的脸处在一个水平线上，有些头朝下，有些已经干瘪或变成棕褐色，垂下来的黑头发和手臂来回晃动，脚有的朝东有的朝西，躯体中部还有黑毛，有些躯体残缺不全，总之全是死尸，横七竖八地吊在铁钩或绳子上。尸体下面洗衣盆中的血水已经干了。濒死的女人和小孩全躺在熨衣板上，最后被捉住的那些人正被肢解……他持一把利剑向敌人刺去，杀得他们血肉横飞……当他停下手后，却发现还得将这些已被干掉的敌人剁碎，可他们都是自己的亲戚。那些被吊起来的人的脸也是自己家人的脸，都是华人的脸，华人的眼睛、鼻子和颧骨。他惊醒了。（Kingston 1980，291）

乔显然是为自己在战争中可能参与杀戮自己同类的可能性而感到恐惧。此外，他在梦中见到的受害者全都受尽了折磨，龇牙咧嘴，肢体残破。《中国佬》虚构出来的这个美军残害亚洲人的文本细节，生动地说明了亚裔如何因种族问题在美国被当成了一种"敌对外国势力"。乔所代表的这种批判意识不仅使亚裔美国人自觉投身于反战运动，而且还使他们中一些人将亚裔美国人的困境与非裔美国人的遭遇进行类比[1]。这种类比强调两个族群在局部与跨国空间中所共同面对的种族排斥状况。因此，运动积极分子帕特·修三这样观察说："我自从听了那些越战老兵讲述的故事，亲自到美国看见了'黑权运动'的诞生，明白了美好愿望并不能改变社会的道理。从此以后，就再也不想继续接受和平主义思想了……我对马尔克姆·X和黑豹党产生了越来越浓厚的兴趣。"（参见 Yokota 2001，19）哈维·董也发表了一个类似见解："我读马尔克姆·X的自传，认同他的人生轨迹和示范作用，也赞成他关于制度问题大于种族问题的观点。"（Dong 2001，194）于是这些在当时许多年轻积极分子中颇有市场的观点，指向了一个亚裔美国社会运动的独特

---

[1]　例如，运动的激进主义分子哈维·董说："我们把唐人街视为一个内部殖民地。"（2001，197）

表现形式,即山下在《国际旅店》中所说的"黑—黄联盟"(201)。这是个亚裔美国社会科学研究领域中不多见的研究课题;也是《国际旅店》出版之前,除赵健秀的早期作品之外,亚裔美国文学再现中的一个盲点①。鉴于这方面研究成果的匮乏,加之该问题的敏感性,有必要对山下就此所做的文学建构进行认真的语境分析。

亚裔美国运动中最好斗和最有民族主义倾向的成员非旧金山中国城的"红卫兵党"莫属。该组织后来与纽约的激进团体"义和拳"合并。"义和拳"源于纽约中国城,后来成为"争取亚裔美国人自决权的最早的民族主义组织"②(参见 Wei 1993,215)。因为红卫兵党的活动在山下小说中占据显要位置,我关于小说的语境化分析也主要集中于"黑—黄联盟"问题,以及该组织早期和政治成熟期中所起的作用。红卫兵党在这两个方面都与黑豹党有着惊人的相似之处,正如上述几位亚裔美国运动积极分子所言,红卫兵党并没有完备的政治纲领或大批草根群众,而是由"Leway"(一个叫作"合法途径"的组织)扩充而来的。该组织位于贫困潦倒、帮派横行的旧金山中国城,其存在的最初目的是减少当地的警察暴力执法活动。Leway 是个非营利机构,以救助那些经常去游乐场所消磨时光的闲散华裔美国青少年为己任:这些年轻人"都有反社会倾向,游手好闲,也有前科"(参见 Lyman 1977,183)。该组织提供娱乐设施是为了让他们远离大街,不与他们的移民死对头"华青帮"发生暴力冲突。华伦·马当年曾与红卫兵党有过密切接触,也当过中国城"青年议事会"的成员。他对当

① 河内山百合是一位亚裔美籍激进分子,在二十世纪六十年代初倡导非—亚联盟,是马尔克姆·X 的非裔美国联合协会的成员,1965 年 2 月 21 日马尔克姆·X 遇刺时她也在现场。关于河内山百合的跨种族激进主义的历史记述,参见黛安·藤野的《斗争的心跳》(2005)。在于 1972 年上演的《鸡笼华仔》中,剧本作者赵健秀塑造了一个华裔美国电影制作人谭林,谭林试图通过查理·爆米花的英雄经历来记录想象中的非—亚同盟,谭林儿时有一个偶像是绰号为"舞者杰克·阿华田"的非裔美国拳击手,而查理·爆米花正是这位拳击手的父亲。在文本之外相类似的现实状况中,赵健秀参与主编的亚裔美国文学选集《唉咿!》(1974 年版)因过多的"种族"内容篇幅而连遭主流出版社退稿,最后才由霍华德大学出版社出版。关于拉尔夫·埃里森与赵健秀作品的比较研究,参见丹尼尔·金的《书写黑人与黄种人的男子气概》(Kim 2005)一书。

② 义和拳,原先是中国 1900 年前后出现的反西方民间组织给自己起的名字。"义和拳"这一亚裔美国人组织成立于 1969 年,一直持续到 1978 年。在 1972 年,它还成立了名为"华人进步会"的分支团体,主要负责招募和宣传。

时的情景有这样的一段回忆：

> 中国城那些便衣警察……喜欢悄悄接近在台球房或香烟店里打弹球机的年轻人，然后猛然揪住他们头发，把他们的脸压在玻璃上。他们也经常把这些年轻人先铐起来，然后拎着他们的脚脖子，头朝下往地上猛摔。我还看到有些警察从台球房的赌球人手里收受红包，餐厅老板也让他们白吃白喝……我们恨透了这些警察。（Mar 2001，36）

Leway 憎恨警察滥用暴力。这与黑人认为执法机关是最有种族主义倾向的流行观点不谋而合。它不仅说明了亚裔和非裔美国人的激进分子中存在的流氓无产者特点，而且也提出了一个福柯式的问题，即美国在处理其与少数族裔关系时所调动的惩戒权威和惩戒机制属于什么性质？① 福柯在他关于西方刑罚体制的研究中具体谈到了"不同权力惩戒模态"，即用于纠偏的"器具，技术和程序"，以及该系统的"内部运作机制"如何通过监狱这个"以'剥夺自由'为基本形式"的"专门化"机构得到体现（参见 Rabinow 1984，215）。福柯对监狱和狱警本质的理解基于两个假设：其一，他认为西方法律自十八世纪以来经历了一种"对犯罪定义进行重新分配"的过程，其管控的重点从原先以流浪和乞讨为代表的"一般民众罪"转到了"边缘式涉罪"，即"有计划和有规律的犯罪活动"。其二，他明确赞成维克多·雨果关于犯罪是"来自底层政变"的说法，即犯罪是一种政治逾越，因为这种行为直接针对国家主权和资产阶级共和国用来证明其自身合法性的国家权力机构（参见 Deleuze ［1986］1988，29 - 30；During 1992，153 - 154）。此过程中的一个重要概念就是"过失犯"。福柯将此概念区别于"侵害犯"，强调前者的"危险倾向"及"伤害潜力"和"不良记录"。基于这些观察，福柯下结论说，现代西方惩戒史往往是"在犯罪行为发生之前或是在只考虑与犯罪行为没有任何关系的情况时"就可

---

① 对于福柯探讨历史性问题的常规方法，我持保留意见。我赞同莱恩·特纳的分析，即尽管福柯的论著在意识形态上有矛盾之处，要想探究出其一以贯之的政治立场也颇为困难，但它确实适用于批判犯罪学。

以"定罪",也就是说,过失犯的罪状可追溯到那些造就其人格的外部"环境":他的人生经历、成长背景和社会地位;因此对过失犯的量刑也涉及如何在体制上纠正他的存在方式,因为这种存在方式在理论上讲已经构成了一种犯罪行为(参见 Rabinow 1984,219-220)。

福柯关于西方监狱的哲学思考与《国际旅店》中描写的一个知识分子角色托马斯·高林的政治立场非常相似。高林 42 岁,是加州大学伯克利分校犯罪学教授兼副院长,主要研究美国社会中犯罪的含义,重点为如何使当代美国法律制度保证"监狱囚徒受到人道和公平对待"(124)。高林的犯罪研究不同于福柯借监狱研究抨击西方现代性的做法。高林对公正问题的质疑带有很具体的族裔视角。山下的文本就此提供了三个相关的语境:其一,高林是个二代日裔美国人,第二次世界大战期间曾被关进集中营,当时才 16 岁;其二,他战后开始研究仿照二十世纪美国监狱模式建立起来的日本监狱系统;其三,他在 1964 年当上教授前曾在多种族的洛杉矶当过保释官,亲眼见到许多种族不平等的实例。高林的学术研究和执法工作使他得出了与黑豹党和红卫兵党类似的结论(但武装自卫的问题除外),而这两个组织都是美国最穷和最危险街区的产物,整天都要与通过警察暴力体现出来的国家监管权威打交道。换句话说,高林的研究表明,美国社会在惩罚那些被种族化的"过失犯"时往往表现出一种"先入为主,个人化和意识形态化"的倾向,而美国司法中的这些问题在战后的几十年间都没有丝毫改变(120)。布劳纳在 1968 年的黑豹党成员谋杀案审判期间,曾亲自为休伊·牛顿提供过法律辩护的志愿服务。他发现,当时根本就无法凑出一个"中立、客观和没有太多偏见的陪审团",这使他感到万分沮丧。布劳纳的亲身经历为山下在书中塑造的高林提供了一个社会学的佐证[1],因为布劳纳特别提到,在二十世纪六十年代末,"不论什么肤色的美国人

---

[1]　以下是我对布劳纳所记述的、导致审判的一系列争议性事件的解读。1967 年 10 月 28 日上午,一位名为约翰·弗莱的奥克兰警察遭枪击身亡,另一名为赫伯特·希恩尼斯的警察则受了枪伤。这起事件发生之前,弗莱截停了一辆由一个叫牛顿的人驾驶的汽车。牛顿腹部中弹,随即被送往医院救治,他也在医院被逮捕。牛顿之后被指控一级谋杀。牛顿被指控用来杀害弗莱和打伤希恩尼斯的枪支一直找不到。由于缺乏有力证据,牛顿故意伤害希恩尼斯的指控最终被撤销,对于弗莱遇害则被判处了非预谋杀人罪,而不是谋杀。

都对激进的黑人民族主义者抱有一定的偏见"；他觉得"所谓'不偏不倚'陪审员的法律虚构已经与现实发生了严重的脱节，成为一种'文化上的滞后因素'，应当彻底抛弃"（Blauner 2001，137，161）。我认为，这种认知也影响了《国际旅店》中高林的法律理念，并促使红卫兵党按照黑豹党的样子为"释放在市、州、联邦监狱中受到不公正审判的亚裔"上街游行，奔走呼号（参见 Lyman 1977，177）。二十世纪七十年代发生了两场由非裔美国人主导的监狱暴动：一场发生在加州的圣昆廷监狱，另一场发生在纽约的阿提卡监狱。这些暴动事件终于使人们明白了高林和他那些加州大学伯克利分校犯罪学学院左翼同事为什么要从事这种学术研究：那就是——我想在这里借用一下德勒兹就福柯《规训与惩戒》一书内容所做的观察——在"监狱斗争和其他斗争之间"建立起联系（Deleuze［1986］1988，24）。① 这种观点对加州大学伯克利分校的管理层来说显然是个危险的说法，于是他们迅速做出反应，于 1974 年 6 月关闭了犯罪学学院（126），使该学院的核心人物高林——他现在已无家可归——变成了这种惩戒系统如何运作的一个生动实例。

我想强调指出的是，尽管我在以上的分析中用黑豹党和红卫兵党联手反抗司法不公正的例子来确认"黑—黄联盟"的重要性，但这种联盟只是一种历史的机缘，因而就亚裔美国运动总体来说不过是一种局部和难以为继的型构（我下面会再回到这个话题上来）。但这两种激进政治的融合确实史无前例，而且改变了亚裔美国人抗争活动的发展方向。下面我想用《国际旅店》中提到的几个黑—黄互动实例对此观察做进一步说明：比如，赤一莫是个枪不离身的日裔美国黑豹党员，对他的族裔新身份引以为傲；旧金山的中国城也在当地设立了一个黑豹党分部；亚裔美国积极分子（学生、Leway 女性成员和中国城单亲妈妈）踊跃参加黑豹党的武器使用和爆破训练；亚裔美国女青年自告奋勇为黑豹党当保镖；还有韩裔美国马克思主义学者卡尔·康，他与非裔美国积极分子迪莉娅结为夫妻。在某种意义上，小说中这些非—亚族裔合作的例证构成了对"模范少数族裔"刻板印

---

① 这一观点是德勒兹提出的，他用福柯的监狱研究来推动一种"横截式"（瓜塔里的用语）后斯大林政治，以区别于传统马克思主义（［1986］1988，24）。

象的一种话语式反驳。该刻板印象的问题在于它坚称亚裔美国人只依靠忍耐和自救，就能消除他们在美国社会中遭受的压迫；因而完全忽视了亚裔美国人因不同族裔、不同意识形态和不同阶级地位而具有的内部复杂性。说到这里，我想进一步指出，这种神话的存在也离不开对亚裔美国人的一种误读，那就是：他们在第二次世界大战后的几十年间故意远离逾越性政治，并在自身文化习性的驱使下拒绝与革命为伍。这种观点完全模糊了美国规训体制对亚裔美国人的强力压制及其严重后果。这类压制包括战时因禁日裔美国人及其长期的社会与心理后果，以及在麦卡锡主义盛行期间部分华裔美国人所受到的严厉管束。1986 之前亚裔美国人的政治生活中这些层面鲜被提及，也导致了另外一种模糊认识——而这在亚裔美国文化研究中并非少数——即我们在讨论社会运动期间非裔美国人的"好斗"政治和亚裔美国人的类似倾向时，知道后者只会操演，不会真正实践①。

　　然而，山下在强调亚裔美国抗争活动中被淡化的这个意识形态侧面时，并没有把这种激进的做法看成是能在成熟资本主义条件下开展革命的出路。相反，她对"黑—黄联盟"的重新建构——其在小说中体现为画面之外，一个老道的非—亚裔美国说书人的声音——与她试图抵制和突破美国为少数族裔所设置的障碍，并揭示潜藏在后国家空间中那些重大隐患的目标是密不可分的。关于她的第一个关注，我认为，非—亚联盟虽然在政治上无可厚非，但它在意识形态上却缺乏说服力，因为这种联盟不可能将自己严格界定于黑—黄两个族群范围之内，而必须能包容由其他有色人种

---

　　① 黑豹党的武装自卫策略是受到《毛泽东语录》这本小红书里所阐述的革命准则——"枪杆子里出政权"的影响，二十世纪六十年代黑豹党成员在美国大力推广这本书。然而，只有红卫兵党的成员才能读原版的《毛泽东语录》，所谓红卫兵党是效仿"文革"期间捍卫毛泽东政治路线的中国红卫兵成立的。因此，模仿的问题，如果确实是相关的，亦可反向观之：除了服装和言谈举止，就如何在民权斗争的关键时刻发起革命这一根本问题上，黑豹党可能比红卫兵党更具模仿性。我这里提出的观点是在与莱茵·平林的对话中形成的，他有当时亚裔美国人运动的第一手资料。

（如棕、红和白）组成的社群①（参见 Kao 2008，64；Pulido 2006，23 -
24）。关于她的后一个关注，我的观点是，亚裔美国人和非裔美国人通过
黑豹党与红卫兵党实现的政治联盟，仅仅是一些人在特定历史条件下所做
的选择，而并非一种可靠的革命实践。值得进一步指出的是，这种联盟更
多地反映了美国左翼运动和共产国际在冷战初期所面对的困境，这种困境
也是亚裔美国社会运动急剧升温时的语境之一②。小说中的一个文本细
节——即关于高林反对他儿子韦恩参与一个鼓吹武装暴动的马列主义小组
活动的描写——就很能说明问题。高林察觉到韦恩并不真心想参加那个武
器和爆破训练班，因此责令他退出，同时向那个团体发出了警告，致使其
冒险计划流产（403 - 404）。高林拒武装革命于千里之外，其意识形态源
头可以从摆在他办公室案头的一些学术著作中找到踪迹；他的办公室就在
那幢已被查封且行将拆除的犯罪学大楼的二楼。案头上，亨利·梭罗的
《瓦尔登湖》和《论公民抗命》两部大作赫然在列，它们与高林自己编写
的马克思主义期刊《犯罪与社会公正》并排放在一起（401）。将两种政治
理念相左的书籍摆放在一起的寓意可以从詹姆逊对萨特存在主义的诠释中
得到生动的说明："一个人可以既是马克思主义者又是存在主义者"，因为
"马克思主义可以用来从外部了解历史的客观性；存在主义则可以从内部
了解人的主观世界"（Jameson 1971，207 - 208）。

迈克尔·丹宁为这种模棱两可的马克思主义提供了一个历史语境，似
乎可以用来进一步说明高林的立场。丹宁观察说：

新左派知识分子中的许多人在二十世纪六十年代末至七十年代初的学
潮中已经不是学生……相反，他们都是实际上或象征意义上的老师，因为

---

① 这些联盟终归是具有乌托邦色彩的，因为它们的这种临时性建构很大程度上取决于它们
多元而异质的兴趣，能否被表述为具有政治明晰性的形式，此种形式的生成带有偶然性。在反对
资本主义利用社会串联和阶级分层以瓦解一切原生的或被构建的联合体方面，政治上的明晰不仅
在理论上是有意义的，而且在实践中也是有效的。

② 科琳·赖指出，最近在研究领域里非—亚主义的反抗修辞的复苏很大程度上是一种"怀
旧反应"。这种反应是为了应对因"亚裔种族形式"理论化不足的现状而遭受的挫败，同时也是为
了应对新的挑战，这个挑战是由"世界范围内兴起的亚洲资本主义"以及"亚裔美籍知识分子对
各种表征功能的要求日渐淡化"而带来的（Lye 2008，1732，1735）。

他们的思想早在二十世纪四五十年代就已经定型。然而,他们并没有年长到愿意认同老左派政治纲领的地步(老左派是指1917年以后出生的那些信奉列宁主义的好斗分子;大萧条时代的斯大林主义者,以及参加过人民阵线的反法西斯战士)……他们在面对由斯大林主义危机、美国世纪的不可一世和风起云涌的民族解放运动所带来的挑战时,转而寻求某种新左派的出路,英语叫new left,法语叫nouvelle gauche,德语叫neue Links。(Denning 2004,82-83)

我在此想偏离一下正题,将注意力暂时集中到丹宁提及的"斯大林主义危机"问题上,因为这种危机与高林的政治困惑有着密切联系,也间接影响了黑豹党与红卫兵党之间的联盟。揭开斯大林主义弊端的努力始于1956年的苏联共产党第二十次代表大会,其间苏共对"个人崇拜"、阶级斗争与无产阶级专政问题做出了否定的决议。此次大会导致了中苏两党在如何看待社会主义实践本质的问题上发生了分裂,也暴露了西方那些按照苏联模式建立起来的政党与西方社会新形势和抗争策略之间的严重脱节现象,并最终导致了对青年马克思和各种存在主义思潮的重新发现。促进这种思想转向的一个重要因素是路易斯·阿尔都塞于1965年出版的《为马克思辩护》那部大作,因为该书生动地诠释了"人"在这场重新思考马克思主义过程中的关键作用。阿尔都塞引用马克思1843年说过的一句话"激进就是要回到事物的本源;而对人来说,那个本源就是人自己",并用马克思的这句话作为该书的论据。他说:

历史是在非理性条件下对理性的异化和生产;就被异化的人来说,该过程也是对自我的再发现。人就这样从被异化的劳动产品(商品、国家、宗教)中不知不觉地体现了自我的本质。既然人的异化已经成为历史的本源,人也就必须假设一种先于他自身存在的本质。当历史终结时,已经变成非人化客体的人只能重新去把握他那个在财产、宗教和国家层面上已经被异化的自我本质,并将这种自我本质当成能实现完整和真正自我的主体……革命是对异化内在逻辑的一种实践,一种能使无产阶级第一次找到自己批判武库的瞬间。它向无产阶级提供了关于它自身地位的理论；无产阶级反过来又用该理论解释自己，这是个除了无产阶级自己谁也不具有的独一无二的角度。因此，无产阶级和哲学又一次在人的本质问题上结成了紧密的同盟。（Althusser［1965］2005，226 - 227）

　　阿尔都塞在这段论述中（我在此引用的只是他论点的一个方面）强调了两点：其一，使被异化的人恢复其主体性是当务之急；其二，人的意识——即如何把握历史和政治的"理论基础"——是进行批判的最终领域（Althusser［1965］2005，223）。而有了主体性和意识之后，无产阶级就不用继续依赖晚期马克思的经济决定论。阿尔都塞的观点在威廉·斯帕诺斯的存在主义哲学思考中得到了进一步的阐述。斯帕诺斯认为存在主义"不仅是一种哲学思潮，而且是所有敏感和忧国忧民的现代人用来观察世界的一个重要视角"（Spanos 1966，v）。高林教授一方面用知识分子的良知对现代美国技术和社会组织形式进行鞭笞，另一方面又被禁闭在那栋行将拆除的犯罪学楼。于是这种反差构成了对他那种激进批判立场内在困境的一个恰当比喻。因此，他谈到自己快要完成编辑的那期《犯罪与社会公正》时对韦恩说："在胁迫下自省。那可能是一个湖，一所监狱，或是空荡荡的楼房。我在这一期里是这么写的……赎罪、上帝的眼睛、环形的监狱，国家化的禁闭。"他发现韦恩对这番话有些困惑，因此继续说："'我知道你在想什么，但这不是我第一次思考这些问题。法律是反复无常的。正像他说的那样，'他指了指梭罗，'法律从来就不能给人带来自由。是人给了法律自由的翅膀。所以，公民身份没能避免我被关进集中营的遭遇，终身教职也没能让我保住工作。'"（401 - 402）

　　小说中，高林并不是唯一一边做颠覆性学术研究边思考高深莫测存在主义问题的亚裔美国马克思主义知识分子。与他为伍的还有一位18岁中国城同性恋诗人保罗·林的父亲。林的父亲被描写成一个"有些古怪的"隐士，全身心地投入一份中国城双语报纸的编辑工作（3）。他于二十世纪二十年代在巴黎接受过专业绘画训练，在国外结识了孙中山和周恩来，大萧条后还与肯尼斯·雷克思罗斯和迭戈·里维拉有过艺术上的合作。值得一提的是，在中国城保持低调的林和在隔离状态下艰难度日的高林都是美国执法机关和规训工具的受害者。林为躲避联邦调查局对他历史的调查而放弃了革命画家职业（11－12），也正是从那时起他开始研读自己最喜欢的《资本论》一书。当然还有阿尔贝·加缪的存在主义作品（5－6），因为加缪描写的"反叛"人物，就像梭罗笔下"有正义感的人"一样，都以孤独了此一生。而孤独则是一座象征性的监狱，四周全是资本主义的环形监控系统。除高林和林之外，山下还塑造了两个在后大萧条时代就开始践行老左派政治的艺术家：一是阿瑟·哈马，一个有无政府主义倾向的日裔美共党员。他在码头工人中进行政治活动，批评美国向日本投放原子弹所造成的灾难；另一位是他的俄罗斯裔美国妻子埃斯特拉，一个坚定的斯大林主义者，铁杆的工会活动积极分子，并在战时集中营里参与抗争。阿瑟和埃斯特拉在不同程度上也都是被边缘化的人物，其中有他们的政治信仰，也与那个时代险恶的外部政治环境有关：比如，二十世纪三四十年代的反异族通婚法和对日裔美国人的监禁，美共在第二次世界大战期间对日裔美共党员资格的吊销，还有贯穿整个四五十年代大部分时间由非美活动调查委员会对他们私生活的调查（493－503）。

　　山下对这几个人物命运的描写使我们对那个时代一些运动积极分子的挫折感有了进一步认识。这些运动积极分子深刻感到他们"一点也沾不上活跃在二十世纪三十年代和四十年代早期那一代人的光"。帕特·修三对这种情况做了如下回顾："我们就是没有那些能给我们讲点革命传统的'姓左'的阿姑、阿叔、舅爷和舅奶之类。"（参见 Yokota 2001，22）亚裔美国积极分子想从社群内部得到革命指引的强烈愿望不仅反映在小说塑造的一系列马克思主义人物身上，也被重新想象为存在于高林与韦恩之间，以及（在小说后半部分）埃斯特拉与其子哈里·哈马之间的代沟。这种重新想象的基础是山下对如下政治情势的清醒判断，即固守党派教条或退守存在主义已经不能满足当时左翼政治的实际需要。就此而言，运动积极分子们原先为之苦恼的意识形态断层问题也可以从另外一个角度来理解。也就是说，这种不足之处也可以变成他们的机遇，因为后者能使他们不受约束地探索不同的革命实践，而环境与需求的变化正呼唤新生社会中介的诞生。因此，山下将她的叙事转向了 1968 年，即中国农历的猴年，而保罗的马克思主义者父亲恰巧在除夕夜与世长辞。这个象征性的时刻发生在马丁·路德·金和罗伯特·肯尼迪被暗杀的前夜。整个社区都前来参加葬礼，随后，他的遗体连同他那本写满注解的《资本论》一起被火化。对于中国城的学生积极分子们来说，保罗父亲的去世不仅带来了悲伤和痛苦，也标志着他们重新发现自我那一刻的到来。山下这样写道：

我们今年全成了孤儿；保罗好像先尝到了这滋味儿，因为他在恭喜发财那天半夜就已经成了孤儿。我们怎么能想到那位有着一个梦想的马丁黑人老爹和波比那个白人小爸爸会遭枪杀？年底的时候，我们成了一群树倒猢狲散的猴崽子，没有了老家伙的呵斥管束，到处惹是生非。我们能打卷的尾巴吊在梁子上来回打秋千。我们终于自由了，哥们儿，可自由了。(2)

山下借用孤儿和猴王的比喻传达获得自由的喜悦，这是一种典型的亚裔美国式写法。因为此举重新铭写了赵健秀在《鸡笼华仔》那部戏剧中对打造亚裔美国艺术家困难程度的感慨，也使人想起了汤亭亭在《猴王孙行者：他的伪书》中描写亚裔美国学生参加二十世纪六十年代文化造反的黑色幽默。尽管这种历史契机充满了变数，但它在本质上却是一个庆祝重生的瞬间，想象未来的时刻和孕育反抗精神的氛围。对那些迫不及待地要采取直接行动的一代亚裔美国人来说，它更是一个千载难逢的好机会。

我们就此可以得出这样一个结论，即："黑—黄联盟"为我们提供的不过是那个时代亚裔美国积极分子所面对的众多革命选项之一。然而，作为美国特定条件下的这类选择，黑豹党也是最为脆弱的一群。他们当中最重要的一些成员——休伊·牛顿、波比·希尔、埃尔德里奇·克里佛、弗雷德·汉普顿、波比·哈顿以及乔治·杰克逊等——因其激进主义立场，不是被指控、追捕、审判、监禁，就是被杀害（210 – 211）。此外，黑豹党在实践其信奉的马克思主义时，往往重蹈中—苏冲突的覆辙，而这种冲突不仅体现于它的组织内部，而且也反映在它与亚裔美国积极分子之间的互动关系之中，故而一再复制已经破产的第三国际那些大有问题的政治策略，特别是所有共产主义运动中都有的派系之争。小说中提到的一个例子就是罗伯特·威廉斯 1968 年在北京受到毛主席接见的情形。这在"黑权运动"中是件值得大书特书的事情。但不久又出现了一个相反的例子，那就是安吉拉·戴维斯 1972 年在苏联也受到了热情接待（参见 Turpin 1995，82）。实际上，戴维斯的亲苏立场使亲华的华裔美国积极分子取消了一个已经为她安排好的中国城群众集会活动（363 – 364）。同样值得一提的是：书中描写的一个红卫兵党代表在 1970 年与流亡中的黑豹党人埃尔德里奇·克里弗在莫斯科同住一间旅馆房间的往事：克里弗当时正率领一个跨族裔的美国代表团前往"赤色东方"——越南、朝鲜和中国途中——而苏联首都莫斯科则是必经之地。小说的非—亚裔叙事者用他那一种老练的口吻说："莫斯科是个中转站，但中国和苏联现在闹翻了，情况很复杂……所以你必须得先拿到前往朝鲜的介绍信，然后从朝鲜拿去中国的介绍信，然后再绕道越南进入中国，这就是咱们的计划。代表团要研判国际形势嘛，可不会选边站。但咱们得有个共识：美帝国主义是主要敌人。所有的迂回动作都围绕着一个人转，那就是——毛泽东。"（194）

这个非—亚族裔叙事者在究竟采取什么策略的问题上绞尽脑汁，其背景是 1970 年时已经运作不良的反帝或社会主义国际主义同盟。此国际主义同盟的内在问题可以追溯到第三国际关于"社会主义应当首先在一国取得胜利"的理论假设。这种假设使斯大林领导下的苏联自然而然地成了能体现该理论的唯一合法实践，以及它在社会主义国际联同盟中毋庸置疑的领导地位。这种国际主义同盟在 1953 年斯大林去世后开始解体，并随着中国与苏联的决裂而结束。接下来的 1955 年亚非万隆会议以及由发展中国家在同期建立起来的不结盟运动，按照佩里·安德森的说法，与它的社会主义前身比起来已经"名存实亡"。因为这些不结盟国家的前身多为新殖民和半封建体制，它们想通过协调国际上反殖民和反帝斗争的方式实现民族解放，同时坚持互不干涉内政和民族自决（也就是民族主义）的原则（Anderson 2002，6，16，18）。我认为，这种被淡化的社会主义国际主义替代形式与 1968 年第三世界解放阵线大罢工（无论是按照社会学研究还是根据山下的小说虚构）在时序和结构上都有着更为密切的联系，尽管大罢工同时也受到其他意识形态和社会思潮的影响，其中包括由黑豹党人所推崇的毛泽东关于第三世界斗争的理论。美国的少数族裔群体还有另外一些政治选项，如"我们终将胜利旅"组织的古巴访问团，以及"邂逅非洲"小组策划的阿尔及利亚、几内亚和多哥之行。但克里弗领导的代表团之所以去"赤色东方"寻找灵感，其原因并不像达里尔·前田说的那样，是黑人革命家更认同"太平洋对岸（而非美国境内）的亚洲人"（Maeda 2009，80）；而是因为对黑豹党人和红卫兵党人来说，毛泽东关于民族解放和反帝斗争的论述与实践比普列汉诺夫、卢森堡、托洛茨基或列宁的抽象理论投射更加易于把握。

然而，黑豹党和红卫兵党的政治纲领——"通过一切必要手段"（Malcolm X 语）在美国最穷、警察管制最严的城市贫民窟里实现自决和自治——与"赤色东方"的社会现实和革命实践有着本质的不同。东方是帝国主义竞争和帝国主义战争链条中的一个"最薄弱环节"（参见 Althusser［1965］2005，97），因此也是社会主义在特殊条件下取得成功的一种例外，而这种社会主义实践的主要特点是发动农村革命，教育并组织农民以及开展有计划的农村改革[1]（参见 Anderson 2002，17）。印象与现实之间的矛盾，在资本主义制度下进行抗争与在欠发达的社会主义国家推行极端做法，小说通过对两个住在旧金山的华人移民陈文广和李益民的描写对这些关系进行了戏剧化的处理。两人分别在尼克松总统于 1972 年与毛泽东进行历史性会晤后访问过中国。陈文广是保罗父亲的密友，在旧金山州立大学教当代中国文学，他 1948 年移民到美国时刚满 25 岁。李益民在 1958 年离开上海来美时才 12 岁，后来在旧金山中国城的一个青年服务中心当主任。在中国，陈文广发现他在旧金山州立大学推崇的毛泽东在延安文艺座谈会上讲话，与红卫兵只允许用现实主义描写农村阶级斗争的教条做法，

---

[1] "红色东方"的内部冲突实际上盘根错节。例如，从二十世纪五十年代末中苏决裂开始，一直到 1976 年毛泽东逝世，中国官方承认的社会主义盟友只有阿尔巴尼亚。在意识形态上，该国公开表示拥护中国。越南北部和朝鲜，尽管地理上接近中国，一直以来也与中国有着密切的历史和文化联系，但在此期间它们在政治上和军事上受到苏联的影响更大，也更靠近苏联。

形成了鲜明的对照,这让他十分沮丧。陈文广曾在第三世界解放阵线大罢工中号召用笔作刀枪,然而他感到失望的是笔在这里已被用来"保证思想和政治上的一致性"(70-74)。同时,李益民则为中国农村的无产阶级先锋——即大寨公社的姐妹们——错误理解华裔美国青年代表团一位成员对女性作用的言论而感到挫折。中国城市姐妹同志对工人阶级的理解也相当刻板,上海街头的行人还把华裔美国青年代表团看成是堕落的资产阶级分子,这些都让李益民感到灰心丧气(67-69,75-77)。针对后一个事件,山下为化解华裔美国代表团成员在上海街头陷入的这类困境,制造了一个能使他们金蝉脱壳的修辞性时刻。当时,该代表团成员与不买他们账的旁观者相持不下。她通过李益民和一个小男孩之间的交流使所有人都唱起了《国际歌》。歌曲唱到终了是有一句即兴歌词:"国际歌把全人类都联合起来了"(78),这颇值得玩味,因为它又一次使人想起了社会主义国际主义联盟的局限性。

对《国际旅店》的寓言式解读

作为一种革命实践,非—亚族裔同盟所存在的最大问题是该联盟当时正经历"式微阶段"——我在此借用了布鲁斯·罗宾斯1999书名中的一个词——而该联盟所沿用的蓝本仍然是社会主义国际主义。尽管二十世纪六十年代末七十年代初的政治形式确实给人带来一种革命即将成功的印象,但国际社会主义联盟的实践并不如愿。例如,1968年苏联的坦克开进了捷克斯洛伐克,扑灭了"布拉格之春";1969年中苏在边境上爆发了一系列的武装冲突;1973年智利的社会主义者总统萨尔瓦多·阿连德在亲美派发动的政变中被暗杀。尽管这些事件似乎说明了社会主义对其理念的输出和它实际上的集权倾向是造成上述困境的原因之一,但经济方面的困难也不容小觑。佩里·安德森对此有一个重要观察。他认为,战后资本主义在用国际主义进行全球性扩张时的手法远比社会主义的要高明。在此过程中,主要资本主义国家决定搁置"帝国主义之间的尖锐冲突",将它们的注意力从维护国家自身利益转到推崇自由化民主理念。为了应对新的经济和政治挑战，迅速终止了马歇尔计划和道奇计划、布雷顿森林协议、欧共体以及多国合作等战后建立起来的经济机制，同时在彼此间"展开了更高层次的政策性协调"（Anderson 2002，18 – 19）。其结果是催生了一种能超越地理和国家边界、在去中心化同时又实现高度一体化的资本主义新形态，也就是我们现在所说的跨国主义。到了二十世纪七十年代中期，这些资本主义新形态与江河日下的反帝联盟相比较已经稳操胜券。在此"社会主义的低潮"期，如埃加兹·阿赫马德所言，国际主义的重点也从起初强调革命战争转向了强调如何"以最惠条件融入资本主义世界的一体化格局。其途径包括，推进不结盟运动、南北对话、召开联合国贸易与发展会议、建立新经济秩序、七十七国集团，或是像欧佩克那样的商业联盟等"（Ahmad 1992，67）。

我想指出的是，上述语境都表征性地反映在山下对亚裔美国社会运动历史的文本化过程之中，而我对山下具体描写所做的语境化分析则反映了我对文本和历史之间关系的辩证式理解。在我的解读中，历史被看成是小说再现过程中留下的文本痕迹。具体而言，我认为，山下写作《国际旅店》有两个目的：一是要超越文化民族主义，继续为社会运动提供政治能量，使其能继续具有合法性。二是为实现在艺术和政治之间的统一寻找一种恰当的修辞比喻。这种修辞比喻一方面应能摆脱现行社会主义意识形态中的教条，另一方面又能杜绝跨国研究在批判民族—国家时回避社会经济问题满足于象征超越的都市主义。山下为此找到的美学形式就是亚裔美国积极分子为了挽救旧金山"国际旅店"（I – Hotel 为缩写）所展开的那场旷日持久保卫战（稍后我再回到这个话题）。山下用"国际旅店"意象所唤起的国际主义在布鲁斯·罗宾斯的理论思考中得到了佐证，他认为有必要重新启用国际主义这个理念，将其视为"已经初具规模但还有待于进一步梳理和发展的一些政治利益组合"。罗宾斯认为，"国际主义文化已经明显地体现在许多虽然迥异但又有颇多交集的社群生活方式中，从媒体观察家到移民，或与原住国和移居国都保持密切联系的离散群体，他们有多种但又随机应变的忠诚感，而且有越来越成熟的生活方式"。罗宾斯的国际主义论点有一个基本前提，那就是，"还不具备能在同等规模上与国际资本抗衡的国际主义文化‘不应自以为是、高高在上’，或‘简单地认为国际主义就是民族主义的对立面’”。也就是说，我们必须在国家层面以及相应的单位里和空间中，找出能用来组织国际主义斗争的具体形式，在不退回“本土主义死胡同”的情况下“对资本进行有效抵制”（Robbins 1999，31，51）。我认为，罗宾斯的批评理念有助于我们体会山下在使用“国际旅店”这个核心比喻时的良苦用心。

“国际旅店”是旧金山马尼拉城中一座介于科尼街和杰克逊街之间的三层楼砖结构，自二十世纪二十年代末以来一直用于廉价住宿，开始租给年轻的菲律宾男性移民，后来供老年菲律宾人和华人单身汉住。在 1968 – 1977 年那段时间里，它后来的几位房产主、市政厅和旅店租客全都卷入了围绕着旅店拆迁诉讼案所展开的一场旷日持久拉锯战。下达拆迁令的起因是旅店大楼发生了一次意外火灾，旅店的第二任房主泰国商人苏巴斯—马哈古纳（即四海投资公司的老板）遂于 1973 年提出拆迁申请，并打算在旅店原址上修建停车场。尽管该计划遭到了租户和运动积极分子的强烈反对，但申请还是于 1976 年获得了批准。山下在小说中重新建构了这场旅店保卫战的过程，并以此向读者提了一个既简短又富于道德与政治暗示的问题，“为什么一定要挽救这样一栋摇摇欲坠的旅店呢？”（589）。在书中另一处，山下回顾性地再现了租户们为纪念在 1968 年大火中不幸丧生的皮奥·罗赛特（他与另外两人一起遇难）而准备了一顿丰盛晚餐的情景。她写道，“旅店对他们来说就是一块磁铁”（435）。山下用简短的提问暗示拯救旅店的义务，用寥寥几笔传达旅店租户的集体意识，由此营造出来的空间使我们窥见了亚裔美国积极分子发起挽救旅店斗争背后的复杂动机。我觉得小说在它结尾部分所使用的第一人称复数叙事角度，对于读者厘清蕴藏在这个修辞空间中的厚重历史很有帮助：

也许我们看上去都一模一样，也许法律因此就认为我们之间没有什么区别，而经常顺势确认这种联系，但我们实在是很不一样，也不能互相理解……美国的肤色问题历史悠久，当我们的身体特征代代相传时，我们也把憎恨和臆测留给了他们……尽管我们生活的城市对外来人说是进出自由，但我们自己却深陷其中——比如，中国城被加利福尼亚街、科尼街、百老汇街和鲍威尔街围成了一个孤岛。除非我们想挨顿揍，否则不会单独走到街道的另一侧。可话说回来，我们能在自己的城里找到需要的一切——我们爱吃的食物、常用的药品、熟悉的银行、母国同乡会、语言学校、移民教会、非英语报纸和交流方式，还有三亲六戚的大家庭。尽管外面的人总以为我们是在搞秘密帮会活动，但我们中的一切都是公开的秘密——我们的真实姓名和文件上的官名、我们实际上和传说中的社会地位、我们的政治倾向、我们的情妇、我们最疼爱的孩子和我们的私生子、我们不成功的商业记录，以及我们的好习惯和坏毛病。我们是一部用百种方言写成的永远没有结尾的巨作。(593 – 594)

我们在此目睹的是用寓言方式构想出来的关于旧金山不同亚洲移民社区历史的全貌，有中国城、马尼拉城和日本城等，"国际旅店"就处在这些社区直接或间接的包围之中。这些社区被称为"我们的根据地"，常客都是些干体力活的穷人和居无定所的移民，因为那里有同乡饭馆、学校和教堂。"在这个'根据地'，社区生活和旅店生活完全交织在一起"；"旅店既是临时的住所，也是永久的住所"(589)。

既四通八达又画地为牢，既临时又永久，这是对旅店租客处境的一个恰当比喻。在更宽泛的意义上，这种比喻也适用于频繁出没于该地区的移民，因为他们既被排除在外又被围困其中，既能四处游荡又受到压抑和限制。对那些住在"国际旅店"的人来说，市里根据"破败法"和"分区法"颁布的拆迁令确实令他们度日如年。但旅店这个种族主义体制的产物却岿然不动，这又体现了租户不屈不挠的进取精神。这就是为什么整个"国际旅店"社区和它发达的社会与文化网络一下子被调动起来，并为保卫它的活动中枢而做好象征性战斗准备的原因。进入旅店的四扇大门，首先映入眼帘的是山下构建的一个半自助的微观世界，在此理想世界中，受压抑者能扬眉吐气；政治观点能公开宣传；党派政治能无限夸大；性爱取向能当众表演；基层组织工作也能按部就班，但最重要的是无所不在的马农（即老一辈移民）们，他们的老态，他们的声音和他们的身影。山下用大量笔墨描写了旅店中一个年迈的马农——菲勒克斯·阿洛斯,并用他的个人经历将旅店内的氛围与旅店外的环境重新编织在一起。菲勒克斯在二十世纪二十年代中期移民至美国,开始在夏威夷的甘蔗种植园当契约工,后来又在加利福尼亚州务农,其间与帕布洛·曼拉皮特和菲利普·维拉克鲁兹一起闹工运。这些经历使他结识了当时正在撰写罢工目击记的约翰·斯坦贝克;他那段生活的高潮是在 1965 年,当时他参加了加州德拉诺市具有历史意义的葡萄种植业大罢工。当亚裔美国人保卫"国际旅店"的斗争进入最后阶段时,菲勒克斯已经在那个旅店住了五十多年。山下通过菲勒克斯的个人经历在德拉诺与"国际旅店"之间建立起了联系。这是她通过"国际旅店"的象征深化小说主题思想的一个重要时刻——它强调了旅店历史上一个鲜为人知却非常重要的方面,并通过这种历史视角对"为什么一定要挽救一座破败的旅店"的问题做出了直接的回答。那就是:许多住在旅店里的菲律宾裔退休老人从二十世纪三十年代起就是德拉诺的工会成员;而那些准备一退休就住进德拉诺的"帕奥罗·阿加巴尼村"的单身农工也都住过"国际旅店"①。因此,菲勒克斯对一个年轻的菲律宾裔租户马卡里奥·阿马多(此人曾在 1968 年为第三世界解放阵线大罢工从德拉诺运送补给;目前兼任"国际旅店"租户联盟的副主席)说,他把德拉诺当成自己的"草根",而"国际旅店"就是他的"砖根"(424,433)。

考虑到文本内外的这些联系,用法律手段强制拆除旅店的做法无异于剥夺租户和积极分子的社区基础,否定他们长期形成的工会斗争传统。我认为,这种传统远比理想化的非—亚联盟更有说服力,也更接近于亚裔美国人的实际社会经历。此外,这种传统的已有社会基础又通过话语形式与亚裔美国作家营造的集体的文学空间发生了交叠。这些作家包括卡洛斯·布洛桑、蒋希曾、加里·帕克、雪舟·福斯特、彼得·巴乔等。这些作家通过他们的文学写作培育并充实着这个"好斗的"亚裔美国传统,并生动记录了二十世纪上半叶由日裔、越南裔、华裔和韩裔移民劳工及其后代针

---

① 我这里的讨论引用了运动积极分子德尔·利兹·索尔的观点 (Sol 2001, 141 – 142)。

对不同资本主义剥削形式所发起的集体性抗争①。这些与拯救"国际旅店"斗争密不可分的实际和象征性的历史过程显示出了亚裔美国人集体斗争的具体地貌。同时，拯救旅店的努力也在空间的意义上与小说提到的一系列政治活动发生了共鸣。比如，它呼应了红卫兵党 1968 年为抗议日本强占"钓鱼岛"在旧金山中国城普利茅斯广场举行的活动（56）；它使人想起了1966 年日本农民反对政府强征民田来修建军用机场所发起的抗争（147 － 149）；它间接地配合了日本城在 1973 年举行的反对拆除町户区廉价房并驱逐老年租户的抵制行为（150 － 153）；它也在道义上重新铭写了三名日裔美国人于同年勇攀"大礁"——即一直被当作监狱使用的阿尔卡特拉斯岛——以示对美国原住民"重新接管"该岛的声援。那三个日裔美国人在活动中得到了越战老兵杰克·丹尼的协助，他是莫多克部落首领的孙子，其祖父曾在十九世纪七十年代反抗过美国政府强行将该部落从领地上迁走的做法。值得一提的是，莫多克部落重新安顿下来的那块土地，根据印第安创世纪叙事，是"失落河"旁边的一片熔岩层，也就是"图利湖"。杰克是战后发现那个第二次世界大战期间监禁日裔美国人集中营旧址的第一人。

　　小说里，这些在历时和共时层面上同时展开的反强权斗争全部凝聚到了拯救"国际旅店"的斗争中。作者通过其批判性国际主义的视角将这种斗争重新想象成一场难分高下的"决斗"。决斗的双方是"我们"和来袭的跨国势力。前者就是承受着不公正历史累积效应的运动积极分子，也是跨族裔和国际主义斗争的基础；后者则是缺席的主角马哈古纳那只从香港伸出来的隐形资本触角。山下将"我们"一词定义为"社会上的非永久和非常住人口"，这些人口的在场因此既与众不同又颇有颠覆意味：

　　我们来自这座山城里每一个有生气的罅隙：每座公寓、每栋破旧的维多利亚式公租楼、每个廉价旅馆，或每套单独或集体出租屋。我们中的许

---

　　① 参见蒋希曾的《中国还有一双手》（1937），卡洛斯·布洛桑的《美国在心中》（［1946］1973），彼得·巴乔的《深蓝色套装及其他故事》（1997），雪舟·福斯特的《城市阶梯指南》及加里·帕克的《纸糊飞机》（1998）。

多人都属于那些被遗忘和被遗弃的群体，都蜗居在以族裔划界的贫民窟里，挣扎在赤贫中的不显眼处，因此没有任何发言权。我们这些移民都是来自新旧世界，来自南半球的黑人与白人，还有美洲的原始部落。我们是海港的码头搬运工，是有残疾和遭人嫌弃的老兵，是同性恋和皮革男，是成衣厂的车衣工，是餐馆的厨子和跑堂，是邮局的投递和机关文员。我们在格拉德教堂和人民圣殿的大厅里赞美上帝，我们都是工会成员，穷困潦倒，我们就是这样一群人。（588－589）

　　小说这种将全球性斗争本土化的写法，及其相应的混杂化和勾连式叙事结构，瓦解了认为跨国关注与民族主义关注不共戴天的二元对立逻辑。如前所述，将争取自决权的民族主义运动与反抗资本全球化的国际主义斗争对立起来的观点，反映了一种对社会主义实践中过度民族主义倾向的幻灭情绪。这个复杂的民族主义问题——由于大多数有关理论都只强调民族主义与族群中心论和由国家支持的恐怖或暴力行径之间的内在联系（参见Ashcroft et al. 1998，150）——经常在跨国批评中不受重视。在亚裔美国文化研究中，这一面倒的话语经常以另外一种形式得到体现，那就是，对当代"非凡创新能力"——我这里借用了拉克劳和墨芙的一个概念（Laclau & Mouffe 1985，86）——的推崇，以及在批评实践和智性投入方面对新颖课题突破性的夸大。这种倾向于是激活了现代主义对传统的蔑视，也重演了后现代主义对历史遗留问题不屑一顾的态度，从而将社会运动的复杂历时和共时运作全部打入冷宫。

　　山下将"国际旅店"作为小说的核心比喻，并以此对亚裔美国运动的政治历史进行重新梳理。其目的是要打通上面提到的概念与情感之间的隔膜，并在两者之间的断裂处搭建起桥梁。在此，她主要是通过对小说视觉形式的创新来调动已有和潜在读者对这部小说的兴趣。山下用这种带有物质特征的比喻来强调是社会运动经久不衰的传统：该比喻既能用来构想亚裔美国新政治的"结构性要素"（参见Zizek 1994，183），又能为不同年龄亚裔美国积极分子提供某种共享历史和集体意识的"情感结构"（参见Williams 1977，132）。山下因此将小说的十个部分——她松散地串联在一起的 10 部短篇小说——设计成 10 个版本的"国际旅店"："眼睛旅店"
（即观感旅店）；"我是间谍旅店"（即监控旅店）；"自我旅店"（即私人旅
店）；"唉咿！旅店"（即艺术与文学旅店）；"民族互涉旅店"（即族裔互
涉旅店）；"国际旅店"（即内部镇压旅店）；"我—迁徙旅店"（即移民旅
店）；国际歌旅店（即共产国际旅店）；爱旅店（即性爱旅店），以及
"我—旅店"（即第一人称集体主体性旅店）。每个象征性的旅店都反映了
租户们被强行撤离前那段时间里的一个生活侧面，或是一种政治观点。小
说的这种结构安排起初使读者感觉，他们能按照叙事的线性发展来把握亚
裔美国人抗争活动的内容。他们进入了旅店后，就再也无法脱身，在诠释
学的意义上被一连串互相纠结又不断繁衍的事件或关系搞得一头雾水。因
为这些事件或关系超出了对旅店本身边界的认知逻辑，因此使得故事情节
不能如读者的预期那样开展。

　　比如，小说的第一章"眼睛旅店"引出了几个相关的次主题，都直接
或间接与旧金山州立大学的第三世界解放阵线大罢工发生联系。这些次主
题体现于不同角色的经历并跟着这些角色往不同方向发展。这些次主题包
括：性爱（保罗·林），新左派政治（保罗的父亲），文化革命（陈文
广），新保守主义（旧金山州立大学执行校长塞缪尔·早川）以及社区关
注（李亚民）。在本章中，这些角色只在寓言层次上发生联系，也就是说，
它们所代表的不同次主题构成了一种能超越个人感受并充满辩证张力或叙
事悖论。因为这种被小说结构限定的复杂互动方式必须通过特定语境——
而它们都有其内在的语言氛围、文化品位和政治风格——和共时性思考才
能加以把握，它们之间关系也就带有了某种自我指涉的功能。此外，山下
通过赋予这些同旅店不同内部空间和不同叙事角度的做法——这些叙述角
度的轮换有时逐章进行，有时则发生在同一章，甚至一章中的某一个部
分——极大地丰富了读者的解读体验。因此这种写法的累积效应远远超过
了将运动历史当成某种终极目的产物而扬弃的简单化处理方法，或是将这
段历史作为本质化过程加以解构的解读常规。这种累积效应还通过小说的
互文和语境显示出，运动政治与当前的跨国关注有着难以回避的内在联
系，因为运动本身也是我们重新设想当下行动主义的一个源泉。

革命和欲望

小说中的亚裔美国运动积极分子们经常要面对的一个困惑就是：如何从根本上改变美国的现有权力结构，使不同肤色的美国人不再被当成外国人来对待？许多亚裔美国人之所以将目光转向不同派别的马克思主义——如马克思、列宁、法农、卡斯特罗、胡志明或是切·格瓦拉等——并不是因为他们与这些人物的革命实践一定有关系，而是因为那些看起来是成功的马克思主义革命实践——如史蒂夫·路易所言——能否让美国社会朝此方向发展，并设想到底如何改造现实（Louie 2001，xix）。换言之，只有当社会主义理想能用美国的政治典故重新表达时，这种理想对亚裔美国运动积极分子（包括那些自视为马克思主义者的人）来说才真正适用。即该理想要对"参与式民主"有所贡献，使"每个人都享有（在社会上和社区内）参加决策的自由权"（参见 Dong 2001，197）。因此，处于马克思主义核心地位的"革命"概念不仅是斗争口号，而且也成为创造性挪用革命意识形态的一种契机。佩里·安德森在谈到无产阶级革命的传统定义时说："'革命'是个有确切含义的术语：是指自下而上推翻一种国家秩序，然后用另一种国家秩序取而代之。通过跨语境借用来淡化革命的本意或者将革命延伸到社会空间所有领域的做法都是徒劳的"（Anderson 1998，332）。在运动最为高涨的时刻，革命的前景在许多渴望社会变革的积极分子看来好像已经近在咫尺。然而，革命成功的基本条件并不具备，因为如阿里夫·德里克所言，还不存在任何"集体反抗强权的可能性和用来替代这种强权的政治前景"（参见 Xie & Wang 2002，39）。德里克讲这番话的语境正是资本主义商品关系在全球已经占据主导地位、西方资本主义消费主义思想和文化大行其道的现今。

为什么美国不存在按照传统阶级关系和阶级斗争模式取得社会主义革命成功的可能性呢？这是埃里克·方纳（Foner 1984）和迈克尔·戴维斯（Davis 1986，3–51）等学者所从事的主题研究。他们都将如下因素列为主因：资本主义伦理及其影响，联邦政府对工运的压制，阶级关系的种族和两极分化，以及僵化且无效的西方左翼政党组织。对这些局限性的深入了解实际上左右了小说中两位较年长的积极分子对他们革命道路的选择。第一位是陈文广，他对文学与革命的关系有着自相矛盾的态度；第二位是菲勒克斯·阿洛斯，他曾长期从事激进的工会运动，但最后决定去当厨师。如我在先前讨论中所提到的，陈文广是毛泽东和鲁迅的崇拜者，主张建立"文化军队"和通过文化阵线瓦解敌人（24 – 25）。但他喜欢高雅文学，也不想放弃他近乎腐朽的资产阶级生活方式，更没有"诉诸武力的血性"。这在他面对暴力镇压罢工时已经有所表现（25）。陈与自己在授课过程中鼓动起来的那些学生造反派"发生了脱节"，尽管他同时也意识到，他偏爱的高雅文化在革命运动的发展中迟早会"被否定和取代"（26）。相比之下，菲勒克斯·阿洛斯用他戏称为"文化民族主义"的一个嗜好取代了参加工会的热忱。所谓"文化民族主义"是指他到"国际旅店"去当厨师、专做菲律宾料理的决定，是一种较之陈的口是心非更为深刻的转变。他说："我告诉那帮激进的孩子，所有的答案最终都能在食物里找到。"菲勒克斯想说的是，那些旨在改变社会与种族不平等的公开抗争完全可以通过半个体化的劳动来体现，这样就可以既不招致国家的惩戒，又能照样批判性地思考劳工、剥削和社会特权等政治问题。他认为，将地上和海里的食材变成食物的过程就包含了所有政治：这种过程一方面涉及挖掘、播种、除草，收甘蔗，将菠萝切片，剥生菜，割芦笋，摘葡萄；另一方面又涉及捕捞三文鱼、开膛破肚、取卵做酱。这些劳动的高潮就是能在美女如云的食堂里大快朵颐，觥筹交错，烛火闪耀，头上的水晶吊灯闪闪发亮（441 – 442）。

在二十世纪四十年代末至五十年代中期的恐共潮和麦卡锡主义持续发酵过程中，陈文广和菲勒克斯将他们的政治行为转入传统意义上的文化领域，这也预示了年轻的运动积极分子们在革命理想和青春文化——即在二十世纪六七十年代"取代阶级社会并成为主要精神食粮"的一种大众社会组织形式（参见 Aronowitz［1973］1992，328）之间摇摆不定的立场。故而，卡尔·康的学习小组成员一边进行严谨的革命理论探索，一边却贪婪地吸食毒品和酒精饮料；红卫兵党人一边实践马克思等人的理念，一边沉溺于性爱、药物性幻觉和流氓无产者习气中。再举一个例子，戴温是个住在"国际旅店"的菲律宾裔美国诗人，专门收集马农租客讲的故事。但他同时也迷上了一个名叫百合的日裔美国人租客，而她在吸毒和滥性方面则是五毒俱全。小说暗示戴温有些精神错乱，一直在医院接受治疗（541），他的这种内向智性发展因而具有了某种象征意义：他在逐家逐户拜访马农后，一回到阁楼就捧起了但丁、康德和马尔库塞的著作。山下暗示，如果这些文本例证确实能凸显运动年代里政治和欲望之间错节盘根的关系，那么，越来越心理化的欲望对那些在消费文化中找不到社会革命出路的人来说就成了一种革命的代名词。这也是运动政治经常与艾伦·金斯伯格提倡的"梦幻反叛"失去界限的地方（参见 B. Lee 2004，370）。正如"男子诗歌俱乐部"成员乔治·巴索观察到的那样，金斯伯格"大言不惭地说，他通过性就可以和沃尔特·惠特曼的诗歌发生联系"（569）。然而，金斯伯格和其他比特派作家之所以将惠特曼的"大路"作为他们写作的一种核心象征，正是因为他们的旅程全都发生自己的"头脑之中"。这样的旅程正像山下在以"爱旅店"为题的一章中所描写的那样，使索菲和伊根通过身体的频繁接触探索道家启蒙哲学与所谓房中术之间的联系，使达摩和雪舟将日本城一家小餐馆改造成了美国西岸春宫画藏品最多的图书馆，使百合深陷情色和吸毒的恶习而不能自拔，也使两位戏剧演员巴德和霍濂将排练革命戏剧当成纵情声色的良机，他们留恋于"森林中最黑暗的一段行程"，经常"在狂喜的互相杀戮中寻找最后归宿"（569－570）。

这些文本细节表明，在社会运动风生水起的岁月里，激越的政治宣示不可避免地与对致幻剂的迷恋发生重叠；政治联盟的确立和对感官的放纵之间失去了界限；多种族与多文化的投入也成了忽视社会矛盾和政治冲突的借口。在此情况下，那些被尝试的革命理想——如武装斗争、建立政党、推进彻底的社会变革，或实行苏联或中国式的社会主义——从一开始就已经胎死腹中。这当然并不意味着社会主义革命理念一定错误，它显示出，正像卡尔·康对他研究小组成员所说的那样，"美国并不具备建立社会主义的成熟物质条件"。他还说："站在你对面的是只讲一种语言、代表着因循守旧传统的大多数美国人。即使你发动了工人阶级，他们也根本不会买第三世界或黑人的账，更不用说亚裔人了。革命大概要过许多年才有可能实现，在我们生之年是看不到希望了。"（362）美国这个资本主义国家在面对直接抗争或学术颠覆时远不如人们想象的那样愿意退让，也远比人们所估计的要更加足智多谋。与此同时，用金斯伯格式的革命引领社会对亚裔美国人的关注也是隔靴搔痒，因为那等于间接确认了能使心理活动具有相对独立性的资本主义物化逻辑，而这类心理过程会越来越脱离社会与政治生活。山下指出，踊跃参加社会运动的亚裔美国人并不了解他们当时所面临的巨大社会阻力，所以后来又不断重新发现他们矛盾的自我。在此过程中，他们往往一方面通过理想主义淡化革命的困难程度，另一方面又不得不痛苦地面对他们所做的政治选择。山下特别提到中国城的一个运动积极分子奥利维亚·王的临终反思，以此说明这种政治觉醒的震撼效果："奥利维亚很吃力地说：班尼，我不想承认这些，可阿连德都做不到的事情，我们在这里怎么能搞定？"（364）奥利维亚在说这番话之前为自己和本维艾尼多·圣·巴勃罗举办了一个革命式的婚礼，时间是 1972 年 9 月 19 日，那也是费迪南德·马科斯宣布实施军事戒严令的当天。婚礼由信奉马克思主义的神父卡尔·康主持，然后就是她在病榻上对本尼说的那番临终遗言："我想我们的革命是不会成功的。总是斗争，可我们赢不了。"（368）山下在此为小说设计了一个说教性的时刻，她用叙事者的声音总结道："高涨的革命热情看来与一个非革命性的社会条件还不成正比。"（364）

既然对社会变革的过高期盼和退回自我的幻灭都不可取，那个时代为政治与个人之间关系预留的建设性空间就只剩下性别和性爱问题了。小说在这方面以引人入胜的坦诚进行了戏剧化的探讨。性别问题，或者说妇女解放问题，经常在男性为主导的民族主义斗争中占据次要位置，因为对后者来说获得政治权力显然是个更急迫和更易于把握的工作。比如，马尔克姆·X 领导的"伊斯兰国"不让妇女过问家务以外的事情（这至少是在该组织早期的斗争中是如此），而参加早期运动的亚裔美国妇女也"只能干些给会议做记录、煮咖啡、打字、接电话和处理邮件等工作"①。因此，山下有意识地塑造了那个想掌握自己命运，名叫奥利维亚·王的叛逆女性角色（以及追随她的革命七姐妹）。奥利维亚乃中国名门之后，却不顾她家人反对坚持与黑人约会，并最后嫁给了一个菲律宾裔美国人。她参加政治辩论时敢于反驳男人的观点，在社区工作中勇于出谋划策。但追随她的革命七姐妹大都受过性别歧视或大男子主义的伤害。例如，贝尔纳黛·金投身运动是因为不堪家暴；玛丽·西村决定跟奥利维亚走是因为她在原先所属的一个组织中饱受性骚扰；拉·娜达·海丝是个有点亚裔背景的混血儿。她加入姐妹帮是因为在一个白人妇女解放组织中受过气；曾经的选美皇后洋子·史密斯是个越战白人大兵的遗孀，丈夫去世后她沉沦声色，生活一团糟，于是也加入了姐妹的行列（331 – 336）。

　　除了性别问题，同性恋政治在小说中得到了明显关注，原因是亚裔美国运动中还有根深蒂固的"恐同"心理。山下对此敏感话题的探讨主要围绕着两个角色展开，即保罗·林和阿布拉·巴尔塞纳。前者身份建构过程中的一个重要时刻是在他替陈文广照看房子的时候，陈因参与了第三世界解放阵线的大罢工而被早川暂时终止了在旧金山州立大学的教职，于是他决定去法国南部拜访詹姆斯·鲍德温。保罗在陈那座山间别墅中的一个书架上发现了《乔万尼的房间》一书，书中有鲍德温的亲笔赠言，这样写道："送给我亲爱的朋友文广。詹姆斯"。保罗在随后翻看小说过程中，"生平第一次读到了文学作品对那个问题如此直言不讳的表白"（39 – 41，46）。这个文本细节非常重要，它一方面说明保罗是通过鲍德温的描写才认识到了自己的同性恋身份，另一方面也标志着同性恋话题对他来说已经不再是个人问题。此细节特别暗示了革命组织对保罗性取向施加的两种外在压力。其一，它使人想起了黑豹党领袖埃尔德里奇·克里弗对鲍德温的指责，说他是黑人革命运动的"同性恋叛徒"，因为在克里弗眼里，革命运动只能以"性暴力"和"阳刚气"作为标志（46，47）。其二，它指出

---

　　① 我的评论受益于玛丽·高对亚裔美国运动所做的女性主义批评。除了我所说的，高的论述还包括从历史辩证的角度分析女性领导者在运动中发挥的重要性。她特别提到，马尔克姆·X去世之前抛弃了他先前对待民权斗争中女性作用的刻板立场（Kao 2008，57 – 58，61）。

了保罗对自己华裔美国同性恋艺术家身份的某种无奈。在小说一个相关描写中，山下这样再现了保罗的矛盾心理：

在美国，有色人种的男性阳刚气是个经常受到质疑的问题。可我们又该如何处理有色人种的同性恋和让有色人种中男尊女卑思想无地自容的女权主义之间的关系呢？我要问的是，如果男性阳刚气并非与生俱来，那它又属于谁呢？在狗年到来之际，还有谁想听整天生活在太监世界里的西太后讲故事呢？只有天不怕地不怕的人才能在这种环境下生存。（46）

使情况更为复杂的是，保罗对陈开始有了非分之想，尽管陈是他的监护人、启蒙老师和他一开始并不知道的生父。小说暗示，保罗经常住在陈的家里，陈也总是对"这个朝气蓬勃、正在觉醒的学生格外关照"（40），直到保罗开始怀疑自己和陈的关系，并决定另觅住处。当陈在一个雨夜请求保罗帮他搬离那座即将被拆除的山中别墅时，两人之间发生了互动。他们在一个临时搭起来的建筑内——别号"茶室"——赤身裸体地钻进了一个被窝。此前，陈曾向保罗吐露他曾和他母亲结过婚的往事，后来将她介绍给了保罗的父亲；陈还谈到了自己拈花惹草的过往。这使保罗陷入了性幻想：

用烧开的雨水给我冲一杯热茶，把你曾经爱过的女人全都告诉我，还有你的那些风流韵事，说过的甜言蜜语和产生过的所有冲动。要是能往滚开的雨水中再扔进一个鱼头，一边照看锅子，一边轻用手划过咱们的脊背，抚摸身体，亲吻嘴唇，那就更妙不可言了。然后，再往锅里扔进一些块茎、根叶、种子和树皮、苔藓，然后搅动里面一阵阵的呻吟声。（112）

但保罗的性幻想被屋基的崩塌声打断了。这也象征着他们亲密关系的终结，保罗最后住进"国际旅店"。小说对保罗成为"国际旅店"一员之事仅仅一笔带过，但从保罗成长的互文语境中来看，这个变化至关重要，因为它凸显了种族化的性取向、个人欲望和集体利益之间关系的相互交织。在离开陈之前，保罗曾是个不善辞令的"男子诗歌俱乐部"成员，在面对火药味十足的红卫兵党人时常常"骂不还口"，因为只有这样才不会"影响到他与别人的合作关系"①。保罗的诗歌天赋在很大程度上局限于对自我的探索，以及对阴阳和谐的抽象憧憬（45－46）。因此，李亚敏经常提醒他要为群众写诗，"像艾伦·金斯伯格、肯尼斯·雷克斯雷斯或加里·斯奈德那样直接与读者沟通"（48）。

　　然而，加入"国际旅店"社群并未使保罗更多地抛头露面，尽管他照常参加"男子诗歌俱乐部"组织的"愤世嫉俗文学活动"。相反，他与另外一个租客"紫夫人"开始密切交往。紫夫人是个双性恋的日裔美国女演员，被一个男扮女装的男同性恋者带大，她管那个男人叫"我楼下的老爷子"。保罗时常与紫夫人在旅店楼上的一个房间里缠绵；我们也总能听到她说话时那种梦呓般的夸张口吻，还不时夹杂着性爱式的呻吟。然而，紫夫人的话语在文本中不过是一种修辞工具：其作用是让保罗的欲望超越旅馆围墙的限制，进入不同社会与政治领域。例如，她在与保罗做爱时听任自己的思绪流向抗议日本强占钓鱼岛的集会，或华青帮破坏亚裔美国积极分子在中国城开展活动的现场。这种用性行为表达政治理念的叙述方式制造了一种特殊的操演效果：它将个人欲望重新纳入了能使它找到最后归宿的公共空间，这些空间反过来又为围绕"国际旅店"展开的抗议活动和主体际协商提供了结构和方向，而这些活动和协商既有外部层次，又有内在复杂性。

　　与保罗相比，菲律宾裔租客阿布拉·巴尔塞纳在表达她同性恋女权主义者立场时，态度似乎更加直截了当。阿布拉有办事果断的习惯，这与她长期受左翼政治的影响有关。其父萨姆·巴尔塞是菲利克斯的密友，两人曾在菲律宾共产党的游击队——"塔拉克"和"哈克斯"——中并肩作战。他在二十世纪三十年代是卡洛斯·布洛桑的至交，是美共的正式党员。小说谈到，阿布拉曾去宿雾岛参加父亲的葬礼，但葬礼一结束她就被荷枪实弹的士兵押上飞返美国的客机，她然后与自己那对双胞胎孩子一起

---

　　①　后面一个论述引自丹尼尔·曾对梁志英的评论，作为这场运动中的年轻同性恋艺术家，梁的内心一直在挣扎（Tsang 2001，224）。

住进了"国际旅店"。阿布拉在菲律宾受到如此对待是因那里的军政府害怕他父亲的影响力。阿布拉经历中有两个重要时刻，似乎能说明她在挑战异性恋成规时的勇敢和无私：一是她婉拒了菲利克斯的求爱，向他承认自己是个女同性恋者。她对菲利克斯的婉拒在旅店被占领当晚得到了升华，届时，阿布拉决定与菲利克斯手挽手地一起走出"国际旅店"的大门（488－489）。二是阿布拉在旅店屋顶上当着几个酩酊大醉并朝她胡言乱语的"男子诗歌俱乐部"成员，与她的女伴克莱奥（一个吉他手）大胆做爱。克莱奥年幼时曾遭到其父性侵，她的政治主张在其所属组织中也算另类，因此她想与阿布拉分手。在此语境下，阿布拉毫无顾忌地与她发生性行为的做法就构成了一种对父权标准和恐同文化的公然违抗，而这些标准和文化都是以革命的名义使自身合法化。保罗·林和阿布拉·巴尔塞纳的例子说明，我们有必要在斯拉沃热·齐泽克所说的"心理与社会张力"之间保持某种辩证式的平衡。这种平衡能一方面使"人本主体在晚期资本主义条件下不至于陷入自我陶醉"，另一方面也能避免因其迫于外界压力而"仓促地将无意识'社会化'"（Zizek 1994，7，14）。在某种意义上，山下的这些描写为超越理想化的马克思主义革命和心理化的精神分析革命提供了一种政治参与的模式。

用舞台演绎行动主义理念

海登·怀特认为，"至少就工业化国家来说，政治上的革命有可能进一步强化压迫性的权力，而非瓦解这些权力"。就此而言，"艺术和文学中最'革命'或最能影响社会的时刻，并不是它们所发表的反叛纲领或是它们用同情笔触描写出来的革命内容，而是……它们……对阅读主体的提倡。因为该阅读主体对由一般读者所代表的社会体系产生了幻灭"（White 1987，87，227n12）。怀特在提倡这种阅读主体时（即有社会责任感的解读者）所强调的是一个志向远大但头脑清醒的艺术家，以及由这种艺术家书写出来、具有变革潜力的文学作品。鉴于亚裔美国社会运动离不开草根式的群众动员，怀特所说的颠覆性解读主体最有可能存在于表演与观看的互动空间中。因为作为一种与直接行动近似的艺术形式，表演能使亚裔美国作家从事的文本斗争具有一种物质维度，并通过视觉和情感的即时性功能影响它的观众。因此，T. V. 里德在论述活跃于民权运动时期的"黑豹党剧场"时指出，"与通过散发油印传单方式传播政治理念的做法相比较，表演艺术能更有效地传达激进分子的信仰"，而在排除革命选项的情况下，剧场也"远比激进的意识形态更能发挥批判作用"（Reed 2005，4，55）。正如那些志在彻底改变美国社会与经济结构的革命理想随着时间的推移被重新定义为社区改良工作一样——这些改良工作包括"医疗保健、托儿服务、双语教育、临时住处、戒毒康复，咨询与合作公寓"（336）——难以落实的运动纲领也从围绕着社区展开的表演活动中找到了另外的表达方法。这些表演活动使革命的激情得以保存并获得新的生命力。

在社区层面上，对直接行动理念的操演体现在小说描写的众多实际或象征性的活动场所。这些场所包括：旧金山中国城内的"普利茅斯广场"，是亲中国内地的红卫兵党与国民党资助的华青帮之间展开权力斗争的地方；中国城一家叫"Il Piccolo"的咖啡屋，是"男子诗歌俱乐部"成员定期会面和跨族裔学生领袖们策划政治行动的首选地；中国城附近的"城市之光"，一家位于"北滩"居民区、由出版社改成的书店联络站；中国城一家叫"地狱"的酒吧，是亚裔美国艺术家的表演天堂；还有一个"神保舞城"，此处白天是一家华夫饼屋，夜晚变成流行乐和爵士歌曲的演唱厅。这些以"准舞台表演"活动著称的场所孕育出了能反映它们意识形态和特定情感的风格、做派和言谈方式，同时也赋予了亚裔美国激进主义一种与二十世纪六七十年代文化政治密切相关的叛逆精神。在叙事的层面上，小说通过探讨双重性这一概念的操演性再现了那个时代的关注。双重性是赵健秀 1974 年参与主编的文选《唉咿！》及他同期发表的剧作《龙年》中的一个重要理念。赵认为，许多亚裔美国人因内化了大众传媒制造的种族主义刻板形象，而有意无意地落入了"双重人格"或分裂自我的陷阱。赵将这种由外部强加给亚裔美国人的身份称为"种族主义之恨"或"种族主义之爱"（参见 Chin et al. 1974，xxiv – xxvi）。在《国际旅店》中，山下讽刺性地挪用了赵关于亚裔美国人具有双重人格的说法，为读者上演了一出涉及五对在美国出生、用"连字符"接在一起的"连体双胞胎亚裔怪人秀。一半这个，一半那个。全都不完整。什么都只有一半"（231）。除此之外，山下还将她对亚裔美国人双重性的讽刺性再现与赵健秀另外一个有争议的观点，即赵对亚裔美国文学写作中"孰真孰假"的区分（参见 Chan et al. 1991，8）进行交叉思考。与此同时，山下将她重新发明的这些二元对立建构都放在能超越实证主义冲动的文本语境之中。而赵健秀本人和一些与他意见相左的学者在讨论此问题时都抑制不住这类冲动。通过这些跨时空的协商，山下呈现在我们眼前的是一些全新的双重性想象。这些想象一方面肯定了赵对种族主义刻板形象的批评，另一方面也祛除了这类刻板形象所依赖的马尼切式逻辑。书中关于山下重新构想亚裔美国人双重性的例子不胜枚举，其中包括黑旋风（李逵）和他的冒牌替身（一个打着他旗号祸害村民的强盗）、李逵的双板斧①、爱丝黛尔和她小儿子哈里关于事实真伪的辩论、华裔美国萨克斯风演奏者杰拉尔德·李的一对萨克斯风管，以及他的白人与亚裔美国人替身；还有杰拉尔德的政治死对头塞缪尔·早川（一个亚裔美国社群的"假"代言人）。山下关于这些不同关系组合的建构在书中比比皆是，并在叙事角度、欲望表达、可能性和现实性等方面达到了多重操演效果。这种视觉加概念的策略不仅确认了亚裔美国人在他们种族化过程中所承受的精神分裂后果，而且也暗示出这种策略与猴王孙悟空那种能给人以希望的魔幻想象性之间存在着某种操演传承。保罗在他父亲去世后，想象自己经历了一种猴王式的分身术：变成了数也数不清的由双人或三人组成的替身，而分身的目的正是为了打破这个世界的沉闷与窒息。

山下操演亚裔美国社会运动的高潮一幕是她对桑迪·胡独舞的生动描写。这场独舞的舞台设在"国际旅店"地下室一个叫作"我饿了"的夜总会旧址（279–284）。桑迪是杰拉尔德的女友，她在舞蹈中将两种截然不同的音乐传统融合到一起：她用京剧讲述了中国的绿林好汉李逵为其盲母

---

① 李逵是中国四大名著之一施耐庵的《水浒传》里的一个角色。李逵绰号"黑旋风"，是梁山一百〇八条好汉之一，这些好汉反抗的是古代中国既腐败又鱼肉百姓的宋王朝。李逵以惯使双板斧而闻名。

之死杀虎复仇的故事，因为母亲在等候儿子出去取水期间被一只老虎吃掉了；她用"先锋派爵士乐"表达亚裔美国运动积极分子渴望驯服像猛虎一样凶猛的国家权力，而权力的滥用则使他们遭受了许多不白之冤。能给舞蹈带来某种整体感的是同台表演的杰拉尔德，他正饰演一个沿着舞台边缘缓慢行走的中国吟游诗人。与此同时，两个演员从舞台的左右两侧舞向中场。杰拉尔德因参加旧金山州立大学的罢课活动被捕，刚从县监狱被缓刑释放。他曾经师从一位非裔美国萨克斯风大师，习惯于巡回演出，而且从监狱一路演到"国际旅店"。因此他用萨克斯风吹奏表达的不仅是一种"违法"情绪，而且（考虑到他曾拜一位黑人艺术家为师）也是一对种族化"状态"的强调（226）。于是，杰拉尔德实际的"非法"身份和行为与小说虚构的反叛者李逵在政治理念方面发生了重合，进而使看起来并不兼容的京剧和爵士乐组合成了一个恰如其分的比喻。

　　值得一提的是，李逵因为母亲之死而怒杀老虎的情节也是"黄色珍珠合唱队"一首歌的主题曲；他们在桑迪的独舞之后紧接着在湾区组织了一次反战集会。集会的独唱歌手在处理李逵的故事时为英雄杀虎的主题加上了另外一层含义：李逵的复仇行为使他从"黑旋风"变成了"革命的风暴"。这种转换对歌手来说意味着他们终将获得"打败西方纸老虎"的内在力量（286－287）。前面提到的舞蹈表演对李逵重要性的延伸实际上相当含蓄，只是将其表现为一种可能性。表演中突出的是李逵盲母的命运，按照"黄色珍珠合唱队"的诠释，李母代表了中国人遭到宰割和杀戮的母亲（286）。此刻，杰拉尔德在舞台上交叉走动的线路开始展现出它的双重颠覆作用：考虑到这场舞蹈表演和反战集会的交集，其行走线路已不再是对已有吟唱表演套路的滑稽模仿，而变成了彰显一位革命萨克斯风演奏家如何表达自己心声的场合。这使杰拉尔德在台上的行走与桑迪的"肢体舞蹈"在意义生成方面发生了某种共鸣，同时，它也赋予了李逵故事更宏大的主题。这个故事也由此变成了亚裔美国人为纠正他们在种族化过程中承受不公平待遇所发起的一种抗争。与此同时，杰拉尔德在舞台上的行走路线也为同时上演的一场双人舞规定了动作标准；两位舞者皆为少数族裔的主体，他们的舞蹈一方面诠释出各自的历史和憧憬，另一方面也通过他们

183

的动作搭配暗示出李逵复仇这个主题的范式作用。山下在本章开始时提到，桑迪对李逵母亲与阿根廷作家豪尔赫·路易斯·博尔赫斯都是盲人的巧合现象进行了发挥，将舞蹈的动作都设计成"好像表演者什么都看不见……什么也听不到……什么也说不出来"（278 – 279）。山下一面邀请小说读者"倾听肢体动作"的节奏，另一面又通过小说叙事人问道："亚裔美国人的身体都能记得些什么？"（279）。我认为，这种记忆与其说体现舞台表演之中，还不如说已经蕴含在舞蹈还没有表达出来的一个信念：那就是，李逵取水孝敬母亲，回来时却发现老人已葬身虎口。山下用博尔赫斯的话对这一悲剧性的结局进行了惠特曼式的再阐释："是一只老虎吃了我，但我就是那只老虎"，"是一团火把我烧成灰烬，但我就是那团烈火"（278）。正像李逵为了对抗宋朝的皇权、残忍的匪帮和嗜血成性的老虎而沦为逃犯一样，亚裔美国艺术家在李逵示范作用的影响下也变成了敢于逆袭的"黄祸"。他们演绎出自己作为有色人种所不得不默默忍受的一切。这种演绎不仅在政治上强化了族裔社群，而且在文化上也颠覆了过往的传统。

山下在小说中对中国武术常规的借用构成了一个令人瞩目的高潮。这种修辞策略进一步说明：借助于身体造型的表演完全可以成为表达社会行动理念的一种复杂形式。一个突出的例子就是杰拉尔德与他在巡回演出过程中遇到的三个替身所进行的交流和较量。首先，他与提着两个萨克斯风乐器盒的一个白人种族主义者狭路相逢，对方说他就是大名鼎鼎的华裔美国萨克斯风演奏家。杰拉尔德用洪拳（即模仿五种动物和五行的一种拳术）外加八卦拳（可简单理解为向八个方向出击的组合拳）——这两种拳术能将阴阳之间的配合发挥到极致（267）——使对方的表演顿时失效。在此过程中，杰拉尔德夺过了冒名顶替者的乐器盒，发现里面竟塞满了毒品。其次，他在斯托克顿碰见了一个业余的华裔萨克斯风演奏者，对方自称是"斯托克顿的杰拉尔德·李"。杰拉尔德向他传授了另外两种拳术：鹰爪拳和猴拳，都是模仿攻击或防守的招数（270）。最后，他结识了乔，一个幻灭的亚裔美国革命者，当时正在加州的默塞德镇当酒保。他把杰拉尔德错当成韩裔美国的马克思主义诗人杰克·宋。宋在乔的印象中是那种根本不懂革命,已经"被资本家收买的资产阶级知识分子"(272)。杰拉尔德把乔看成是自己另外一个版本。为了使他的思想更加成熟,杰拉尔德用形意拳(其中包含五行和 12 种动物)和白鹤拳(即有多种进攻和防卫动作的组合拳)来演示超越单纯经济关注的复杂革命工作(273)。这使乔终于向他暴露了自己的在逃革命者身份,以及他为资助革命活动抢劫一家银行的经历。杰拉尔德同意与乔互调身份,后者现在成了一个"伪装成诗人的地下革命者"。杰拉尔德则以嬉皮士的身份为他经营酒吧,巧妙地转移联邦调查局特工的注意力,并将那些跑到酒吧来"试探杰拉尔德忠诚度"的革命者逐一打发走(275)。

《国际旅店》对亚裔美国社会运动进行再建构的主要方法,是重新想象该运动的历史并将对这场运动的想象重新加以历史化。在亚裔美国文化研究中,社会运动经常被错误地当成民族主义的本质化表征。山下反其道而行之,强调该运动在局部与跨地域层面上的族裔互涉关系,及其蕴含的跨国冲动。同时,她也不讳言社会运动的不严谨之处及其政治败笔,因为这些不足之处都反映了当时历史条件下不同种类的民族主义和跨国冲动所带来的革命希望和革命的局限性。通过将拯救"国际旅店"的斗争作为小说主要象征,山下不仅找到了一个能重新开启关于"民族主义问题"讨论的切入点,而且还凸显了民族主义投入与跨国斗争之间的社会与话语重叠性。她指出,一方面,美国资本主义国家形式的再生产依赖以种族主义为基础的劳动力分工和与财产权密切相关的财富分配,这种关系集中体现在"国际旅店"社区的建立过程。另一方面,亚裔美国积极分子在保卫"国际旅店"斗争中所采取的策略直接挑战了民族—国家关于劳动力与财产分配的假设。然而,他们在声称对"国际旅店"行使所有权时并非出于民族主义的冲动,而是强调全球化政治与"社区微观政治"之间的复杂互动的关系(参见Appadurai 1996,152–153)。因此我的结论是:既抽象又具体的国家形式只有在那些深受其害人的心目中才能成为进行共同斗争的具体场域和"想象中的地理"(参见 Denning 2004,43)。在这种斗争中,亚裔美国人能介入并试图改造在意识形态上有很大伸缩性,但实际上又不愿做出实质性让步的民族—国家体制。

结 论

自从凯伦·山下以当代跨国文学主要作家的身份蜚声美国文坛以来，不少领域内外的人士开始将她奉为全球性的小说家。这种对山下成就的认可不无道理，因为她作品所展现的想象空间和修辞可塑性能在许多读者的关注、感知和立场中引起共鸣。与此同时，学界却较少论及她作品中另外一些方面，即山下书中的想象与修辞手段也是她所处时代的产物，或是她表达的日裔美国妇女愿景——其中不乏她的困惑、忧虑和暧昧。在亚裔美国文化研究领域，山下之所以受到瞩目显然与批评界的某些内在需要有关。学者们长期以来对亚裔美国研究的学科危机以及束缚他们手脚的族裔桎梏深感挫折。将山下提升为全球性作家有助于他们突破现代性的思维上限，特别是现代性通过民族—国家这个政治道具给亚裔美国人设下的重重障碍。尽管学界对山下小说重要性的这些思考相当中肯，但笔者认为，她最恰当的称谓依然是亚裔美国作家（与其他亚裔美国作家相比较，山下的与众不同之处在于）：她更早地体察到了泛亚裔主义难以为继的状况，更愿意恪守艺术创作应反映社会现实的原则，也能更巧妙地将她对各种亚裔美国问题的感受转化为文学创作的多种可能。承认山下在跨国文学中的地位与认可其作品历史具体性的观点并不矛盾。山下对现有亚裔美国文学传统的创新涉及面甚广：她通过介入和超越亚裔美国文学成规与教条，从而赋予该文学更大的伸缩性、更广泛的读者群、更高的学术地位及更多的创作素材，使该文学传统重新焕发出生机，但山下并未因此让亚裔美国文学的独特性和差异性完全淹没在全球化或跨国主义的汹涌大潮之中。

　　德里克·阿特里奇在论述文学独特性与普世性之间的辩证关系时认为，文学作品的普世性表现为它拥有一套通过常规建立起来的符码系统。该符码系统能使文学与文化或社会的一般习俗发生联系。我们因此可以说文学并不存在什么"神圣不可侵犯的内核"。它的语义和意识形态在宽泛的意义上讲也能被跨文化或超历史的符码所替代。但每一部作品的意义生成却离不开它的具体语境，也就是说，读者必须学会放弃他们关于文学可比性的假设，认识到作家通过修辞手段将那些能共享的文学元素都转换成了非其莫属的东西；这种个性化的文学修辞建构只有在具体的阅读条件下才能使其意义露出真容（Attrige 1994，246－247）。就此来说，山下跨国小说的重要性并不在于它们那些可以复述的文学内容，而是体现在她小说的修辞风格、文类安排、叙事角度，以及她对概念、知识和语言习俗的独特运用。按照阿特里奇的说法，这些文学创作手法一方面"调动了那些能共享的符码与常规，另一方面又检验这些文化常规的有效性，并对它们适时加以改造"（Attrige 1994，246）。

因此，阿特里奇认为文学解读的伦理最终体现在读者是否愿意倾听并铭记发自作者"思想和情感"深处那些"独一无二"但又"不容易被听到"的声音。阿特里奇将这种努力看成把握一部作品的"指涉或道德基础"，一个文学解读过程中不可或缺的组成部分（Attrige 1999，25）。阿特里奇呼吁读者关注文学生产的具体环境，其目的并不是要追寻某种本真的作者意图性，而是就阅读行为（也是回应"来自外界冲击"的审美过程）所提出的一种李维纳式见解，即阅读是对"他者之他性"所做的一种道德回应。只有当我们愿意悬置固有习惯和预设立场时，才有可能找到这种解读伦理的路径。

从阿特里奇的视角出发，我认为将山下拔高到能超越历史、具有普世批评价值偶像的做法并不是认可其作品重要性的最佳途径。这种做法的一个风险就是将作者的文学发声去语境化，而她的文学宣示正是对那些难以化解或刚刚萌生的亚裔美国人关注的一种操演。而这些文学宣示和操演与亚裔美国人的命运息息相关。山下对亚裔美国创作与批评实践的跨国介入与创新可谓史无前例。正因为如此，我们才有必要密切关注她文学发声的具体方式——研究她的情感肌理、探讨她的叙事口吻，确认她话语的物质性，进而就她所做贡献得出较为全面的结论。

译后记

前后历时 4 年，本书终于可以从英文变成中文面对国内读者了。

本书英文版由斯坦福大学出版社出版。2016 年我从 UCLA 完成访学返国后，蒙学院领导关怀，获得了"暨南大学高水平学科建设项目"的经费资助，使得本书的中文版出版成为可能。

但在实际翻译过程中我才发现：自己的长处是翻译英文小说中的感性文字，现在要将英文版的文学研究专著译为中文，就捉襟见肘了。我经常为了能给一个理论性句子找到合适的表达而纠结一整天，翻译速度奇慢，且辛苦至极，甚至一度产生放弃的念头。在这艰难时刻，广东外语外贸大学的韩虹老师和华南农业大学的侯金萍老师雪中送炭，向我伸出了援手，与我一起翻译该书。

在没有分毫报酬和译著不计学术成果的情况下，韩虹博士和侯金萍博士依然于百忙之中，与我一道完成了本书的翻译工作，这份爱心，这份热忱，令我感动万分。韩虹博士和侯金萍博士的英文科班功底和专业素养，最大限度地保证了本书的翻译水准。

本书翻译分工如下：冯晖负责翻译第二章和第三章，韩虹负责翻译前言、结论及第五章和第六章，侯金萍负责翻译第一章和第四章。

全书于 2018 年底已经译完，本可以在 2019 年出版。但本着精益求精的原则，又打磨了许久。其后又逢疫情，故迟至今日才得以与读者见面。

在此容我郑重感谢我的师兄，中南民族大学的吴道毅教授，是他以深厚的中文学养为本书译稿进行了文字润色和升华，使得全书虽是合译但实际上呈现出统一的语言风格；最后，特别要感谢我的学生蔡雅玫，是她帮助我搜集了诸多相关资料，使得我这个初次涉足英文专著翻译的生手节约了大量时间，得以跟跟跄跄跟上全书的翻译步伐。

冯 晖

2020 年 10 月